Agrégé d'histoire, **Georges-Patrick Gleize** *est membre de l'Académie des Arts, sciences et lettres de Languedoc.* Quelques pas dans la neige *est son seizième roman.*

Quelques pas dans la neige

Du même auteur

Le Temps en héritage, Albin Michel, 2002
Le Chemin de Peyreblanque, Albin Michel, 2003
La Vie en plus, Albin Michel, 2005
Le Forgeron de la liberté, Albin Michel, 2006
Un brin d'espérance, Albin Michel, 2007
Le Sentier des pastelliers, Albin Michel, 2008
Le Destin de Marthe Rivière, Albin Michel, 2009
L'Auberge des myrtilles, Albin Michel, 2010
Rue des Hortensias rouges, Albin Michel, 2011
Pas plus tard que l'aurore, Calmann-Lévy, 2014
Le Serment des oliviers, Calmann-Lévy, 2015
Le Vent de la jeunesse, Calmann-Lévy, 2016
Les noisetiers du bout du monde, Calmann-Lévy, 2018
Le Crépuscule des justes, Calmann-Lévy, 2019
Même les pierres ont une histoire, Calmann-Lévy, 2020
Une nuit en juin, De Borée, 2020
La Fille de la fabrique, De Borée, 2021
La montagne des autres, Calmann-Lévy, 2021

TERRE DE POCHE
45, rue du Clos-Four – 63056 Clermont-Ferrand cedex 2

Georges-Patrick Gleize

Quelques pas dans la neige

de Borée
TERRE DE POCHE

« Nous avons tous un secret enfermé à double tour
dans le tréfonds de notre âme. »

Carlos Ruiz Zafón

1

Un soir de neige…

La nuit était tombée depuis belle lurette sur le village de Seix en ce mois de février 1969 quand, sous l'effet d'une rafale de vent, la porte vitrée de l'unique bistrot du bourg s'ouvrit à la volée, laissant à peine le temps à la cloche au-dessus de faire entendre un son cristallin. Un souffle d'air glacé pénétra dans la salle, suivi aussitôt d'une bordée de jurons bien sentis de la part des consommateurs agglutinés au zinc. Tandis que les « macarel », « il de pute » et autres imprécations populaires volaient, Jeannine Laborde, la patronne de l'estaminet, occupée à débarrasser la table que les frères Miralès, deux bûcherons, venaient juste de quitter, se précipita pour vite la fermer. Le charbon qui alimentait l'antique poêle Godin coûtait bien assez cher comme ça et Jeannine Laborde n'avait pas l'intention d'en racheter pour finir l'hiver. En cette saison, les clients n'étaient pas légion et leurs consommations couvraient tout juste les frais. Sans la vente du tabac, elle aurait mis la clé sous la porte depuis longtemps… Alors, inutile de gaspiller du chauffage pour rien !

Avec sa poignée d'irréductibles habitués, le café Laborde restait dans le pays et ses environs le point de rendez-vous de tous ceux qui traînaient dehors une fois la nuit tombée. Si les forestiers s'y délassaient après une rude journée de travail, d'autres y retardaient plus simplement le moment d'affronter leur solitude d'hommes célibataires. Ce bistrot était pour cette humanité masculine le dernier lieu de sociabilité d'un monde qui n'en finissait pas de mourir, rongé par le dépeuplement et la désertification qui gangrenaient les campagnes plus sûrement que le cancer les poumons des derniers fumeurs de tabac gris. Seix n'était pas une exception. Il en était ainsi dans de nombreux départements d'une France rurale ou montagnarde, oubliés des élites républicaines tout droit sorties de l'ENA, de Polytechnique ou de l'École des mines, viviers du pouvoir des technocrates encravatés qui peuplaient les cabinets ministériels et les cénacles politiques. Ces hauts fonctionnaires se souciaient fort peu de ces territoires du Massif central ou des Pyrénées, sauf à l'approche des élections où, comme par miracle, le dossier de subventions du conseiller général finissait par se débloquer, histoire d'assurer sa réélection en grappillant quelques voix afin de garantir la pérennité du pouvoir en place.

Comme tous les jours, ils étaient cinq ou six ce soir-là, toujours les mêmes. Ils s'accrochaient au comptoir comme à une bouée de sauvetage un jour de tempête. À croire que le bistrot leur servait de sémaphore ! Il est vrai que, dehors, le vent mugissait en longues plaintes sinistres propres à glacer le sang des plus téméraires. Depuis la tombée de la nuit, des averses de neige molle se mêlaient à la pluie pour boucher l'horizon et dissuader quiconque d'une envie de promenade nocturne. Les rafales étaient parfois si violentes qu'elles suspendaient quelques secondes le fil des conversations, faisant clignoter les ampoules qui éclairaient d'une lumière jaunâtre la salle du bistrot. Accoudés au zinc, le Ricard à la main, les hommes parlaient de chasse, de pêche et de rugby. Ils ressassaient l'humiliation des matchs perdus, fulminaient contre les battues au sanglier ratées, anticipaient les opportunités que les lacs pourraient offrir dès que la neige aurait fondu. Comme tous les soirs, ils refaisaient le monde, le leur, celui d'un temps qui semblait s'être arrêté à tout jamais.

— C'était un beau mâle, tu sais… Il devait bien avoisiner les cent kilos !

— Pourquoi tu ne l'as pas tiré ?

— En entendant les chiens monter dans le talweg, figure-toi que ce grand couillon de Tistounet est sorti de son poste…

— Et alors ?

— Je l'avais dans la ligne de tir !

— Bah…

— Et si je l'avais touché, imbécile ?

— Fallait tirer quand même !

Derrière le zinc, Jeannine Laborde, la soixantaine bien dépassée, la permanente un peu défraîchie, demeurait la tête baissée. Le tablier bleu noué autour de la taille, elle rinçait quelques verres, les mains plongées dans l'eau tiède de l'évier. Un torchon humide, taillé dans un ancien drap de lit, négligemment jeté sur l'épaule, la patronne de l'*Auberge de l'Ours* ne prêtait guère attention aux conversations, vaccinée par les rengaines qu'elle entendait depuis presque trente ans. Hippolyte, Étienne, Roger, Jérôme et Marcel déguisaient tout à loisir. Ils pouvaient cultiver leurs espérances et remâcher leurs déboires, la seule chose qui lui importait vraiment, c'était l'heure où elle pourrait enfin fermer le bistrot et mettre la clé sous la porte. Alors, elle donnerait congé à Annie Bergès, la jeune et jolie serveuse qu'elle avait embauchée au printemps dernier et qui faisait tourner la tête des types du pays, tout autant que, jadis, les ailes des moulins à vent les meules de pierre broyant ce blé noir qu'on appelait ici « gabatch ».

Sans être pressée de les mettre dehors, commerce oblige, surtout en hiver où les clients étaient rares, Jeannine Laborde jetait de temps à autre de brefs coups d'œil à la pendule murale qui, dans sa cage de pitchpin, égrenait avec lenteur le temps qui passe. Avec un peu de chance, les aficionados de la « mominette » lèveraient le camp avant huit heures, ce qui lui permettrait peut-être de ne pas rater le début du journal du soir sur l'unique chaîne de télé qu'on recevait ici. Veuve depuis une bonne quinzaine d'années d'un époux qui partageait trop souvent la tournée de ses clients, blasée des charmes des jeunes amants, Jeannine appréciait plus que tout la tranquillité de ses soirées passées devant la télé, un plateau dîner sur les genoux. Affichant les rondeurs respectables d'une femme épanouie qui n'avait plus besoin de céder à la dictature des régimes censés lui accorder les atouts de la séduction féminine, elle savourait le calme de ces moments où, en peignoir, les pieds reposant sur un coussin, elle pouvait picorer à loisir avant de se délecter d'une barre de chocolat au lait.

Jeannine Laborde avait encore les mains plongées dans l'évier quand, de nouveau, la porte du café s'ouvrit brutalement pour laisser passer une bouffée d'air humide et froid. Elle leva la tête. Dans l'encadrement, une silhouette aussi massive qu'une armoire normande se découpait sur la nuit noire. Mais cette fois, aucune bordée de jurons et nul regard courroucé n'accompagnèrent l'intrusion désagréable du souffle glacé. Les habitués du Ricard tomate, du perroquet et de la Suze citron l'avaient tous reconnu. Arborant une vieille canadienne à col de mouton doré, coiffé d'un chapeau de feutre à larges bords qui cachait des cheveux coupés ras, le docteur Antoine Champot entra. Il s'ébroua pour se débarrasser des flocons de neige qui blanchissaient ses épaules. Refermant prestement la porte, le médecin ôta son chapeau et se dirigea d'une démarche féline vers le bar.

Grand et bien bâti, brun, le teint clair, les cheveux coupés en brosse, d'un caractère calme et pondéré, toujours d'humeur égale, Champot avait la stature de ces hommes qui imposent naturellement le respect. Âgé d'une quarantaine d'années, natif de Treignac, en haute Corrèze, il était arrivé au village en août 1962, juste quelques jours après la signature des accords d'Évian qui marquaient la fin de la guerre d'Algérie. Il avait pris pension dans l'une des deux chambres que Jeannine Laborde proposait, l'été, aux clients de passage au-dessus de la salle du bistrot. Le confort était rudimentaire mais les randonneurs s'en plaignaient peu. La beauté des paysages les épuisait assez pour qu'ils s'endorment le soir, raides de fatigue, insensibles aux courbatures et aux crampes. Champot devait passer huit jours de vacances dans les Pyrénées. Il n'était jamais reparti.

Et Marguerite Lapouge, une vieille institutrice acariâtre et percluse de rhumatismes, avait fait la meilleure affaire de sa vie en lui vendant à prix d'or la maison de ses parents, une austère demeure inhabitée depuis trente ans, à la sortie du village de Seix. Champot y avait installé son cabinet au rez-de-chaussée, campant au premier étage dans l'inconfort de pièces vides et humides dont l'ouverture des fenêtres à l'air pur des Pyrénées ne parvenait pas à chasser l'odeur tenace de renfermé. Aussi discret sur son passé que peu loquace sur sa vie personnelle, le docteur Champot et son côté ours n'étaient pas pour déplaire dans ce rude pays. Ici, on aimait les hommes de caractère et son dévouement de médecin de campagne, toujours prêt à se rendre en pleine nuit au chevet d'un malade dans une borde perdue en pleine montagne, lui avait rapidement valu l'estime sincère des gens du pays.

— Eh, toubib, vous ne nous amenez pas le beau temps ! lui lança l'un des accoudés au zinc.

— À cette saison, mon pauvre Roger, il y a peu de chance de rencontrer le soleil…

— Qu'est-ce que je vous sers, docteur ? fit Jeannine en le gratifiant d'un large sourire.

— Un Viandox… Ça me réchauffera !

— Hum… Ça ne vaut pas la soupe au lard que faisait ma grand-mère, répondit Roger Massat en haussant les épaules.

— C'est vrai que, la Monette, elle faisait de la bonne cuisine, approuva d'un hochement de tête Étienne Lagorce qui, quarante ans après, conservait un souvenir inoubliable de ces agapes saisonnières rassemblant parents et voisins à l'occasion de la fenaison ou du dépiquage.

— Sa soupe, renchérit Marcel Sentenac, elle était si épaisse et nourrissante qu'elle n'avait pas sa pareille pour vous garnir le ventre ! Après une assiette, on avait assez de force pour couper un bon carré de luzerne…

— Pour faire grimper ton cholestérol aussi ! répliqua Champot en enfonçant un doigt vengeur dans la panse rebondie du sexagénaire hilare.

— Eh, docteur, vous savez bien qu'on n'engraisse pas les cochons à l'eau claire, glosa Lagorce en désignant Roger Massat qui, avec ces cent trente kilos, soufflait comme un phoque au moindre effort.

— Oui, mais cet animal-là, c'est moi qui le soigne…

— Laissez-le vivre ! renchérit Lagorce.

— Les gens bien portants sont des malades qui s'ignorent, disait Jules Romains.

— Il ne va pas si mal que ça…

— Et son diabète ? Vous croyez qu'il y pense en se gavant matin et soir de sucreries ?

— Bah, oubliez ça, docteur ! Ici, vous n'êtes pas en consultation…

— Ta santé, mon pauvre Roger, elle ne s'arrête pas aux portes de mon cabinet !

— N'empêche qu'un Viandox, c'est triste. Vous ne voulez pas trinquer avec nous ? lui proposa Marcel, un quadragénaire à la mine fleurie d'une couperose qui ne devait rien à l'eau d'Évian.

— Non, merci. Ma tournée n'est pas terminée. Il faut que j'aille visiter la Julie Dedieu au hameau de Fabas.

— Qu'est-ce qu'elle a encore celle-là ?

— Que veux-tu qu'elle ait ? répliqua Hippolyte en haussant les épaules. Le mal des vieux, n'est-ce pas, docteur ?

— On peut le dire comme ça, répondit Champot en souriant.

Julie Dedieu, quatre-vingt-deux ans, d'après les registres de l'état civil de la mairie, était connue dans le pays pour avoir un foutu caractère. D'un naturel irascible, cette célibataire farouche qu'aucun homme ne se serait risqué à approcher, même au temps de ses vertes années, affichait un tempérament volontiers misanthrope que l'isolement de la borde de Fabas avait contribué à cultiver. De l'avis des plus téméraires, il ne faisait pas bon lui taquiner le menton ! Femme de conviction, peu encline à l'autocritique, d'un père encarté jadis à la SFIO, elle avait gardé le cœur à gauche même si, en affaires, sa radinerie légendaire la classait plutôt à droite. Bien que sans héritiers autres que de lointains petits-neveux qui lui portaient chaque année une bouteille de vieille prune au Premier de l'an pour lui tenir chaud au ventre et s'assurer à bon compte qu'elle était toujours de ce monde, Julie continuait à économiser sou par sou, histoire de faire face aux jours difficiles qui, à l'entendre dire, n'allaient pas tarder.

À cet instant, Annie Bergès émergea du rideau de toile écrue qui marquait la frontière entre la salle commune du bistrot et l'arrière-cuisine. De taille moyenne, mais bien proportionnée, avec son visage mutin et ses yeux verts immenses, style biche aux abois, son petit nez retroussé, ses lèvres pulpeuses qui s'étiraient en un sourire aguicheur, ses cheveux noirs coupés au carré, la jeune serveuse du café Laborde avait tout pour émoustiller les hommes. Dotée par la nature d'une confortable poitrine que bien des bourgeoises desséchées pouvaient lui envier et qu'elle mettait en évidence avec des décolletés plongeants, Annie Bergès n'ignorait pas l'effet qu'elle provoquait sur la gent masculine. Esquivant les mains qui cherchaient bien souvent à lui enserrer la taille, elle savait parfaitement qu'elle n'avait pas besoin de jouer les Madelon pour capter les regards.

Contournant le groupe des assoiffés, toujours accrochés au zinc, la jeune femme slaloma entre les tables vides pour y déposer un cendrier publicitaire Cinzano, cadeau dont le représentant avait laissé une douzaine d'exemplaires en échange de la dernière commande que Jeannine Laborde lui avait passée. Le dos appuyé au bar, Jérôme Rouzaud regarda pensivement la jeune femme onduler en un déhanchement suggestif. Elle avait la grâce des vahinés qu'il avait vues au cinéma à Saint-Girons dans *Les Révoltés du Bounty,* ce film où le lieutenant Christian Fletcher, alias Marlon Brando, tombe amoureux d'une belle Tahitienne. Célibataire endurci à la trentaine finissante, Rouzaud aurait bien aimé prendre femme. Mais quelle jeune fille accepterait aujourd'hui de partager le destin d'un éleveur de moutons habitant une borde perdue dans la montagne pyrénéenne, qui joignait tant bien que mal les deux bouts ? Fuyant la fréquentation des communautés hippies en quête d'un monde où l'on pouvait jouir sans contraintes, il n'avait plus qu'à feuilleter les petites annonces du *Chasseur français* pour cultiver l'espérance de fonder un foyer.

— Alors, ma belle, lui lança-t-il d'un ton enjôleur quand elle repassa à côté de lui en le frôlant, tu as fini la journée ?

— Oui, mon service est terminé. Je rentre à la maison...

— Je peux te raccompagner, si tu veux...

— Je suis en Mobylette.

— Ta bleue, on la chargera dans ma fourgonnette...

— Merci, mais je préfère partir seule.

— Dans la nuit ?

— Eh, comme tous les soirs !

— Et si tu faisais en chemin une mauvaise rencontre ?

— Oh, pour ça, j'en fais assez ici !

— Tu parles pour moi ?

— Non... Juste pour tous ceux qui ne pensent qu'à me peloter, lâcha la jeune femme en tournant les talons avant de disparaître à nouveau derrière le rideau de l'arrière-cuisine.

Un rien déconcerté, Jérôme fit quelques pas vers le jukebox, seul élément de modernité du bistrot. Il inséra une pièce de monnaie dans la fente chromée de l'appareil puis appuya sur les grosses touches de Bakélite noire, programmant par une lettre et un chiffre le choix d'un microsillon. Il contempla, derrière la vitre en plexiglas bombé, l'automate articulé poser mécaniquement une galette de vinyle sur le plateau du tourne-disque tandis que le bras d'un microphone se dépliait. Dans l'atmosphère enfumée de Gauloises, le dernier tube de Petula Clark résonna bientôt pour donner aux paroles de la jeune femme une épaisseur particulière.

L'hiver, le vent, la pluie
Chantent leur mélodie.
La brume ou le soleil,
À mes yeux, c'est pareil…

La voix fraîche de la plus française des chanteuses d'outre-Manche remplit la salle du bistrot, donnant un coup de jeune aux deux chromos jaunis face à la tête d'un isard empaillé aux cornes ornées d'une persistante toile d'araignée. Mélancolique, Jérôme avala l'une des dernières cacahuètes grillées qui traînaient au fond d'une sous-tasse de Bakélite rouge puis vida son verre de Ricard d'un trait, histoire de reprendre contenance. Il n'aimait pas se faire rembarrer devant les copains. Sa fierté de célibataire souffrait du regard des autres, miroir de ses échecs. Quelque peu désabusé par la remarque de la jeune serveuse, Jérôme, la paupière basse, promena un regard torve sur la salle vide.

En ce mois de février 1969, à l'heure où la modernité emplissait le quotidien pour faire paraître ringardes les pratiques d'hier, le temps lui sembla soudain immuable, simplement rythmé par la succession des feux de bois qui naissent et qui se meurent dans les cantous familiaux au fil des saisons. Ici, la vie ne s'écoulait-elle pas simple et tranquille, faisant alterner printemps pluvieux et automne flamboyant ? Ne jetait-elle pas au quotidien cette communauté d'hommes ordinaires, de l'ouverture de la pêche à celle de la chasse, sur les chemins du pays, emplis de bonnes joies comme de vraies souffrances pour aller cueillir les premières morilles ou les cèpes tardifs ?

Mais cette existence-là n'était pas pour lui déplaire. Sa rusticité était purificatrice. Elle lui faisait oublier les sales moments qu'il avait vécus dix ans plus tôt en Algérie. Après la Grande Guerre du grand-père, la « drôle de guerre » du père, était venu le temps de la sale guerre des fils. Et comme toute sa génération, Jérôme Rouzaud avait été marqué par ses vingt-huit mois de service. Collants et poisseux du sang des morts. Certains soirs, des images revenaient le hanter, insupportables souvenirs de vies saccagées. Comment oublier les embuscades des Katibas, les cris des blessés, les râles des mourants et cette inquiétude sourde qui saisissait les plus téméraires au ventre ? Comment oublier les visages de ces camarades fauchés à l'aube de leurs vingt ans, tous appelés du contingent, jetés par le socialiste Guy Mollet, président du Conseil d'une république mal aimée et à bout de souffle, incapable de résoudre la question coloniale, dans un conflit qui n'osait dire son nom ? Le regard perdu dans le vague, Jérôme Rouzaud sursauta presque lorsque Marcel Sentenac l'apostropha, un coude négligemment appuyé au zinc :

— Alors toi, qu'est-ce que tu en dis de ce référendum ?

— Hein ?

— Ce référendum, t'en pense quoi ?

— Le père de Gaulle, il est malin, bafouilla Jérôme, guère désireux d'entreprendre un débat sur la question.

— Tu parles ! Il nous joue une fois de plus le même sketch ! C'est moi ou le chaos…

— Parce que tu connais quelqu'un pour le remplacer, toi ? rétorqua Roger Massat qui avait des sympathies gaullistes.

— Oh, ce ne sont pas les types qui manquent dans l'opposition, avança prudemment Jérôme.

— Ah bon… Et qui ?

— Je ne sais pas, moi…

— Tu l'entends ? Il ne sait pas, poursuivit d'un ton un peu hargneux Marcel. Non mais, sans rigoler, tu vois cette fripouille de Mitterrand, ce mafieux de Déferre ou ce cul-bénit de Lecanuet lui succéder ?

— Il y en a bien d'autres…

— Il préfère peut-être le camarade Duclos, suggéra Roger d'un air moqueur.

— Pourquoi dis-tu ça ?

— T'as pas voté pour eux aux dernières municipales ?

— Moi ? Jamais ! Tu sais bien que je n'aime pas les cocos… Et puis Duclos, c'est un vieux stalinien !

— Ça, c'est exact. Paraît qu'en 1940, ce nabot a intrigué auprès des Boches pour faire reparaître *L'Huma* !

— Pourquoi tu dis que c'est un nabot ? C'est quand même le numéro 2 du PCF !

— Parce qu'il mesure un mètre quarante-neuf !

— Sans blague ? Tu l'as déjà rencontré ?

— C'est Antoine de l'Espine qui me l'a affirmé…

— Et comment il le sait, ce grand escogriffe ?

— Comment veux-tu qu'il le sache… Il l'a lu dans *La Nation,* té, pardi !

— Ouais… Tout ça, c'est encore de la propagande gaulliste !

— Et toi, Hippolyte, tu vas voter oui ou tu vas voter non à ce référendum ? fit Marcel.

— Je n'en sais rien…

— Hé… Ça dépendra de la soupe à la grimace que sa femme lui aura servie la veille !

— Oh, ça va, hé !

— Ben quoi ? Tout le monde sait bien ici que ton Yvette, c'est un dragon.

— Et la tienne, tu l'as regardée ? Ah, c'est sûr qu'avec la tronche qu'elle a, tu ne risques pas qu'elle te trompe !

— Redis-le pour voir !

— Oui, môssieur ! Je le redis, le jour où tu as dit oui, tu devais être bourré comme un coing !

— Macarel, mais il m'insulte !

En dégustant son Viandox brûlant à petites gorgées, le docteur Champot, d'une oreille distraite, les écoutait se chamailler, tous certains de détenir la vérité absolue. Tous les soirs, c'était la même histoire. À l'heure où les mères de famille, la table mise, commençaient à s'impatienter de ne pas les voir arriver, leurs voix se faisaient plus fortes, les intonations méridionales plus accentuées, le quatrième ou le cinquième Ricard aidant. Parfois, pour un rien, un mot de trop, la conversation dégénérait en une engueulade mémorable et pagnolesque. Le ton montait alors assez haut pour que les « couillons » et autres amabilités du même genre volent bas et l'algarade se terminait par une sortie théâtrale qui faisait trembler la porte vitrée du café Laborde pour laisser place à un silence gêné, simplement troublé par le tic-tac de la pendule murale.

Champot aimait ces gens-là. Ils lui en rappelaient d'autres, connus une dizaine d'années plus tôt, de l'autre côté de la Méditerranée. Comme eux, ils respiraient la vie, le bonheur tranquille, les petites joies de l'amitié, le parfum des jours heureux. Ils étaient la terre, la matrice mémorielle des générations qui se succèdent, celle d'une humanité pétrie d'assez d'imperfections et d'altruisme pour accéder à la grandeur. Il les avait aimés dès le premier jour. En franchissant la porte du bistrot Laborde, sous le soleil écrasant de cet été 1962, il avait su qu'il était arrivé. Depuis, Champot les regardait vivre avec la curiosité inépuisable d'un entomologiste, exerçant avec autant de passion que d'abnégation sa science médicale pour soulager leurs petites misères quotidiennes. Les gens du pays le lui rendaient bien, agrémentant généreusement le règlement de la consultation, selon les saisons, de quelques paniers de girolles, d'une palombe, d'un poulet ou d'une douzaine d'œufs.

Annie Bergès réapparut. Sa journée achevée, la jeune femme avait ôté son tablier de travail. Sur un pantalon noir, style fuseau, qui allongeait sa silhouette mince, elle arborait un pull-over rouge assez moulant pour ne rien cacher d'une poitrine appétissante. Ainsi vêtue, elle captait l'attention des hommes qui ne pouvaient s'empêcher de la suivre du regard, un rien de concupiscence grivoise au fond des yeux. Comme tous, Champot leva la tête à son passage, « C'est vrai qu'elle est fichtrement bien roulée… », ne put-il s'empêcher de penser en observant la démarche sensuelle de la jeune femme qui se dirigeait avec grâce vers le portemanteau pour enfiler son duffle-coat. Champot jeta un coup d'œil à sa montre-bracelet, un chrono Omega, cadeau d'une femme tant aimée. Il était presque sept heures trente. Par la vitre embuée, il vit que, dehors, la nuit épaisse se troublait de flocons de neige qui virevoltaient comme des abeilles perdues. Il était temps de partir voir sa vieille patiente. Décollant du zinc, le docteur Champot marcha vers la jeune femme et, en quelques pas, il fut à sa hauteur.

— Je vous ramène chez vous ? lui glissa-t-il en esquissant un sourire.

— Merci, docteur, mais j'ai ma Mobylette…

— Avec cette neige, la route va être glissante et une mauvaise chute est vite arrivée. Je n'aimerais pas avoir à vous amener à l'hôpital.

— Je ne veux pas vous déranger…

— Pour aller chez la Julie, je passe par Borderouge. Je vous déposerai sur le chemin qui conduit à votre maison, fit Champot en ajustant son éternel chapeau de feutre déformé par les saisons et les jours. Quant à votre Mobylette, vous la récupérerez demain…

— Je ne voudrais pas vous obliger…

— Vous avez peur de monter dans ma voiture, c'est ça ?

— Peur, moi ? Oh, non ! répondit Annie, un peu gênée d'accepter la proposition de Champot après avoir refusé celle de Jérôme Rouzaud.

— Ne craignez rien… Je ne vais pas vous faire le coup de la panne !

— Je n'ai pas peur pour ma vertu. C'est plutôt votre réputation qui risque de souffrir si on nous voit partir ensemble, plaisanta Annie Bergès en lui adressant une œillade équivoque.

— Ma réputation ? Il n'y a pas de honte à aimer la compagnie des jolies femmes. Allez, venez… Ne vous faites pas plus timide que vous n'êtes, prenez place…, ajouta le médecin en lui ouvrant avec une galanterie naturelle la porte du café.

Dehors, la tempête montait en puissance. Balayée par des rafales de vent mauvais qui rugissaient en pourchassant de gros nuages noirs, tels des cavaliers de l'Apocalypse, la neige tombait de plus en plus dru. Elle commençait par endroits à former une couche de quelques centimètres, préfigurant de futures congères. Dans la nuit noire, le pinceau des phares rectangulaires Cibié de l'Ami 6 break cognait contre le rideau blanc qui se dressait dans les ténèbres. Les deux mains posées sur le volant monobranche, Champot se concentrait sur sa conduite. Ce n'était pas le moment de se laisser surprendre et de faire un tête-à-queue, ou pire, une sortie de route conduisant dans le fossé. Même si la petite voiture était à l'aise sur les chemins enneigés grâce à ses suspensions héritées de la 2 CV, Champot n'ignorait pas que les freins à tambour n'étaient pas d'une efficacité redoutable sur sol glissant.

Pour atteindre l'embranchement qui conduisait au hameau de Borderouge, il n'y avait guère qu'un peu plus de cinq kilomètres, mais l'obscurité rendait le trajet infiniment plus long. Bercé par le balancement tout « citroëniste » du véhicule, Annie Bergès restait silencieuse. Le docteur l'avait toujours quelque peu impressionnée. Avec sa voix grave empreinte d'une virilité rassurante, ce bel homme avait le regard assez pénétrant pour faire frissonner les femmes. « Sans doute ne manque-t-il pas de conquêtes féminines », songea la jeune femme. Intuitivement, Annie Bergès savait par avance qu'elle ne lui résisterait guère. Tombant assez facilement amoureuse, elle succomberait sans coup férir à sa première tentative. Un doigt lui caressant la joue, une main s'égarant sur son genou et elle lui offrirait sans aucun état d'âme ce qui faisait fantasmer les célibataires endurcis du café Laborde : le charme voluptueux d'un corps aguerri au plaisir.

Sur la petite route sinueuse, l'Ami 6 enchaînait les virages à un train de sénateur. Champot péchait-il par excès de prudence pour éviter les pièges d'une chausse enneigée ou faisait-il sciemment durer le plaisir de la séduction ? La jeune femme mourait d'envie qu'il la prenne dans ses bras. Mais quel homme était-il ? Il n'avait pas la réputation d'un coureur de jupons. D'ailleurs, Annie ne lui connaissait pas de liaison avérée. On lui avait bien prêté une aventure avec Jacqueline Lasserre et une autre avec la sulfureuse Mme Maffre, une grande croqueuse d'hommes au regard fauve. Mais ces ragots de bistrot n'avaient guère de fondement. Le docteur était discret. Dans ce jeu du chat et de la souris, il n'avait pas l'air de se presser. Mais qui était le chat et qui était la souris ?

La roue avant droite de l'Ami 6 passa malencontreusement sur un nid-de-poule. Le cahot de la voiture rapprocha son épaule de la sienne. Ils échangèrent un bref regard. Dans la pénombre, la jeune femme crut deviner une esquisse de sourire. N'était-ce pas là une invitation ? Peut-être le docteur Champot, sous sa mâle assurance, était-il au fond un grand timide ? Ne fallait-il pas lui tendre la perche ? Et s'il la rembarrait ? Quelle honte pour elle, si cela venait à se savoir… Mais qu'importe, ce type lui plaisait trop ! À la sortie d'un bois de sapins noirs, l'automobile avait ralenti. Sans doute Champot voulait-il éviter un freinage intempestif qui eût pu les conduire dans le fossé, assez profond en cet endroit. L'Ami 6 s'arrêta à l'orée d'un chemin marqué d'un épicéa centenaire.

— Vous ne voulez pas entrer boire un verre ? murmura-t-elle.

— Merci. Vous êtes gentille…

— C'est de bon cœur, vous savez…

— Je n'en doute pas, mais une autre fois…

— Les femmes ne vous intéressent pas ? lâcha-t-elle dans un souffle rauque transpirant de désir.

— Ma patiente m'attend.

— Ne vous inquiétez pas pour la vieille Julie. Elle est solide comme un roc. Elle se consolera de votre retard avec un coup de prune !

— Plus tard, peut être…

— Demain, c'est ma journée de repos, passez donc me faire un petit coucou, si ça vous tente… Ma porte vous est toujours ouverte, susurra-t-elle en se penchant vers Champot presque à lui tendre les lèvres.

— Merci de l'invitation…

— Alors à demain ?

— À bientôt, lui répondit le docteur en esquivant la bouche offerte pour claquer une bise sur la joue de la jeune femme.

Annie Bergès marqua un temps d'arrêt. Champot, trop dévoué à ses patients, était-il idiot au point de ne rien comprendre et de rater une bonne occasion ou, tout simplement, pas intéressé ? Elle hésitait à l'embrasser de sa propre initiative. Finalement, elle poussa un bref soupir de dépit. Tant pis pour lui… D'autres sauraient apprécier ses charmes ! Elle ouvrit la porte de la voiture, le gratifiant au passage d'un sourire à faire fondre un iceberg. La jeune femme inclina la tête pour affronter les bourrasques. Elle n'avait pas loin à aller. Le chemin empierré qui conduisait chez elle n'était long que d'une centaine de mètres. Heureusement, car il était recouvert d'une couche de neige qui s'épaississait à vue d'œil sous les sautes du vent mauvais. Tout au bout, tel un phare pour aider les marins perdus dans la tempête à retrouver un cap, une lumière jaunâtre trouait les ténèbres, guidant ses pas vers la ferme de Borderouge, le havre de sa nouvelle vie depuis près de deux ans.

Dans l'Ami 6, bercé par le ballet saccadé des essuie-glaces qui peinaient à chasser la neige du pare-brise, le docteur Champot regarda s'éloigner la silhouette courbée. « Drôle de fille ! » pensa-t-il en songeant à toutes les histoires qui couraient sur elle dans le pays. Nombreux étaient ceux qui, un rien fanfarons, prétendaient après quelques Ricard dans le nez avoir bénéficié de ses faveurs ! Mais qu'en était-il au juste ? Antoine Champot se méfiait de ces ragots qui ont vite fait de vous habiller pour l'hiver. Contrastant avec l'image stéréotypée des hippies fuyant le monde pour se réfugier dans des communautés de babas cool style *peace and love,* Annie Bergès goûtait la vie à pleines dents, mordant dedans comme dans un fruit mûr. Si sa réputation d'avoir la cuisse légère ne semblait guère usurpée, la jeune femme était aussi sûrement une blessée de la vie… Tout indiquait au médecin une existence cabossée par la consommation festive de drogue et d'alcool. Sans doute avait-elle des excuses. Ne racontait-on pas qu'elle avait été abandonnée à sa naissance ?

Tirant sur le levier de vitesse pour passer la première, Antoine Champot jeta machinalement un coup d'œil dans le rétroviseur. Dans le miroir, il distingua vaguement la lumière d'un phare qui cahotait dans la forêt de sapins noirs. La lueur était lointaine. Sans y accorder plus d'attention, Champot démarra pour gagner la ferme de Fabas, où Julie Dedieu habitait de toute éternité. Dix minutes plus tard, après deux virages en épingle à cheveux, il se gara dans la cour de la vieille ferme. Il avait à peine coupé le moteur de la Citroën qu'un chien maigre et jaune, surgi de nulle part, vint à sa rencontre. À en juger par ses babines retroussées dévoilant des crocs menaçants, la Julie n'avait pas à craindre une intrusion malveillante. Elle était bien gardée !

Sans doute la vieille célibataire devait-elle guetter son arrivée derrière le volet de la fenêtre de la cuisine. Il se hâta de traverser la cour de la ferme, sa trousse à la main, laissant au passage l'empreinte profonde de ses brodequins dans la neige fraîche. Parvenu devant une solide porte en chêne grisée par le soleil et la pluie, Antoine Champot l'imagina un instant, tapie dans l'ombre, comme une tarentule attendant sa proie. Pour l'avoir visitée des dizaines de fois, il savait qu'elle l'espérait, comme une mère le retour de son fils, écartant d'une main ridée et osseuse les rideaux en Nylon translucide, attentive à chaque bruit suspect qui trouait la nuit. Le docteur Champot frappa par habitude et entra, sans attendre d'y être invité. À gauche d'un couloir sombre et glacé qui sentait le moisi, un rayon de lumière perçait sous la porte de la cuisine.

— C'est ouvert ! entendit-il crier.

Assise dans un fauteuil de paille acheté dix ans plus tôt à des caraques qui avaient été assez habiles pour le lui vendre deux fois son prix, Julie l'attendait. Un épais châle en laine des Pyrénées couvrait ses épaules. Il venait se superposer à un tablier de Nylon bleu que blindaient deux gilets enfilés l'un sur l'autre, histoire de supporter les 14 degrés qui régnaient dans la pièce. « La chaleur, ça vous ramollit l'esprit ! » arguait-elle pour justifier les économies de combustible de sa cuisinière mixte bois-charbon qui n'arrangeaient guère ses rhumatismes. À quatre-vingt-deux ans, ils commençaient à la faire souffrir sérieusement. Combien de fois devait-elle serrer les dents pour monter l'escalier et atteindre sa chambre ? À croire que les articulations de ses genoux étaient aussi rouillées que la manivelle du vieux puits ! Ainsi, bien souvent, les jours d'hiver,

Julie Dedieu traînait-elle douloureusement ses chaussons de feutre du buffet de merisier à l'évier de pierre grise.

Julie Dedieu ne se faisait plus d'illusion. Elle savait bien que ses petits-neveux rêvaient de l'expédier dans une maison de retraite. Une fois dans un de ces mouroirs, ils auraient toute latitude pour vendre sa maison un bon prix à ceux qu'elle appelait les « doryphores ». Ainsi désignait-elle les citadins avides d'air pur et d'espace qui achetaient en masse et à prix d'or la moindre grange aux murs croulants pour en faire une résidence pompeusement appelée « secondaire ». Cela ne l'empêchait pas de poursuivre son combat, même si elle le pensait perdu d'avance, animée de la même volonté farouche dont elle avait fait preuve, vingt-cinq ans plus tôt, face aux Allemands qui traquaient sans pitié les groupes de maquisards et ses effectifs gonflés par les réfractaires du STO. Hier comme aujourd'hui, contre vents et marées, jusqu'à son dernier souffle, elle resterait debout ! Murée dans sa solitude grandiose et tragique, abandonnée sur la banquise d'une vie passée, c'était sa raison de vivre…

— Ah, enfin, te voilà, lâcha-t-elle en voyant la silhouette du docteur apparaître dans la lumière crue sans se lever du fauteuil, usant sans vergogne de ce tutoiement familier qu'elle employait avec tous.

— Bonjour, madame Dedieu…

— Il y a trois heures que je t'attends !

— Vous n'êtes pas la seule…

— Oui, mais tu sais, je n'aime pas attendre ! Où étais-tu donc passé pour arriver si tard ?

— Je me suis arrêté chez Jeannine Laborde pour boire un Viandox, histoire de me réchauffer, répondit Champot, amusé d'avoir à se justifier comme un gamin de dix ans.

— Faut pas trois heures pour ça !

— Ensuite, j'ai raccompagné Annie Bergès chez elle, ajouta Champot en posant sa trousse sur la table de la cuisine, recouverte d'une toile cirée usée au décor de pommes et de poires.

— Ah, cette traînée ! Elle t'aura encore fait du gringue, maugréa Julie Dedieu. Et toi, tu t'es laissé embobiner, c'est ça ?

— Dites-moi plutôt ce que vous avez.

— Et que veux-tu qu'il m'arrive de pire que de vieillir ? Je n'ai plus de forces, je souffle comme un bœuf au moindre effort et mes articulations me chatouillent tellement que j'ai cru ne pas pouvoir faire ma toilette ce matin !

— Bah, avec le printemps, ça passera…

— Moi aussi, je vais passer si tu ne me soignes pas !

— Vous êtes solide comme un roc !

— Tu plaisantes ? Le général a raison : vieillir, c'est un naufrage !

— Allez, ôtez votre tablier que je vous examine, fit Champot en ouvrant sa trousse.

— Pour me dire que je ne vais pas plus mal que la dernière fois ?

— Voilà une nouvelle qui ferait sûrement plaisir à vos neveux, glissa insidieusement Champot qui n'ignorait rien de la méfiance qu'elle nourrissait à leur égard.

— Ah, ne me parle pas de ceux-là ! Ce sont... ce sont... Tiens, des... des... des nécrophages ! lâcha Julie Dedieu d'un ton sans réplique.

Champot fut surpris qu'elle emploie un mot aussi savant, elle qui n'avait jamais été plus loin que le certificat d'études. Sans doute avait-elle dû le découvrir dans le Larousse qu'elle gardait toujours à portée de main, sur le buffet. Sa couverture, luisante de cette crasse que les antiquaires appellent noblement « patine », avait été rafistolée à moult reprises avec du sparadrap. Cette vénérable édition de 1910 lui avait été offerte lorsqu'elle avait coiffé sainte Catherine, l'année de ses vingt-cinq ans. Le dictionnaire, feuilleté au quotidien, l'avait accompagnée tout au long de sa vie, fidèle compagnon de ses soirées de solitude au cantou. Ils avaient vieilli ensemble et, aujourd'hui, Julie Dedieu, tassée sur son fauteuil en paille, les yeux délavés par le temps qui passe, était à l'image de ses pages racornies et jaunies.

D'un geste professionnel, le médecin lui releva la manche gauche pour lui prendre la tension. Puis, le stéthoscope à l'oreille, il écouta son cœur, lui fit déplacer les jambes et les bras. Après l'avoir soigneusement auscultée, Champot acquit la certitude que Julie Dedieu se portait comme un charme. Ne l'avait-elle pas fait venir, comme d'habitude, pour avoir un peu de compagnie ? Le docteur savait qu'en dehors de quelques chasseurs à la saison, il n'y avait plus grand monde qui montait à Fabas, et Julie, même si elle s'en défendait, crevait lentement de solitude. Quand elle n'en pouvait plus, elle le faisait prévenir, histoire de passer un moment avec cet homme qui aurait pu être son fils et pour lequel elle nourrissait en secret, derrière un tutoiement rugueux, une affection toute maternelle.

— Tu vois bien que je suis malade. Qu'est-ce que tu me donnes ?

— Deux ampoules de Frubiose par jour pendant un mois, répliqua le médecin en se saisissant d'un bloc de feuilles autocopiantes à son timbre.

— Et tu crois que ça va me guérir ?

— C'est de la vitamine D. C'est bon pour les os.

— Parce que tu crois qu'avec toutes tes poutingues je vais faire de vieux os ?

— Vous êtes de la race des centenaires...

— Ne parle pas de malheur ! Le monde m'emmerde trop pour que je le supporte jusqu'à cent ans !

— Vous avez des idées noires ?

— Non... N'en déduis pas que j'ai hâte de me retrouver de l'autre côté... Mais il y a près de soixante ans que je n'ai pas été à confesse et je ne suis pas pressée de rencontrer Notre Seigneur, j'aurais trop à lui raconter ! Quant aux hommes, je vois assez leurs simagrées à la télé ! Tous des pantins... Au fait, tu as dîné ?

— Non...

— Assieds-toi. Tu vas souper avec moi !

— Mais, c'est que...

— Il n'y a pas de « mais » qui tienne. Tu as encore des clients à voir ce soir ?

— Non, vous êtes la dernière.

— Alors, passe donc à table. J'ai un reste d'azinat dont tu me diras des nouvelles ! Et puis, comme ça, on pourra faire la causette...

Se levant de son fauteuil en paille avec l'aisance des vingt ans qu'elle se plaignait d'avoir perdus, Julie Dedieu s'approcha de la cuisinière qui ronronnait doucement. Elle tira du feu une casserole en fonte d'aluminium hors d'âge dont la queue était isolée de la chaleur par un empilage serré de ficelle grossière culottée par l'usage. Soulevant le couvercle, Julie Dedieu renifla la potée tenue au chaud. Une odeur puissante de chou, de navet, de pomme de terre, de poireau et de carotte, à laquelle se mêlaient les effluves subtils d'un saucisson de couenne, d'une palette de porc et d'un large plat de côtes, qu'on nomme ici « coustellou », lui monta instantanément aux narines, réminiscence primitive des plats simples mais copieux que des générations de femmes de la montagne avaient cuisinés pour garnir les ventres affamés de leurs hommes.

Le fumet de l'azinat arriva au nez du médecin. Comment résister à un tel appel des sens ? Vaincu, Champot ferma sa trousse. Consciencieusement il rangea son stéthoscope et le bloc dont il s'était servi pour rédiger l'ordonnance. Julie Dedieu savait comment le prendre ! Une fois de plus, c'est elle qui aurait le dernier mot. Mais succomber à une telle tentation n'avait rien de déshonorant. C'était renouer avec le passé et les traditions gastronomiques ancestrales que le sempiternel bifteck-frites débité à la chaîne par les snack-bars aux tables de Formica rouge ou jaune vouait désormais aux gémonies. Bien qu'ayant été élevé dans une culture culinaire un peu différente, celle du Limousin, faite principalement de « bouligous », de « milhassous », de « farcidures » ou de « tourtous », ces galettes cuites dans une crêpière qui servent de pain pour accompagner un plat en sauce, Champot dégustait désormais pleinement les spécialités des Pyrénées où il avait posé ses valises.

Sans un mot, le médecin s'assit à la table. Julie Dedieu poussa devant lui une assiette à soupe qu'elle garnit de plusieurs louches de potée odorante, veillant à servir autant de légumes que de viande. La vieille femme posa sur la toile cirée un verre Duralex et, se saisissant d'une bouteille trois étoiles culottée de tanin, elle le remplit généreusement d'un rouge épais. Dans le raclement des pieds d'une chaise bancale, elle prit place à côté de lui, comme une mère à côté de son fils. Dans un silence aussi monastique que celui observé par les carmélites du couvent de Pamiers où son père menaçait jadis de l'envoyer pour la rémission de ses péchés d'enfant, Julie Dedieu le regarda manger avec une gourmandise non dissimulée. Bercé par le tic-tac d'une vénérable comtoise dont le balancier de cuivre battait le rythme du temps dans une haute caisse en bois fruitier, Champot, les yeux mi-clos, savourait tout autant le goût sauvage de la potée que la quiétude éternelle qui imprégnait la cuisine.

— Alors, il est bon, mon azinat ?

— Hummm... Sublime ! répondit le médecin entre deux bouchées.

— Raconte-moi maintenant... Avec mes rhumatismes, j'ai du mal à descendre au village en vélo.

— Que voulez-vous savoir ?

— Tout !

— Tout, c'est vaste !

— Qu'est-ce qui se dit au café Laborde ?

— Rien de neuf. Les uns font le bilan de leur saison de chasse et les autres tirent des plans sur la comète pour l'ouverture de la pêche.

— Et la politique ?

— Les élections les travaillent...

— Qu'est-ce qu'ils en pensent ?

— Le projet de référendum du général de Gaulle est loin de faire l'unanimité.

— Ça ne m'étonne pas ! Ce pays, vois-tu, il a été tant oublié du pouvoir que les gens d'ici, maintenant, ils votent toujours contre !

— « Non », c'est un joli mot de la langue française, répondit le médecin en souriant.

Deux heures plus tard, quand Antoine Champot quitta la maison de Julie Dedieu, il avait le ventre bien lesté d'un azinat à donner des frayeurs rétrospectives à nombre de ses confrères nutritionnistes. Pour faire bonne mesure, la vieille dame lui avait généreusement versé un verre d'eau-de-vie de prune. Distillé quelque vingt ans plus tôt, l'alcool avait vieilli dans un petit tonneau de chêne qui lui avait conféré une belle couleur mordorée. Du coin de l'œil, Julie Dedieu avait contemplé avec un amusement non dissimulé le feu qui l'avait gagné jusqu'à la pointe des oreilles, irradiant sa gorge d'une chaleur tout épicurienne. Ainsi paré, il était à l'abri des coups de froid !

Champot savait que la Julie avait passé une bonne soirée. La vieille dame l'avait accompagné jusqu'à la porte, oubliant pour le coup ses rhumatismes. Ces instants partagés valaient toutes les médecines du monde. En sortant, le docteur réajusta son chapeau de feutre et baissa la tête pour affronter les rafales du vent. Dans la clarté blafarde d'une ampoule de quarante watts suspendue à une potence en col de cygne, de fins flocons tourbillonnaient pour s'accumuler dans les bas-côtés de la route, prémices de congères en devenir. La neige qui n'en finissait plus de tomber formait désormais par endroits une couche d'une dizaine de centimètres. Cueilli par le souffle de la bise glacée qui psalmodiait la gloire d'un hiver bien entamé, Champot marqua un bref temps d'arrêt avant de s'engouffrer prestement dans l'Ami 6. Même si personne ne l'attendait à la maison, il avait hâte de rentrer avant que la poudreuse ne devienne trop épaisse sur la route.

2

Une mystérieuse disparition…

LE CARILLON DE L'HORLOGE venait d'égrener huit heures. Assis sur une chaise en Formica rouge à la table de la cuisine, Champot prit le temps de s'étirer. Il connaissait les bienfaits de ces mouvements félins qui permettent de capitaliser une bonne nuit de sommeil pour vous donner le courage d'affronter la journée à venir. Tout en continuant de siroter à petites gorgées son café brûlant, il jeta un coup d'œil machinal par la fenêtre. Derrière le voilage du rideau en Nylon, la nuit s'estompait lentement dans la pâleur d'une aurore glacée. Le jour, terne et grisâtre, avait bien du mal à se lever. Dehors, la route départementale qui traversait le village était déserte. Le blanc manteau qui avait recouvert tout le pays d'une bonne couche de poudreuse fraîche ralentissait une activité hivernale déjà bien ankylosée. Certes, ici, à la sortie de Seix, il n'y avait guère d'animation les jours ordinaires. Mais avec la neige, les gens du pays hésitaient encore plus à sortir de chez eux, se contentant, par obligation, de la traditionnelle corvée du bois pour garnir la cuisinière gloutonne ou d'aller donner à manger aux bêtes. Inutile de se presser. Hier, il n'avait vu que sept patients au cabinet... De quoi faire le désespoir de ses confrères exerçant en ville ! Il s'en consolait en pensant que les vieux d'ici étaient solides et qu'ils n'avaient pas besoin de sa science. Alors, même s'il ouvrait à neuf heures et demie, personne ne lui en tiendrait rigueur...

Champot ne s'était pas trompé. Ce matin-là, seuls trois clients poussèrent la porte de son cabinet, dont un pour un simple renouvellement d'ordonnance. Médecin de campagne en zone de montagne n'assurait pas la fortune ! Pour tromper son ennui, Champot avait lu avec beaucoup d'intérêt un article dans le dernier numéro de *La Revue du praticien,* une publication fondée en 1951. Il relatait les premiers essais de transplantation cardiaque, effectués l'année précédente par les professeurs Cabrol, Guiraudon et Mercadier sur Clovis Roblain, un malade âgé de soixante-six ans, à l'hôpital la Pitié-Salpêtrière, à Paris, le 27 avril 1968. Certes, ce premier patient n'avait survécu que cinquante-trois heures à l'opération pratiquée selon la méthode mise au point par le professeur Christian Barnard, mais Emmanuel Vitria, greffé à Marseille juste sept mois après, le 27 novembre 1968, était toujours vivant. Les perspectives ouvertes étaient porteuses d'un immense espoir pour tous les insuffisants cardiaques.

Vers treize heures trente, lassé d'attendre près du téléphone une hypothétique urgence, Champot avala à la sauvette une rapide collation. Puis il tira la porte du cabinet et partit voir ses patients. Il savait que nombre d'entre eux, souvent seuls et âgés, attendaient sa venue avec la même joie que celle qu'ils éprouvaient lors des trop rares visites de leurs enfants, vivant dans les tristes citées HLM qui poussaient comme des champignons à la périphérie de Toulouse ou dans les banlieues grises de la région parisienne. Au moment où le docteur Champot quittait son cabinet pour monter dans son Ami 6, l'estafette Renault de la gendarmerie de la brigade d'Oust traversa le village. Le médecin croisa le véhicule mais il n'y prêta pas attention. Ces populaires fourgons bleus ne sillonnaient-ils pas inlassablement les routes de toutes les campagnes de la France d'alors ? La camionnette ralentit pour s'arrêter devant le café de Jeannine Laborde. Une nuée de moineaux bagarreurs s'enfuit à tire-d'aile à l'ouverture des portières.

Deux hommes sanglés dans leur uniforme, le képi vissé sur la tête, descendirent du véhicule. Ils étaient fort dissemblables. Le plus âgé arborait sur la manche de sa vareuse noire des galons argentés de maréchal des logis-chef. Trapu et rondouillard, avec un visage bonasse, Robert Cayrol aurait pu faire de la figuration dans la célèbre série de films *Le Gendarme* dont le personnage principal était incarné par Louis de Funès. La popularité de ces films ne l'avait-elle d'ailleurs pas fait affubler par ses collègues de la brigade du surnom de « Gerber », allusion au personnage interprété par Michel Galabru ? Natif de Carcanières, un bourg montagnard niché à sept cent quatre-vingts mètres d'altitude à la limite de l'Ariège et de l'Aude, dans ce Quérigut où des sources d'eau chaude sulfureuse émergeant des granits et de la pegmatite avaient fait naître une petite activité thermale, Robert Cayrol avait effectué presque toute sa carrière à l'autre bout du département, en Couserans. Après vingt ans de mariage avec une fille du pays, il avait fini par s'acclimater et partageait ses loisirs entre la pêche à la truite à la belle saison et sa collection de timbres l'hiver, un moyen de voyager, comme il se plaisait à le souligner.

À ses côtés, le jeune blondinet de vingt-cinq ans à la silhouette presque frêle avait l'air d'un gringalet, malgré la fine moustache qu'il cultivait avec soin pour donner l'illusion d'une apparence plus virile. Originaire de Gaillac où ses parents géraient une petite épicerie Casino, Michel Gabarrou attribuait le hasard de son affectation montagnarde à son médiocre rang de sortie de l'école de gendarmerie de Châtellerault. Ah, si sa note de « gueule » avait été meilleure, il eût pu décrocher un poste en ville ! Sans doute lui faudrait-il passer ici quelques années d'exil avant de pouvoir prétendre rejoindre les riants coteaux du Tarn. Fraîchement arrivé à la brigade, Gabarrou connaissait encore mal le pays. Toutefois, sa conviction était faite : les hommes d'ici étaient bien plus retors que les clients qui défilaient dans la boutique paternelle. D'ailleurs, quand on leur demandait quelque chose, le premier mot qui leur venait naturellement aux lèvres, c'était « non ».

— Tu vas voir, lâcha le plus vieux des deux gendarmes habitué du café Laborde pour s'y arrêter épisodiquement boire un coup quand il n'était pas en service, au retour d'une partie de pêche. Jeannine, c'est une véritable agence de renseignement !

Les chaussures basses des deux gendarmes, des Bata en cuir noir à mince semelle de caoutchouc, mordirent profondément dans la neige fraîche, leur faisant amèrement regretter, en ces jours d'hiver, de ne pas bénéficier des mêmes équipements de haute montagne que leurs collègues du PGHM. Une rafale de vent les fit frissonner. Le lourd tissu de leur vareuse, qui se révélait si chaud et inconfortable en été, protégeait mal de la bise hivernale. Rentrant instinctivement la tête dans leurs épaules, les deux hommes se hâtèrent de pénétrer dans le café. S'essuyant soigneusement les pieds sur la grille en fer qui servait de paillasson, comme ils l'auraient fait chez eux, les deux gendarmes poussèrent la porte vitrée du bistrot pour se mettre à l'abri du souffle glacé qui pétrifiait la vie.

— Bonjour, messieurs, leur lança Jeannine Laborde de derrière son comptoir en les voyant entrer. Fait pas bien chaud, hein ?

— À qui le dites-vous ! lui répondit le plus vieux des deux pandores en frottant ses mains l'une contre l'autre.

— Qu'est-ce que je vous sers ?

— Rien, on est en service…

— Un petit café, tout de même ? Té, c'est moi qui vous l'offre !

— Alors, ça ne sera pas de refus…

— Qu'est-ce qui vous amène par ce temps-là ? questionna Jeannine en s'activant aux manettes du percolateur pour leur préparer deux expressos.

— Mme Amiel a téléphoné à la brigade ce matin.

— Ah, bon… Pourquoi ? Elle a des problèmes à la ferme Borderouge ?

— Non… Rien de grave. Elle s'inquiète simplement parce que votre employée n'est pas rentrée chez elle cette nuit.

— Annie ?

— Oui…

— C'est vrai que la vieille passe son temps à la surveiller… À croire qu'elle n'a que ça à faire !

— Quand l'avez-vous vue pour la dernière fois ?

— Qui ça ?

— Eh bien, votre employée…

— Hier soir, pardi ! Annie a quitté son service comme d'habitude vers sept heures et demie, juste avant la fermeture.

— Elle est partie seule ?

— Non, c'est le docteur Champot qui l'a raccompagnée.

— Voilà un bien galant homme, répondit narquoisement Cayrol.

— Vous auriez aimé être à sa place, c'est ça, hein ?

— Grand Dieu, non… Ma Lulu me suffit !

— Eh bien, gardez-la bien, parce qu'une femme aussi brave qu'elle, vous en trouverez pas de sitôt !

— Je m'étonne néanmoins qu'il l'ait raccompagnée.

— La neige rendait la route glissante et le toubib allait visiter Julie Dedieu, à la ferme de Fabas. C'était sur sa route…

— Et ce matin, elle n'est pas venue travailler ?

— Non, aujourd'hui, c'est son jour de repos. Et d'ailleurs, la Mobylette d'Annie est restée ici.

— Parlez-nous d'elle un peu, fit Cayrol d'une voix douce qui incitait aux confidences.

Réagissant au coup d'œil que venait de lui jeter son chef, Gabarrou posa son képi sur le zinc. De la sacoche réglementaire en cuir noir qu'il portait au côté, il sortit un carnet de feuilles autocopiantes quadrillées, toutes numérotées, qui servaient à recueillir les renseignements avant la rédaction des procès-verbaux, dactylographiés en triple exemplaire sur la Remington du bureau. Armé d'un stylo Bic, l'air aussi sérieux qu'un premier communiant approchant de l'autel, le blondinet commença à remplir consciencieusement l'entête administratif d'une page vierge. Puis, le stylo levé, il demeura prêt à noter, laissant à son chef le soin de conduire l'entretien. Le maréchal des logis-chef signifia à la patronne du café, d'un geste de la main, qu'elle pouvait commencer.

— En fin de compte, je ne sais pas grand-chose sur elle, fit Jeannine Laborde en soupirant.

— Votre employée ne vous a jamais fait de confidence ?

— Pas vraiment… Dans la journée, Annie est là pour travailler, pas pour faire la causette. Et puis il y a même pas deux ans qu'elle est arrivée ici, vous savez…

— Dans le pays, elle passe pour une nature avenante, fit le maréchal des logis-chef.

— Ah, ça, vous pouvez le dire… Surtout avec les hommes !

— Annie Bergès vous a posé des problèmes ?

— Non… Elle a toujours été très correcte avec la clientèle.

— Certains laissent même entendre qu'elle n'est pas très farouche, qu'on obtient facilement un rendez-vous, murmura timidement le jeune gendarme qui, bien que n'ayant jamais franchi la porte de l'établissement depuis son arrivée à la brigade quelques semaines plus tôt, connaissait déjà par ouï-dire la réputation sulfureuse de la jeune femme.

— Je ne tiens pas le compte de ses amants, si c'est-ce que vous voulez savoir !

— Comment la qualifieriez-vous en tant que femme ?

— Je dirais que c'est une allumeuse…

— Une allumeuse, dites-vous, répéta le jeune gendarme en sondant du regard le visage fané de Jeannine Laborde.

— Oh, n'y voyez aucune jalousie… C'est juste un constat, rapport à son comportement avec les types !

— Qu'auriez-vous d'autre à nous dire qui pourrait nous mettre sur une piste ?

— Pas grand-chose. Annie ne parle pas beaucoup d'elle-même… Elle a peut-être découché. C'est une fille assez libre, vous savez…

— Cette jeune femme a-t-elle fait des études ?

— Un soir de l'automne dernier, elle m'a confié avoir connu une scolarité plutôt chaotique.

— C'est-à-dire ?

— Elle n'a aucun diplôme, à ma connaissance.

— Même pas un CAP ?

— Non, rien… Ses professeurs la qualifiaient de « tête de lard », paraît-il !

— Elle a mauvais caractère ?

— Pas plus que d'autres… Ça ne l'empêche pas de bien faire son travail ici, ajouta Jeannine Laborde.

— Que vous a-t-elle raconté d'autre ?

— Qu'au terme d'une longue errance qui l'avait conduite sur les chemins d'une vie sans contraintes, de communautés hippies en groupes alternatifs, d'Angleterre en Scandinavie, elle pensait avoir trouvé ici un coin pour poser son sac...

— Et sa famille, elle vous en a parlé ?

— Quelques bribes... Elle est originaire d'Aiguillon...

— Aiguillon ?

— Oui, un bourg à la confluence du Lot et de la Garonne... C'est là qu'elle a grandi.

— Une enfance heureuse ?

— Pas vraiment ! Annie m'a confié être née de père inconnu et avoir été abandonnée à la naissance par sa mère.

— Qui l'a élevée ?

— Personne ! Elle a été traînée dès son plus jeune âge de familles d'accueil en foyers, en enchaînant les fugues.

— Une petite sauvageonne ?

— Oui, une jeunesse émaillée de bêtises, ce qui lui a valu quelques séjours en maisons de correction.

— Des délits ?

— Non... Des petits larcins, des grivèleries de gamine paumée qui cherchait à survivre, je crois. Depuis, elle s'est racheté une conduite. Ah, la jeunesse d'aujourd'hui...

Le maréchal des logis-chef hocha la tête, plus en signe de compréhension que d'assentiment. Il se souvenait trop bien du cas de sa propre nièce, Isabelle, étudiante en troisième année de licence de lettres à Toulouse. Élève studieuse au lycée, étudiante sérieuse, elle avait été saisie, quelques mois plus tôt, en mai 1968, comme bien d'autres jeunes de son âge, d'une soudaine fièvre contestataire qui l'avait poussée à devenir une pasionaria des amphis de la rue Albert-Lautmann, au grand dam de ses parents. Son engagement n'allait-il pas compromettre sa réussite universitaire ? Visiblement débordés par le comportement de leur unique enfant pour lequel ils avaient tant sacrifié, Antoine et Pauline Vergé, son beau-frère et sa sœur, l'avaient appelé en renfort pour la morigéner. Naïvement, les braves gens nourrissaient l'espoir que l'autorité d'un membre de la maréchaussée pourrait remettre la jeune fille dans le droit chemin. Sur leur affectueuse insistance, Robert avait donc fait, un samedi après-midi, le déplacement jusqu'à la cité universitaire Chapou à Toulouse. Située dans le quartier dit des Ponts-Jumeaux, lesquels, construits en 1774, sont en réalité au nombre de trois et mettent en communication le canal du Midi pour le pont du centre, le canal latéral à la Garonne pour le pont nord et le canal de Brienne pour le pont sud, la cité universitaire avait tout d'une caserne, ce qui n'était pas fait pour déplaire à Robert Cayrol.

En pénétrant dans la chambre exiguë de sa nièce, Robert Cayrol n'avait eu guère besoin d'explications. Ah, mon Dieu… Où était l'air pur des montagnes pyrénéennes ? Empuantie de vapeurs d'encens qui planaient par strates, l'atmosphère y était assez irrespirable pour entraîner inexorablement les plus rigoristes sur les chemins de Katmandou ! Dans les volutes de fumée, il avait néanmoins distingué un portrait de Che Guevara, le poing levé, dont l'affiche occupait le mur principal. Pour Cayrol, le diagnostic avait été rapide : en réaction à la sensibilité gaullienne que l'on cultivait traditionnellement dans la famille, Isabelle professait tout haut qu'il était désormais interdit d'interdire. Ses parents, employés au tri postal, étaient dépassés. La jeune fille était pourtant née dans un milieu où les valeurs avaient du sens. Fallait-il voir dans son comportement l'effet d'une tardive crise d'adolescence ? Ou bien avait-elle été intoxiquée par l'idéologie marxiste ? Assis au bord d'un lit aussi étroit qu'une couchette SNCF, que d'efforts lui avait-il fallu déployer l'été précédent pour la faire rentrer dans le rang !

— Même si elle n'est pas encore l'objet d'un signalement officiel pour disparition, que pouvez-vous nous dire d'autre sur votre employée ?

— Pas grand-chose, répéta Jeannine Laborde.

— Vous n'avez aucune idée de l'endroit où cette jeune femme a pu aller ? insista Cayrol.

— Comment voulez-vous que je le sache ? Avec tous les types dehors qui traînent dans le pays depuis l'ouverture de cette mine de tungstène à Salau…

— Ce n'est pas vous qui allez-vous en plaindre, madame Laborde… Cette mine, elle vous amène bien quelques clients, non ?

— Pas bien ! répondit Jeannine avec une moue pleine de regrets. La plupart des gars, vous savez, ils préfèrent aller faire la fête à Saint-Girons !

— Et puis, cette mine, ce n'est pas nouveau, rétorqua Cayrol. Les campagnes de prospection ont commencé dès le début des années soixante…

— Oui, mais il n'y avait qu'une poignée de géologues qui faisait quelques recherches…

— Une grosse poignée alors ! Dès 1964, vous avez bien vu le chantier s'intensifier avec l'arrivée des compresseurs électriques. Il y a deux ans, quatre cent dix mètres de galeries étaient déjà creusés et ils étaient une bonne quarantaine à faire des sondages verticaux au-dessus du bois d'Anglade. Et maintenant que la Société minière d'Anglade est officiellement constituée, qu'ils ont obtenu du ministère le permis d'exploitation, l'extraction industrielle de la scheelite, présente en grande quantité dans le gisement de Salau, commencera l'an prochain.

— Hum ! Il n'y a pas beaucoup de types du pays qui ont été embauchés… Ce sont surtout des mineurs de l'est et du nord qu'on a vus arriver.

— Hé, que voulez-vous, chez eux, les mines ferment ! Et puis ici, personne ne connaît le métier… La mine, ça fait revivre la vallée !

— Certes, mais pour combien de temps ?

— Annie Bergès ne serait-elle pas tout simplement rentrée chez elle à Aiguillon ? susurra le jeune gendarme, la pointe de son stylo Bic levée.

— À Aiguillon ? Mais pourquoi, diable ?

— Elle y est née…

— C'est bien tout ce qu'elle y a fait !

— Il ne nous reste plus qu'à voir le docteur Champot. Peut-être pourra-t-il nous en dire plus, fit le maréchal des logis-chef.

— Vous aurez du mal à le joindre, répondit Jeannine Laborde en jetant un coup d'œil à la pendule.

— À cette heure, il n'est pas à son cabinet ?

— Non, c'est le moment où il part faire la tournée de ses malades.

— Et il rentre vers quelle heure d'ordinaire ?

— Quand il a fini ! Ici, ce n'est pas comme en ville. On ne pointe pas… Si on l'invite, il casse la croûte chez l'un ou chez l'autre. Parfois, il passe boire un coup… Le docteur, vous savez, il n'a pas vraiment d'heure ! Pour lui, de midi à minuit, c'est toujours la journée…

Robert Cayrol lança un regard entendu à son collègue. Il hocha la tête, pensif, et se coiffa de son képi. Le jeune gendarme avait compris. La patience et la persévérance ne sont-elles pas des vertus cardinales de la maréchaussée ? Inutile de prolonger la discussion. De toute évidence, Jeannine Laborde ne leur en apprendrait pas davantage sur Annie Bergès. Gabarrou rangea son carnet de notes. Des yeux, il parcourut la salle du bistrot, histoire de mieux s'imprégner de cette atmosphère où la jeune femme travaillait. Il s'attarda quelques instants sur une tête d'isard accrochée au mur au-dessus de la porte donnant accès aux toilettes. Malgré un dépoussiérage mensuel au plumeau, une toile d'araignée rebelle s'évertuait à tendre régulièrement ses fils entre les cornes du défunt roi des pentes pyrénéennes. Gabarrou fit un pas dans sa direction pour observer de plus près le trophée de chasse. C'était un sujet jeune mais sans doute était-il suspendu là depuis des lustres car le poil commençait à tomber par plaques, comme sur le crâne des gosses qui ont la pelade. Le gendarme trouva que le bistrot de Jeannine Laborde était un peu à l'image de la tête momifiée du noble animal. Ici, le temps, sans s'être vraiment arrêté, ne s'écoulait pas à la même vitesse que plus bas dans la vallée. Le bruit d'une clochette le tira de ses méditations. Déjà, Cayrol ouvrait la porte du bistrot et Gabarrou, avant de lui emboîter le pas, esquissa un rapide salut à l'attention de la patronne.

— Allez, démarre ! lança Cayrol à son collègue. Ça fera marcher le chauffage.

— Où va-t-on, chef ?

— Prends la route de Couflens. On s'arrêtera à Fabas, histoire de rendre une petite visite à la mère Dedieu. Tu vas voir, elle a un foutu caractère, la Julie. Depuis la mort de ses parents, au début des années trente, elle vit toute seule à la borde de Fabas. Pendant la guerre, malgré ses soixante ans, elle n'hésitait pas à jouer les passeurs et à guider les évadés de France à travers la montagne !

— Elle ne s'ennuie pas trop là-haut ?

— Elle n'en a pas l'air... C'est une taiseuse, elle a toujours été économe de ses mots.

— Vous croyez qu'elle parlera, chef ?

— Rien n'est moins sûr ! D'autant que cette bonne femme est de la race des coriaces...

— Et le toubib ?

— On passera le voir en fin de journée.

— Et s'il n'est pas encore rentré ?

— Eh bien, on lui laissera une petite convocation...

— Peut-être que d'ici là, cette Annie Bergès aura refait surface...

— Souhaitons-le !

— Vous croyez qu'elle peut avoir fait une mauvaise rencontre, chef ?

— Je ne crois rien ! Mais avec ce genre d'oiseau, tout est possible, marmonna sentencieusement le maréchal des logis Cayrol qui, au cours de ses vingt ans de carrière, s'était trouvé confronté à plusieurs disparitions, bien souvent celles de mineurs en fugue.

L'estafette des gendarmes roulait doucement sur la petite départementale. Loin de faire du tourisme, Michel Gabarrou se montrait simplement prudent. La couche de neige n'était pas encore assez épaisse pour mettre les chaînes, mais la chaussée était glissante. La traîtrise d'une plaque de verglas n'était pas à exclure ! Aussi s'efforçait-il de conduire sans à-coups, le pied léger sur les pédales. Il savait qu'au moindre coup de froid le bitume deviendrait une belle patinoire, grande pourvoyeuse de tôles froissées, de voitures dans le fossé ou, pire, d'une plongée dans le Salat, le ruisseau au fond du talweg que la route longeait sur plusieurs kilomètres. Les collègues de la brigade ne lui avaient-ils pas relaté comment Bernard Marrot, le boucher-charcutier qui faisait la tournée des fermes dans tout le pays, avait ainsi bien failli se noyer au volant de sa camionnette par un petit matin glacial de janvier ?

En arrivant dans la cour de la ferme de Fabas, l'estafette des deux pandores fut accueillie par un concert d'aboiements féroces. Le chien avait surgi d'on ne sait où, hargneux et combatif. Michel Gabarrou coupa le moteur et les deux gendarmes descendirent de la camionnette sans claquer la porte pour ne pas exciter davantage le molosse. Le jeune gendarme promena un regard circulaire. Il n'avait pas encore eu l'occasion de venir jusqu'ici. La ferme qu'il découvrait était sur la voie du total abandon. Au décès de son unique occupante, elle ferait sûrement le bonheur de quelque Toulousain en mal d'espace, les « doryphores », comme Julie Dedieu et les gens du cru les nommaient en voyant ces citadins s'abattre chaque fin de semaine sur la campagne, tels des insectes nuisibles.

Ici, on était bien loin du laisser-aller bon enfant et pittoresque que les hippies en rupture avec la société urbaine cultivaient en communautés pour élever des enfants espiègles qui grandissaient en liberté, au mépris des règles de la vie bourgeoise. Sans doute les rhumatismes et l'âge de Julie Dedieu y étaient-ils pour quelque chose. Revenue de tout, la vieille dame sentait ses forces la trahir. Parvenue à l'aube du temps du renoncement, elle n'avait plus le courage de faire face aux obligations du quotidien. Ici, une bassine percée, le cul en l'air, voisinait avec une table en fer qui, faute de peinture, achevait de rouiller. Plus loin, sous le hangar, un amoncellement de râteaux en bois, de ces bêches qu'on nomme « bigou », offrait un éventail d'outils cassés, conservés parce que « ça pouvait toujours servir ». Au fond, un assortiment de jougs hors d'usage s'empilait sur une vieille charrette, jadis peinte en bleu.

Les volets de la fenêtre de la cuisine étaient ouverts. Cayrol eut quelques secondes la tentation de frapper aux carreaux. Mais l'observation prudente du cerbère l'en dissuada. Le chien avait tout de ces clébards faméliques que la SPA, cette association créée en 1845 pour apporter quelques soins aux animaux, recueille quotidiennement dans ses chenils. Son pelage jaunâtre se parsemait de larges plaques galeuses, traces d'eczéma mal soigné, faute d'une visite chez le vétérinaire. Bien campé sur ses pattes maigres, le museau en avant, la queue en trompette, le corniaud donnait rageusement de la voix. Une raie de poils hirsutes lui partageait le dos en deux, témoignant de sa hargne. Ses babines retroussées découvraient des crocs acérés, prêts à se planter dans la chair d'un mollet ou à déchirer le bas d'un pantalon.

Peut-être avait-il la phobie des uniformes, comme beaucoup de ses congénères ? Avec un tel comité d'accueil, le facteur ne devait pas être à la fête ! Inutile de vouloir le caresser, d'esquisser un geste affectueux ou même simplement d'avancer la main, pensa Gabarrou. C'était à coup sûr le meilleur moyen de se faire mordre, « mousseguer », comme on dit ici, ou pire, arracher un doigt ! Marchant d'un pas lent, les deux hommes s'avancèrent vers l'entrée de la maison en s'efforçant de se montrer ni peureux ni agressif. Le chien les accompagna, toujours en jetant des aboiements furieux. Méfiant, le gendarme Gabarrou se retourna à plusieurs reprises, craignant une attaque sournoise. Comme dans beaucoup de ces bordes perdues dans cette montagne qui se mourait au fil des saisons et des jours, ici, au bout du monde, il n'y avait pas de sonnette. Du poing, Cayrol frappa à la porte. Il patienta quelques instants, tendant l'oreille dans le souffle du vent d'hiver qui forcissait par bourrasques. Sans doute, à son âge, la Julie devait-elle être un peu dure de la feuille car personne ne lui répondit.

Seul le chien continuait de glapir, en découvrant des crocs féroces. Peu désireux de se faire mordre, sans attendre plus longtemps dans le froid glacial, Robert Cayrol posa la main sur la béquille. Devant les deux pandores s'ouvrit un couloir sombre et glacé que seul un rai de lumière au bas d'une porte à gauche venait animer d'un trait de vie. Les gendarmes s'engagèrent prudemment dans le passage, laissant la porte d'entrée entrouverte pour profiter d'un peu de clarté. Parvenu à mi-longueur, Robert Cayrol poussa sans hésitation le battant de chêne. Un flot de lumière crue l'aveugla une fraction de seconde. Il cilla des paupières et distingua, assise dans un fauteuil d'osier près d'une cheminée où deux tisons achevaient de se consumer, une vieille femme lisant un journal, un châle en laine des Pyrénées sur les épaules.

— Bonjour, madame Dedieu, jeta d'une voix claironnante et enjouée le maréchal des logis-chef en soulevant son képi.

— Mais… qu'est-ce que vous faites là ?

— On passe vous voir…

— Ah… C'est bien aimable de votre part, grommela Julie Dedieu. Et en quel honneur ?

— C'est-à-dire que, vous voyez… Enfin, on aurait quelques questions à vous poser…

— Des questions ? À quel sujet ? répondit la vieille femme, méfiante.

— Champot…

— Le toubib ? Qu'est-ce que vous lui voulez ? répliqua sèchement Julie, sur ses gardes.

— Dites-moi, le docteur Champot est passé vous voir hier soir ?

— Qu'est-ce que ça peut vous faire ?

— Disons que ça nous intéresse…

— Je reçois qui je veux, quand je veux, marmonna la vieille dame entre ses dents.

— Allons, madame Dedieu…

— Ça ne vous regarde pas ! Et pourquoi vous me demandez ça, d'abord ?

— C'est rapport à la disparition d'Annie Bergès, expliqua le jeune gendarme.

— Bergès, la fille qui sert au café ? Elle a disparu ?

— Disons qu'elle n'est pas rentrée chez elle hier soir et Champot est le dernier à l'avoir vue vivante…

— Hum… Qu'est-ce que vous voulez que je vous dise ? C'est une chienne en chaleur ! Cette traînée est partie avec un jules…

— Dites-nous si le docteur Champot est venu vous visiter, madame Dedieu…

— Oui… Il est passé hier soir, concéda Julie en soupirant.

— Vers quelle heure l'avez-vous vu ?

— Je n'en sais rien ! Il faisait nuit et je n'ai pas les yeux fixés sur le cadran de la pendule.

— Vous lui aviez téléphoné ?

— Je n'ai pas le téléphone.

— Le docteur vient vous voir régulièrement ?

— Quand j'ai besoin…

— Que venait-il faire ?

— Mais bon sang, pourquoi croyez-vous que Champot soit monté à Fabas ? Vous avez vu mes mains ? Vous croyez que mes rhumatismes vont guérir tout seuls ? Ah, on voit bien que vous n'en avez pas…

— Son comportement vous a-t-il paru normal ?

— Tout autant que le vôtre, sauf que lui est moins emmerdant !

— Madame Dedieu, je vous en prie, dites-nous plutôt si Champot est resté longtemps.

— Le temps nécessaire. On a causé…

— De quoi avez-vous parlé ?

— De la pluie, du beau temps…

— Pendant deux heures ?

— Vous commencez à me faire « caguer » avec toutes vos questions ! Je n'ai plus rien à vous dire !

— Dans ce cas, je vais devoir vous faire adresser une convocation à la brigade de gendarmerie pour une audition…

— Une convocation ? Non mais, est-ce que vous croyez que j'ai une tête à recevoir une convocation ? s'exclama Julie en se levant de son fauteuil, le regard furibond.

— Calmez-vous, madame Dedieu !

— Jarnicoton ! Vous ne saurez rien de plus !

— Mais, madame Dedieu…

— Il n'y a pas de « mais » qui tienne, gibier de potence ! Allez, ouste ! glapit la vieille femme. Du balai ! Je vous ai assez vus pour aujourd'hui, gronda-t-elle en joignant le geste à la parole. Foutez-moi le camp ! Defôro !

Robert Cayrol était perplexe. Julie se refusait à parler. Pourquoi cherchait-elle à protéger le docteur ? Quelle connivence pouvait-il exister entre eux ? Il jeta un bref coup d'œil à son collègue. Devant la soudaineté de l'attaque, Gabarrou restait bouche bée. Le jeune gendarme n'en revenait pas. Il n'avait guère l'habitude de voir la maréchaussée se faire ainsi éconduire. Ne lui avait-on pas appris, à l'école de la gendarmerie de Châtellerault, que force devait rester à la loi ? Pragmatique, le maréchal des logis-chef Cayrol jugea toutefois qu'il était vain d'envenimer les choses. Julie était connue dans toute la vallée pour avoir un caractère de cochon. Inutile de provoquer un incident diplomatique qui lui aurait fourni un *casus belli* ! Élevée à la rude dans le culte du travail par un père fort marri de n'avoir pas eu un fils, Julie supportait mal tout ce qui pouvait prétendre incarner l'autorité. Cayrol savait bien que, pour elle, la montagne était un espace de liberté. Malheur à ceux qui auraient eu l'idée de vouloir la réduire !

Il en était ainsi des gardes-pêche, à qui elle vouait une haine tenace et patiemment recuite. Cayrol se souvenait qu'au début des années cinquante, les fédéraux avaient eu le malheur de la verbaliser à deux reprises pour avoir pêché des écrevisses à la main dans le ruisseau d'Alet en dehors des dates légales. Prise en flagrant délit, Julie n'avait pas pu éviter l'amende. Mais par un hasard étrange, les freins des vélos des deux agents de la Fédération avaient brusquement lâché quelques jours plus tard dans la descente de Couflens. Rescapés d'une chute mémorable qui les avait conduits tout droit dans le fossé pour en sortir couverts de bleus et d'écorchures, les fédéraux, connus par ailleurs pour une certaine intempérance, avaient été la risée du pays. L'examen des bicyclettes ayant démontré que les câbles avaient été cisaillés d'un habile coup de pince, les deux gardes avaient porté plainte à la gendarmerie d'Oust. Naturellement, Julie avait été soupçonnée, mais les deux fédéraux avaient une telle réputation de peaux de vache que nombre de quidams pouvaient aussi être suspectés pour ce mauvais coup qui, d'ailleurs, avait bien fait rire sous cape. L'enquête n'ayant pas abouti, l'affaire avait finalement été classée sans suite.

Le désamour de Julie Dedieu pour la gendarmerie était encore plus ancien. Joseph Amiel, le coiffeur de la Grand-Rue, en avait expliqué l'origine au maréchal des logis-chef Cayrol. Assis sur un des deux fauteuils de son salon de coiffure, une grande serviette nouée autour du cou, le visage barbouillé au blaireau d'une mousse épaisse, Cayrol avait écouté le coiffeur qui lui avait livré sa version en même temps qu'il s'appliquait à lui raser les joues au coupe-choux. Née dans une famille de pauvres métayers où par principe l'on penchait plutôt vers la SFIO, Julie n'avait pas de sympathie naturelle pour ce qui portait uniforme. L'ordre des gendarmes n'était-il pas pour elle celui des propriétaires fonciers et des patrons ? N'était-il pas contraire aux intérêts des travailleurs des papeteries et des salariés agricoles ? La guerre n'avait en rien modifié son jugement, au contraire, son aversion s'était encore amplifiée avec l'Occupation. N'accordant aucune confiance à Pétain, Julie avait vu, dans la mise en place de l'État français et de la Révolution nationale, une revanche sur le Front populaire de 1936.

Aussi, fidèle à ses convictions, dès 1941, Julie Dedieu, bonne connaisseuse de la montagne, avait plusieurs fois accepté de guider les évadés de France sur les chemins de la liberté. Les gens du pays étaient au courant de ses activités. L'adjudant à la tête de la brigade d'Oust n'était d'ailleurs pas dupe de ses longues courses qui, malgré son âge déjà avancé, la conduisaient vers le port de Salau. Attentiste, comme beaucoup de gradés de la gendarmerie, il laissait faire. Sa passivité conjuguée à la complicité des bergers et des montagnards du cru avait concouru à faire de ce secteur des Pyrénées ariégeoises un point de passage assez facilement franchissable pour les fuyards de la France vichyste.

Tout avait changé le 10 novembre 1942 avec l'occupation de la zone libre par les Allemands en réaction au débarquement allié en Afrique du Nord. Le Couserans, comme toute la frontière des Pyrénées, s'était alors retrouvé sous la surveillance étroite des douaniers allemands. Comme nombre de Français, les gendarmes étaient ici profondément divisés. À côté d'une large majorité demeurant dans une prudente expectative, ils étaient peu nombreux les patriotes prenant le parti de la Résistance ! Cette attitude héroïque qui conduisait à la désobéissance n'était-elle pas bien difficile à vivre pour un militaire chargé de veiller à l'application de la loi ? De l'autre bord, un petit groupe de gendarmes zélés flirtait allègrement avec la collaboration, n'hésitant pas à prêter main-forte aux Boches pour traquer maquisards et évadés. De bonnes âmes avaient prévenu Julie Dedieu : son petit manège ne passait pas inaperçu. Elle se méfiait tout particulièrement du chef Delmas. Ce pandore au regard de fouine, l'oreille toujours aux aguets, l'œil vissé aux jumelles, traînait sur les sentiers que bergers et contrebandiers avaient de tout temps parcourus, faisant la pige aux gabelous.

La méfiance de Julie était justifiée. Embarquée de force à la gendarmerie, un matin de mars 1943, elle avait été pendant plusieurs heures vigoureusement interrogée par Delmas. Soutenant son regard, elle s'était murée dans le mutisme et n'avait pas desserré les dents. En fin d'après-midi, épuisée, Julie était sur le point de craquer, lorsque le chef de la compagnie de gendarmerie de Saint-Girons, le lieutenant Maurice Keller, était passé par hasard à la brigade d'Oust. Malgré une étroite marge de manœuvre, cet officier d'origine alsacienne, arrivé dans les Pyrénées le 10 novembre 1942, avait d'emblée choisi la voie de la Résistance. De connivence avec les résistants locaux, il n'avait pas hésité à prévenir les jeunes gens recherchés pour partir au STO, leur permettant ainsi de gagner l'Espagne toute proche.

Mis au courant des soupçons qui pesaient sur Julie, le lieutenant Keller avait fait habilement traîner l'enquête et ce avec d'autant plus de facilité qu'il n'ignorait rien des réseaux de passeurs et des filières d'évasion. Mais cette attitude patriotique lui valait d'être lui-même étroitement surveillé par le capitaine Dreyer, l'officier qui dirigeait les services de renseignements allemands à Saint-Girons. Le lieutenant Keller, ce soir-là, l'avait délivrée des griffes de ses accusateurs. Elle lui en était éperdument reconnaissante et cela l'avait presque réconciliée avec la maréchaussée. Toutefois, Julie savait bien que le chef Delmas la pistait, à l'affût du moindre faux pas. Après l'arrestation de Keller, le 10 juin 1944, puis son internement à la prison Saint-Michel à Toulouse, prélude à sa déportation vers le camp de Buchenwald, Julie s'était tenue sur ses gardes.

Confrontée, comme beaucoup, à la féroce répression qui s'était abattue alors sur tout le Couserans, Julie avait retrouvé le sourire en août 1944, lorsque, dans le climat trouble de la Libération, Delmas avait jugé préférable de disparaître.

— Allez, partons avant d'être transformés en statues de sel !

— On continue jusqu'à Couflens ? demanda Michel Gabarrou en s'installant au volant de l'estafette Renault à l'intérieur de laquelle régnait un froid à pierre fendre.

— Oui, on va pousser jusqu'au village de Salau.

— Avec cette neige, la route va être glissante…

— Tu rouleras doucement ! Ne te plains pas. Depuis deux ans, grâce aux travaux de la SMA, elle est désormais large de près de quatre mètres avec des parkings tous les deux cent cinquante mètres pour le croisement des poids lourds.

— Que voulez-vous faire là-haut, chef ?

— Voir où en sont les travaux de la SMA, glaner quelques informations…

— Et le toubib ?

— On ira voir le docteur après. Il sera sans doute rentré de sa tournée…

Comme le gendarme Gabarrou l'avait fait remarquer, monter à Salau n'avait rien d'une partie de plaisir. La couche de fine poudreuse dissimulait sournoisement les pièges d'une chaussée riche en nids-de-poule. Passé le modeste village de Couflens, il fallait encore parcourir quatre kilomètres en suivant la route qui longe le Salat pour parvenir au terme d'une gorge profonde et tortueuse, bordée de ravins affreux, au hameau de Salau. À huit cent cinquante mètres, Salau était la dernière localité de la vallée, un véritable bout du monde dont le seul intérêt était de donner accès à l'Espagne par un port à deux mille cinquante-deux mètres d'altitude. Bourgade minière animée d'une noria ininterrompue de camions, le village n'avait rien de remarquable en dehors d'une splendide église romane du XIIe siècle construite par les chevaliers de l'ordre de l'hôpital de Saint-Jean de Jérusalem.

— Arrête-toi là ! ordonna Cayrol en désignant une bâtisse sans charme particulier, construite en pierre du pays et couverte d'un toit de lauze.

— À l'épicerie ? demanda Gabarrou.

— Oui.

— Vous avez des courses à faire, chef ?

— Non, mais c'est là où tout le monde passe. Ici, en campagne, les nouvelles vont vite. Si quelqu'un sait quelque chose, c'est bien la mère Blazy.

Michel Gabarrou hocha la tête et gara sagement l'estafette bleue devant la boutique. Il coupa le moteur et sauta lestement du véhicule. La semelle de ses chaussures de ville dérapa sur la couche de neige glacée qui recouvrait la chaussée et, étouffant un « putain » sonore, il s'agrippa acrobatiquement à la poignée de la portière pour ne pas s'étaler de tout son long. Se hâtant, il emboîta le pas à Cayrol qui, déjà, dans le tintement cristallin d'une clochette, poussait la porte de l'établissement. Arrivé depuis peu dans ce coin des Pyrénées ariégeoises, Gabarrou n'était jamais entré dans ce magasin. Surpris par la pénombre qui régnait dans l'échoppe, le jeune gendarme écarquilla les yeux pour mieux distinguer ce qui l'entourait. Le décor était bien différent de celui de l'épicerie paternelle où il avait grandi ! À mi-chemin entre les *general stores* de l'Ouest américain popularisés par les films de cow-boys et la caverne d'Ali Baba, une chatte n'y aurait pas retrouvé ses petits.

Dans la tiédeur douceâtre d'un poêle à mazout, à côté d'un rayonnage où s'entassaient, bon enfant, boîtes de conserve, kilos de sucre en morceaux et paquets de gâteaux. Un fût en tôle de cinquante litres d'huile trônait sur deux petits tréteaux. Il voisinait avec deux sacs ventrus en toile de jute dont les ouvertures béantes laissaient apercevoir haricots secs et lentilles vertes du Puy. Un peu plus loin, dans un baril en peuplier, une mélancolique rosace de sardines achevait de se dessécher. Ici, point de modernisme comme ces emballages rectangulaires lancés en 1963 par la société Tetra Brik pour conditionner le lait, ou ces berlingots imaginés par le Suédois Ruben Rausing, qui les avaient précédés en France dès 1956. À l'instar des épiceries de l'immédiat après-guerre, le lait était encore servi au client dans des bidons en aluminium, une mesure de cinq décilitres suspendue au rebord. Quant à la machine à trancher le jambon, elle n'était même pas électrique et le maniement de sa manivelle supposait une bonne dose d'huile de coude. Seule modernité relative, une modeste vitrine réfrigérée avait remplacé la glacière et l'antique garde-manger pour préserver fromages et charcuteries de la voracité des mouches printanières. À croire qu'ici le temps s'était arrêté à la fin du siècle dernier !

Derrière son comptoir en bois recouvert d'une chute de gerflex jaune, reliquat du revêtement de sol de sa chambre au premier étage, refait cinq ans plus tôt, Pauline Blazy affichait une allègre soixantaine. Son visage, marqué de couperose, s'encadrait d'un frisottis serré et régulier de cheveux gris savamment entretenu par une semestrielle permanente chez Mme Andrée, la patronne du *Modern'Salon* à Oust. Au premier coup d'œil, Gabarrou comprit que l'épicière était tout aussi bonne commère devant l'éternel qu'experte en rouerie. Rompue à l'art de colporter les confidences, chevronnée dans la technique des insinuations perfides qu'elle avait affinée au long des saisons et des jours passés à frotter sa couenne à celle des autres, Pauline Blazy pouvait aussi rester muette. Gabarrou en avait approché de semblables dans l'épicerie paternelle. Son collègue avait beau l'aborder avec un sourire engageant, prendre un ton jovial, cette bonne femme ne leur raconterait que ce qu'elle voudrait. Inutile de la pousser dans ses retranchements, elle était de toute évidence de la race des dures à cuire.

Gabarrou ne s'était pas trompé. Malgré toute son habileté, Cayrol n'avait rien pu tirer de Pauline Blazy qui les assura ignorer tout de la disparition d'Annie Bergès.

— Pas étonnant… Avec sa réputation de Marie-couche-toi-là, s'était-elle contentée de répondre d'un air entendu en esquissant une moue pincée.

— Enfin, si vous apprenez quelque chose, n'hésitez pas à me prévenir à la brigade, avait conclu le maréchal des logis-chef au terme d'un quart d'heure d'entretien infructueux.

— N’ayez crainte, je n’y manquerai pas.

— Vous serez bien aimable, rétorqua Cayrol avec un large sourire.

— Croyez-moi, si elle a passé la nuit avec un jules, il y aura bien un type pour s’en vanter, ajouta-elle avant de lâcher, perfide : Face à ce genre de poule, les hommes ne sont en général pas avares de fanfaronnades, même si à vaincre sans péril on triomphe sans gloire !

Les deux gendarmes acquiescèrent par politesse. Ils échangèrent un bref regard ; Pauline Blazy n’en savait sûrement pas plus. À quoi bon titiller cette maîtresse femme ? Elle n’était pas du genre à supporter la contradiction. À cet instant, la clochette de la porte d’entrée retentit et les deux hommes profitèrent de l’irruption dans la boutique d’une cliente emmitouflée dans un immense châle en patchwork pour prendre congé de l’épicière.

Dehors, le jour déclinait de minute en minute, plongeant déjà les versants abrupts de l’étroite vallée dans une pénombre transie, annonciatrice de la tombée de la nuit. Sans s’attarder davantage pour ne pas risquer d’attraper la mort, les deux pandores, saisis de froid, se hâtèrent de grimper dans l’estafette. Les sièges en skaï noir étaient glacés. Mais qu’importe, ils étaient à l’abri de la bise mordante qui les transperçait jusqu’aux os malgré leurs vareuses. Que cette contrée était rude ! ne put s’empêcher de penser le jeune gendarme en songeant à son riant pays de Gaillac, couvert de vignes.

— Allons voir le toubib maintenant ! Peut-être se montrera-t-il plus bavard que ces bonnes femmes, jeta fébrilement Cayrol en se frottant les mains pour réchauffer ses doigts engourdis, tandis que son collègue tournait la clé de contact du véhicule.

— Dites-moi, chef… ce Champot, on sait quoi sur lui ?

— Pas grand-chose. Ce n'est pas un gars du pays…

— Et politiquement, il se situe où, au juste ?

— Aucune idée ! Il ne milite ni à l'UNR, ni à la SFIO, ni au PCF…

— On ne le voit jamais dans les réunions politiques du canton ?

— Non… Il ne fréquente ni les chapelles des curetons, ni les loges des frères trois points !

— Et côté associations ?

— Il ne va ni à la pêche ni à la chasse, ne joue pas aux boules et ne tape pas le carton…

— Un vrai passe-muraille, quoi !

— Un type tranquille.

— Trop ! Peut-être a-t-il quelque chose à cacher ou bien à faire oublier ?

— Nous avons tous une part d'ombre, lui répondit Cayrol, fort de vingt-cinq ans d'enquêtes de gendarmerie.

Michel Gabarrou opina. Les deux militaires mirent presque une demi-heure pour redescendre vers Seix. Entre chien et loup, à l'heure où le verglas n'allait pas tarder à se reformer, Gabarrou roulait encore plus lentement qu'à l'aller. Arrivés devant chez le praticien, ils distinguèrent de la lumière derrière les volets. Toutefois, le docteur Champot ne devait être rentré que depuis quelques minutes, du moins c'est ce que conjectura Gabarrou en posant le plat de sa main sur le capot du break Citroën du médecin, ainsi qu'on le lui avait appris à l'école de gendarmerie ; malgré la froidure ambiante, la tôle était encore tiède. À côté d'une plaque de cuivre bien astiquée, Cayrol aperçut le bouton noir d'une sonnette. D'un doigt ferme, le gendarme appuya sur le poussoir et, quelques dizaines de secondes plus tard, la silhouette massive de Champot apparut dans l'encadrement de la porte d'entrée. Au premier coup d'œil, Gabarrou flaira que ce type-là n'était pas un citoyen ordinaire…

3

Drôle de pêche…

L'HOMME QUI FAISAIT FACE aux gendarmes était un solide gaillard d'une quarantaine d'années. Du haut de son mètre quatre-vingt-cinq, le type les dominait d'une bonne demi-tête. Son visage au regard franc s'éclaira d'une brève expression de surprise à la vue des uniformes. Visiblement, Champot ne s'attendait pas à ce genre de clients en ouvrant la porte. Gabarrou, qui n'avait jamais rencontré le médecin, nota qu'il avait les cheveux ras, la nuque et les oreilles bien dégagées par une coupe contrastant avec la mode chevelue savamment cultivée par les jeunes hippies androgynes, un bandeau noué autour du front, signe de leur adhésion à la contre-culture en vogue dans le monde anglo-saxon. De même, le bonhomme n'avait rien de ces *mods* de Carnaby Street dont Brian Jones et Mick Jagger étaient les icônes ou encore de ces rockers façon Chuck Berry qui, une casquette de cuir noir vissée sur la tête, affirmaient leur virilité en agrémentant leur Perfecto de clous, de pins, de patchs et de chaînes.

Le maréchal des logis-chef Cayrol connaissait vaguement le docteur Champot. Ni lui ni sa femme n'étaient de sa clientèle mais le gendarme l'avait croisé à trois ou quatre reprises dans le cadre de son service. La dernière fois qu'il l'avait vu, c'était au mois de novembre à l'occasion d'un banal accident de la route. Un Toulousain, en villégiature dans le pays pendant les vacances de la Toussaint, accroché par une voiture au cours d'un dépassement en descendant du pont de la Taule à vélo, avait fait une mauvaise chute sur l'asphalte de la départementale. Le type avait une sale fracture du tibia et Champot, qui venait de visiter un petit vieux en fin de vie à Couflens, s'était arrêté pour lui porter les premiers secours. Prévenus, les gendarmes étaient montés aussitôt pour faire les constatations d'usage, devançant de peu les pompiers. Ils avaient échangé quelques mots, empreints d'une banalité toute professionnelle.

— Bonjour, messieurs... Vous venez pour une consultation ? demanda le médecin courtoisement, quelque peu étonné de voir débarquer au cabinet deux gendarmes en uniforme.

— Pas le monde du monde, docteur !

— Un bien portant est parfois un malade qui s'ignore, leur rétorqua-t-il en esquissant un sourire professionnel.

— Nous sommes tous les deux en bonne santé, merci !

— Et qu'est-ce qui me vaut l'honneur de votre visite alors ?

— Annie Bergès, docteur.

— Annie, la serveuse de chez Laborde ?

— Celle-là même, dit le gendarme, sibyllin.

— Que lui est-il arrivé ?

— Elle a disparu depuis hier soir.

— Disparu ? Comment ça, disparu ? répéta Champot, le front barré d'une double ride de surprise.

— C'est bien ce que nous aimerions savoir, fit Cayrol qui se refusait à en dire plus pour ne pas influencer ses réponses.

— Et si je suis le dernier à l'avoir vue, je suis suspect, c'est bien ça ?

— N'allons pas si vite ! Un simple témoin pour l'instant… Mais nous avons en effet quelques questions à vous poser sur cette jeune femme.

— Eh bien, entrez…

Sans passer par la salle d'attente, Champot les introduisit dans un bureau meublé de bric et de broc dans un sympathique laisser-aller courant chez les hommes qui vivent seuls. Faute d'un chauffage permanent, la température sibérienne qui y régnait rappelait celle des blocs opératoires. Gabarrou jeta un coup d'œil rapide au cadre de travail du médecin. Un moyen comme un autre de cerner une personnalité. À droite, en entrant, accrochés au mur, deux chromos, ces ersatz de tableaux en vogue dans les années trente, représentaient dans un cadre en pitchpin le cirque de Gavarnie et le mont Valier. Sans doute le toubib les avait-il achetés chez un brocanteur, comme le vénérable baromètre en bois verni qui les jouxtait. À gauche, sur une étagère, les huit volumes d'une encyclopédie médicale voisinaient avec un énorme chardon sec, souvenir d'une randonnée de l'été défunt. Plus loin, sous une pendulette murale au décor floral achetée chez Catena, des numéros de *La Revue du praticien* s'entassaient en désordre sur une table de bois blanc. Ici, de toute évidence, bien qu'il n'y ait pas de poussière, nulle femme de ménage ne devait mettre les pieds.

Sur le bureau trônait l'indispensable dictionnaire Vidal, reconnaissable à son immuable couverture rouge. Un stéthoscope cohabitait avec un bloc d'ordonnances vierges et une liasse de formulaires de la Sécurité sociale. Seule touche personnelle, une parure de bureau agrémentée de la photo d'une jeune femme dans un médaillon. Dans un coin de la pièce, une table aux pieds laqués, comme on en trouve dans les dispensaires, recouverte d'un simple drap blanc, attendait qu'un patient s'allonge pour une auscultation. Sur une desserte à côté, un assortiment de flacons au bec recourbé, avec un morceau de sparadrap indiquant leur contenu, côtoyait des boîtes en inox remplies de coton et de compresses. Dans un ravier en tôle émaillée, recouvert d'un carré de plastique transparent, une paire de ciseaux, des pinces à suturer et un bistouri étaient prêts pour la petite chirurgie.

L'entretien fut cordial. Champot leur raconta avoir déposé la jeune femme devant le chemin menant à son domicile avant de repartir vers la ferme de Fabas. L'homme parlait d'une voix calme, sans l'émotivité de celui qui cherche à dissimuler quelque chose. Son récit corroborait d'ailleurs parfaitement le témoignage de Jeannine Laborde, la patronne du bistrot, ainsi que celui de la vieille Julie Dedieu. Manifestement, Champot disait la vérité. Tout juste le médecin compléta-t-il leurs indications en se souvenant d'avoir entr'aperçu, à travers les sapins, la fulgurante lueur d'un phare dans le rétroviseur de son Ami 6 au moment de démarrer. Toutefois, s'il discernait une sincérité indiscutable dans ses propos, Cayrol sentait néanmoins le praticien sur la réserve. Peut-être, comme nombre de ses concitoyens, le médecin n'aimait-il la maréchaussée que lorsqu'il avait besoin d'elle ? Mû par une curiosité intime, Cayrol lui demanda à brûle-pourpoint :

— Quand êtes-vous arrivé dans ce pays, docteur ?

— L'année où Jacques Anquetil a remporté son troisième Tour de France, devant le Belge Jef Planckaert et le Français Raymond Poulidor, en 1962…

— Diable, quelle mémoire ! Vous vous intéressez donc au cyclisme ?

— Pas plus que ça, pourquoi ?

— L'arrivée du tour en 1962, c'était un 15 juillet, précisa le gendarme Gabarrou qui, vouant depuis son plus jeune âge une admiration sans bornes aux héros de la Grande Boucle, avait suivi avec passion, l'été de ses quinze ans, les reportages de Robert Chapatte à la télévision.

— Pour moi, c'est surtout le jour où j'ai pris le bateau pour quitter définitivement l'Algérie…

— Tiens, je vous croyais originaire de Corrèze.

— Ma famille est en effet de Treignac.

— Que faisiez-vous en Algérie, alors ?

— À l'issue de mon service militaire, en août 1954, je suis resté là-bas.

— Avant le début des événements donc ?

— Oui, juste avant la Toussaint rouge.

— La Toussaint rouge ? demanda naïvement Gabarrou qui ne comprenait pas cette expression.

— Quand le FLN a posé les premières bombes pour mettre le pays à feu et à sang, expliqua Cayrol à son jeune collègue.

— C'était un beau pays, soupira Champot, la voix soudain empreinte d'une immense tristesse contre laquelle il ne pouvait lutter.

— Et vous étiez dans quel secteur en Algérie ? reprit Cayrol.

— Je me suis installé à Oran. C'est là que j'ai ouvert mon cabinet, boulevard Joseph-Andrieu, murmura le médecin en revoyant défiler dans sa tête les images d'un passé qu'il cherchait désespérément à oublier depuis son retour en métropole.

— Vous étiez tombé amoureux de l'Afrique du Nord ou d'une femme ? plaisanta Cayrol, avec cette faconde toute méridionale qui le faisait ressembler à l'adjudant Gerber.

Antoine Champot ne répondit pas tout de suite à la question du gendarme. Il ne lui en voulait pas. Son interrogation était sans malice. Comment le militaire pourrait-il savoir qu'il s'y était marié avec Michèle, la fille d'un pharmacien de la rue du Général-Mangin, dans le quartier Medioni ? Comment aurait-il pu deviner qu'une grande partie de lui-même était restée là-bas, de l'autre côté de cette Méditerranée aux golfes clairs que chantait Charles Trenet ? Pour le cabossé de la vie qu'il était devenu, évoquer ces souvenirs, c'était rouvrir de vieilles blessures mal cicatrisées. Comment pourrait-il oublier cette apocalypse ? Fin juin déjà, les dépôts de carburant de la British Petroleum avaient brûlé pendant deux jours. La violence de l'incendie avait été telle qu'on se croyait en plein jour au plus profond de la nuit ! Les rues, vides d'habitants, jonchées de détritus, de poubelles et de chats crevés, dégageaient une puanteur sans nom. En ce début d'été 1962, la ville d'Oran était devenue cette cité maudite que Camus décrivait dans *La Peste.* Dans le crépuscule de l'aventure coloniale française, Oran vivait sa passion et lui, un atroce drame familial. Comment pourrait-il jamais oublier les massacres de ce 5 juillet 1962 qui l'avaient privé de ce qu'il avait de plus cher : sa femme et ses enfants ? Après un court silence, faisant un effort sur lui-même, Champot expliqua sobrement aux gendarmes avoir passé à son retour d'Algérie un mois dans la maison familiale de haute Corrèze. Mais, malgré les petites attentions que lui prodiguait sa mère, il se sentait désormais si étranger à ce pays qui avait été le sien qu'il avait voulu partir dans les Pyrénées pour tenter de se ressourcer.

— Et je suis arrivé ici, à Seix, le 24 août 1962, conclut le médecin d'un ton terne.

— Au lendemain de l'attentat du Petit-Clamart contre le général de Gaulle ?

— Exactement !

— Une simple coïncidence ?

— N'allez pas imaginer autre chose ! J'espère en tout cas que vous retrouverez très vite cette jeune femme, ajouta Antoine Champot en les raccompagnant à la porte, peu désireux de voir cet entretien s'éterniser.

— C'est souhaitable pour tout le monde, répondit Cayrol simplement.

Le médecin leur serra la main et regarda leurs uniformes sombres se dissoudre dans la nuit qui venait de tomber. Lentement, il ferma la porte et tira le verrou, comme pour se protéger des cancans malveillants qui n'allaient pas tarder à se répandre dans tout le pays, telles ces dangereuses amanites qui parsèment les prés dès les premiers jours du printemps. Or, si Champot avait choisi à son retour d'Algérie de s'installer dans ce coin des Pyrénées, c'était bien pour la tranquillité qu'on pouvait y trouver, source de cette paix intérieure qu'il appelait de ses vœux. Champot n'aimait pas qu'on fouille dans son passé, qu'on chuchote dans son dos. Non qu'il eût quoi que ce soit à se reprocher. Il n'avait jamais ni volé ni tué et il était parfaitement en règle avec la loi.

Remobilisé à l'automne 1956 comme médecin-capitaine face à l'ampleur prise par la rébellion indépendantiste du FLN qui pratiquait terrorisme et guérilla, Antoine Champot n'avait pas failli à son devoir. Il avait refusé de participer aux mouvements de protestation des rappelés qui, par leurs actes d'indiscipline, perturbaient le fonctionnement de l'institution militaire. Délaissant les siens à contrecœur, il avait ainsi servi pendant vingt-quatre mois. Les seuls morts qu'il avait sur la conscience, c'étaient des blessés qu'il n'avait pu arracher aux griffes crochues de la Grande Faucheuse. Si parfois, en opération dans les djebels ou dans le lit rocailleux d'un oued, il avait dû doubler les doses de morphine injectées à des camarades mourants, c'était parce qu'en l'absence d'hélicoptère pour tenter une évacuation sanitaire, face aux souffrances qui déformaient leurs visages et agitaient leurs corps de spasmes nerveux, les seuls bienfaits de sa science, c'était de leur apporter un départ paisible vers l'autre rive.

De retour dans son cabinet, les yeux du médecin se portèrent sur le cadran de la pendulette accrochée au mur. Les fines aiguilles d'acier qui tournaient inlassablement autour d'une guirlande d'edelweiss indiquaient qu'il était presque six heures et demie. Pour Champot, c'était le moment de passer à table. Il s'attachait en effet à manger tôt en hiver et tard en été, suivant ainsi, au fil des saisons et des jours, le rythme du soleil pour mieux faire corps avec une nature qui, par son silence, pouvait seule guérir les blessures de son âme. Son mode de vie quasi monastique avait rassuré son confrère, le docteur Courtade, l'autre médecin de Seix, dont le cabinet ne désemplissait pas : Champot ne cherchait nullement à gagner des clients sur son dos pour accroître son chiffre d'affaires. Il éteignit donc la lumière et monta à l'étage où il campait dans un deux-pièces cuisine sans confort dont le seul charme était la vue dont il disposait sur la montagne.

Assis à une table en Formica rouge, grignotant sans conviction un morceau de poulet froid de la veille qu'un peu de moutarde parvenait tout juste à faire passer, Antoine Champot se mit à réfléchir. Ou bien cette fille aux mœurs légères s'était offert une escapade amoureuse et elle allait réapparaître très prochainement, ou elle avait fait une mauvaise rencontre et, dans ce cas, le pire était à craindre. De toute façon, on ne disparaissait pas comme ça ! En homme de science qui ne croyait pas à la génération spontanée, il était sûr qu'elle avait laissé des traces. À lui de les trouver car, en tant que témoin principal, les gendarmes n'allaient pas le lâcher de sitôt ! Pour lever le voile de la suspicion, il avait donc tout intérêt à faire lui-même la lumière sur cette affaire.

En se levant le lendemain matin, Antoine Champot était résolu à en avoir le cœur net. Cette histoire n'avait cessé de le turlupiner dans son sommeil et il avait passé une fort mauvaise nuit durant laquelle la frimousse mutine d'Annie Bergès n'avait cessé de se superposer avec le visage chéri de sa femme Michèle. Afin d'apaiser les tourments qui lui taraudaient l'âme, dès potron-minet, le médecin avait pris sa voiture pour refaire le chemin qui menait à Borderouge. Dehors, le thermomètre marquait moins cinq. La chaussée était glissante. Sur les bas-côtés de la route, la bise glacée avait transformé la mince couche de neige en une croûte dure qui n'était pas sans lui rappeler les affleurements blanchâtres des chotts, ces déserts salés d'Afrique du Nord. Il n'avait que cinq kilomètres à parcourir pour atteindre le petit bois de sapins noirs et la naissance du chemin empierré conduisant au hameau de Borderouge, un bout du monde loin de la civilisation.

À cette heure, il n'y avait pas grand monde qui empruntait la petite départementale. Il arrêta la Citroën à peu près au même endroit que l'avant-veille au soir. Laissant tourner le moteur pour conserver un peu de chauffage, il descendit de l'Ami 6. Dérangé par le claquement de la portière, un corbeau lança un croassement lugubre avant de s'envoler pour gagner l'intérieur du bois. Saisi d'un frisson, Champot releva frileusement le col en fourrure de sa canadienne. Il fit le tour de la voiture, marchant à petits pas, autant pour se donner le temps de l'observation que pour ne pas glisser sur le sol traître. Les pierres du chemin étaient presque invisibles, recouvertes d'une pellicule uniforme d'une blancheur immaculée que nul pas ne venait troubler. De toute évidence, personne n'était passé ici depuis plusieurs heures, même pas les gendarmes ! Annie n'avait pas emprunté ce chemin et seul le trottinement récent d'un chien coupait la marque ancienne d'un pneu de cyclomoteur qui avait zigzagué, le bonhomme prenant de temps à autre des appuis du pied.

Il rebroussa chemin, un peu dépité, et il s'apprêtait à remonter dans sa voiture quand il remarqua, sur le bord du talus, la branche d'un jeune épicéa fraîchement cassée. Champot s'accroupit et plissa les yeux pour mieux distinguer les détails. Malgré la fine couche de neige qui l'avait recouvert, le sol semblait ici avoir été piétiné. Le médecin fit deux ou trois pas. Sur un bon mètre de long, une roue avait mordu le bas-côté. L'empreinte était trop mince pour être celle d'un pneu de voiture, trop large pour être celle d'un vélo… On eût plutôt dit celle d'une Mobylette chargée au-delà du raisonnable. Ce détail lui rappelait les folles chevauchées de sa jeunesse effectuées au cours de l'été 1947 sur les chemins creux de la commune de Treignac, juché sur le vélo Solex de son copain Daniel Dufour.

Dans un réflexe d'entomologiste, Antoine Champot sortit le gros calepin à élastique noir qui ne quittait jamais la poche de sa veste ou de sa canadienne, selon les saisons. Il y consignait d'une écriture fine ses observations de tous les jours, glanées au gré de ses promenades dans la campagne, y détaillait ses découvertes, noircissant les feuillets quadrillés de notes, de chiffres et d'estimations entremêlés de croquis ou de schémas. Sans avoir la forme d'un journal, c'était sa mémoire intime. Prenant son temps malgré le froid vif qu'un maigre rayon de soleil ne parvenait pas à dissiper, le médecin releva scrupuleusement les moindres détails, n'hésitant pas à prendre des repères visuels ou à effectuer quelques mesures approximatives.

Son relevé terminé, Champot referma son calepin en faisant claquer l'élastique. Il se retourna. Au bout du chemin poudré à frimas, la cheminée de la ferme de Borderouge laissait échapper le panache de fumée d'un feu de bois. Tout le monde dans le pays connaissait son irascible propriétaire. Marie-Louise Amiel, la veuve précoce d'un paysan-mineur de Salau un peu trop porté sur la chopine et sur les filles, à qui Annie Bergès louait un modeste deux-pièces meublé, avait une exécrable réputation. Sans la compter parmi sa clientèle, Champot n'ignorait pas qu'elle passait ses journées derrière le rideau de la fenêtre de sa cuisine, mitonnant à feu doux sa rancœur vis-à-vis de l'humanité et des hommes en particulier, tous assimilés à l'épave que son défunt mari était devenu à la fin de sa vie. Que pourrait lui révéler cette Marie-Louise Amiel qui avait donné l'alerte ? Sans doute cette commère aigrie avait-elle déjà tout dit aux gendarmes mais prendrait-il le risque de passer à côté d'une information intéressante ? Alors, pour aller au bout de son enquête, Antoine Champot s'arma de son courage et s'engagea sur le chemin empierré.

— Madame Amiel… Madame Amiel ! cria-il en frappant à la vitre.

— C'est à quel sujet ? lui répondit une voix nasillarde derrière un pan de rideau de Nylon blanc.

— Je suis le docteur Champot…

— Je n'ai pas besoin de docteur, répliqua la vieille sur un ton revêche.

— Ce n'est pas le médecin qui vient vous voir…

— Qu'est-ce que vous venez faire ici alors ? fit Marie-Louise Amiel, entrebâillant la fenêtre de la cuisine.

— C'est pour Annie Bergès…

— Et qu'est-ce que vous lui voulez à cette traînée ?

— Annie n'est toujours pas rentrée chez elle ?

— Qu'est-ce que ça peut vous faire ?

— C'est moi qui ai raccompagné Annie Bergès avant-hier soir, expliqua-t-il pour l'amadouer.

— Je n'ai rien à vous dire !

— Je ne vous importunerai pas longtemps…

— Vous venez pour coucher avec elle, c'est ça ? Cette salope vous a donné rendez-vous ici, hein ?

— Moi ? fit Champot, surpris par la charge haineuse.

— Parce que vous croyez que je vous connais pas, vous, les hommes ? En dehors de picoler et de courir la gueuse, vous n'êtes bons à rien !

— Mais madame…

— À croire que cette catin vous a tous ensorcelés ! Allez, ouste ! Foutez-moi le camp ! glapit la vieille en refermant le ventail d'un geste sec.

Champot comprit qu'il n'en tirerait rien. Annie n'était pas rentrée chez elle. Inutile d'insister, Marie-Louise Amiel était capable de téléphoner aux flics et de leur raconter n'importe quoi ! Depuis mai 1964, date à laquelle on lui avait installé le téléphone, personne n'ignorait qu'elle usait régulièrement de la ligne PTT pour dénoncer tout ce qui ne lui convenait pas, à la mairie comme aux gendarmes, oscillant entre affabulation et paranoïa. Autant dire que les honnêtes gens l'évitaient comme la peste, conscients des désagréments que pouvait causer sa fréquentation. Champot regagna sa voiture, certes un peu désappointé mais avec l'intime conviction qu'Annie Bergès s'était volatilisée quelques secondes après qu'il l'eut déposée à l'entrée du chemin de Borderouge. Sa disparition, qui ne semblait pas préméditée, était-elle la conséquence d'une rencontre hasardeuse ? Quelqu'un avait-il guetté son retour ce soir-là ? Avait-elle été pistée depuis son départ du café ? Dans ce pays où les nouvelles se diffusaient par la vertu du bouche-à-oreille, quelqu'un devait avoir vu quelque chose.

Champot décida de rendre une petite visite à Julie Dedieu chez qui il trouverait une oreille plus attentive. La ferme de Fabas n'était qu'à une encablure de celle de Borderouge : moins d'un kilomètre à vol d'oiseau, à peine le double par la route sinueuse que dominaient les ruines du château de Mirabat. Bien que l'heure fût matinale, le médecin était sûr de ne pas déranger la vieille dame. Julie se levait au premier chant de son coq gascon, un splendide sujet aux plumes noir bleuté, affectueusement dénommé Balthazar, qui régnait avec majesté sur un aréopage de quatre poules. Malgré son âge qui avançait et ses rhumatismes qui la chatouillaient désagréablement les jours humides, Julie continuait à s'occuper par habitude de trois lapins et de ses chats trop fainéants pour chasser les souris. Même isolée dans sa ferme du bout du monde, Julie était au courant de tout ce qui se passait dans la vallée… Peut-être pourrait-elle le mettre sur une piste. D'autre part, il savait qu'en passant prendre de ses nouvelles, il lui ferait plaisir, égayant sa journée d'un rayon de soleil frais.

— Qu'est-ce qui t'amène de si bonne heure ?

— Hier soir, les gendarmes sont venus me voir pour Annie…

— Ici aussi, ils sont passés !

— Qu'est-ce que vous leur avez dit ?

— La vérité ! Je n'ai rien à cacher…

— Moi non plus, mais on est vite suspect à leurs yeux.

— Les flics, vois-tu, ils sont comme tous les hommes. Ils ont du mal à admettre que les filles d'aujourd'hui soient plus libérées que les femmes qu'ils ont épousées hier. Cette poulette a levé le pied, voilà tout…, grommela Julie.

— Tout de même, il ne faut pas avoir froid aux yeux pour trouver aussi vite bonne fortune ! répondit Antoine Champot, dubitatif.

Les jours suivants, Annie Bergès n'avait pas refait surface. À la demande de Jeannine Laborde, sa patronne, un avis de disparition avait été placardé sur la porte vitrée de la mairie, à la devanture du café, dans quelques commerces et naturellement sur le panneau de service de la gendarmerie où le signalement de la belle Annie avait rejoint les frimousses pleines de taches de rousseur d'enfants victimes d'enlèvements. Que ce soit au zinc du café Laborde, en faisant la queue chez les commerçants, à la sortie de la messe du dimanche matin, la disparition de la séduisante jeune femme alimentait la chronique des potins ordinaires. Chacun y allait de son explication, bien souvent abracadabrantesque. La voluptueuse créature n'avait-elle pas assez de sex-appeal pour nourrir à satiété les fantasmes les plus fous de la gent masculine et la jalousie des femmes de bonnes mœurs ? Et si certains prétendaient l'avoir croisée samedi sur le marché de Saint-Girons, d'autres postulaient qu'elle était repartie chez elle à Aiguillon… Un hurluberlu, qui avait trop taquiné la mominette, assurait même l'avoir vue prendre le car en galante compagnie pour partir en Amérique latine !

Pourtant, au fil des jours, l'intérêt pour la disparition d'Annie s'émoussait à Seix. Elle était devenue un simple fait divers parmi tous ceux qui, journellement, remplissaient les colonnes de *La Dépêche du Midi*. L'ouverture de la pêche à la ligne l'avait bientôt remplacée dans les interminables palabres des habitués du Ricard tomate et du perroquet. De réputation fantasque et instable, sans attaches familiales dans le pays, cette jeune femme, majeure de surcroît, n'était pas la première à faire une fugue. La digne épouse d'un notable de Saint-Girons n'était-elle pas partie l'été précédent avec un jeune ingénieur allemand de quinze ans son cadet ? Aussi, le lancement à Cherbourg du premier sous-marin nucléaire français, *Le Redoutable,* suivi quelques jours plus tard de la victoire d'Eddy Merckx dans la classique course cycliste Milan-San Remo devant son compatriote Roger de Vlaeminck passionnait les hommes qui se pressaient au zinc du café Laborde, à l'heure où se croisaient pêcheurs et travailleurs. Et, en l'absence d'une procédure de recherche dans l'intérêt des familles, les gendarmes eux-mêmes avaient fini par ranger la disparition d'Annie Bergès au magasin des accessoires.

Un bon mois avait passé et, en ce début avril, avec l'allongement des jours qui devenait sensible, la montagne, aux portes du printemps, commençait à s'animer chaque week-end avec les allées et venues des citadins avides d'air pur. Nombreux étaient les Toulousains qui, fuyant les embouteillages de la Ville rose, se transformaient en bucoliques néoruraux, retapant avec une opiniâtre ardeur d'anciennes fermettes abandonnées, achetées pour quelques bouchées de pain. Didier Vignault et son copain Marc Canredon étaient régulièrement de ceux-là. Employés tous deux comme dessinateurs industriels aux usines Sud-Aviation de Toulouse, desquelles sortaient les célèbres Caravelles et les hélicoptères Alouettes, les deux hommes s'évadaient avec leurs épouses de leurs deux-pièces cuisine à la belle saison. Ils avaient acheté en commun une grange en pierre pour profiter des joies d'une nature encore sauvage.

Unis par une solide amitié, férus de pêche en montagne, ces intrépides chevaliers de la gaule avaient choisi ce coin des Pyrénées ariégeoises car la profusion des petits ruisseaux permettait d'y taquiner tout à loisir les belles mouchetées. Le coffre de la 4 L bourré de provisions jusqu'au toit, les cannes à pêche arrimées par des Sandows à la galerie, ils mettaient le cap chaque fin de semaine sur ce fenil qu'ils avaient entrepris de transformer en résidence secondaire. Que leur importait de n'avoir l'eau courante que par l'intermédiaire d'un tuyau d'arrosage qui dérivait astucieusement l'eau du ruisseau vers l'évier, de devoir s'éclairer à la lampe à pétrole ou d'avoir pour tout chauffage un feu de bois qui se mettait à fumer les soirs de grand vent ? Leurs femmes s'accommodaient de l'inconfort relatif de leur gîte, se consolant de n'avoir pas de ménage à y faire.

Ce matin-là, Didier et Marc avaient décidé de pêcher dans le ruisseau d'Esbints, un modeste ru, affluent de la rive gauche du Salat. Quittant dès potron-minet leurs couches conjugales pour enfiler des vestes de treillis de l'armée française achetées au stock américain de la rue Saint-Rome, ils étaient partis, chaussés de légères cuissardes en caoutchouc de marque Nylfish. Selon une mystique rituelle, pour une bonne matinée de pêche, on se devait d'être à pied d'œuvre à la pointe du jour. Emportant un solide casse-croûte, lestés d'un bidon rempli de vin coupé d'eau, les deux hommes avaient laissé leur voiture au hameau de Saliens. Abandonnant le chemin qui courait à flanc de montagne sur la soulane, ils avaient remonté dans l'aube naissante l'étroite vallée en direction du pas de la Core, pour suivre le ruisseau qui coulait au creux d'un talweg boisé, à la lueur d'une modeste lampe électrique.

Le taillis, assez touffu, ralentissait leur progression et le sentier, utilisé des seuls pêcheurs, se perdait parfois dans la végétation où les ronciers formaient de denses *màtas*[1]. Malgré la fraîcheur matinale de ce dernier samedi de mars, une fine sueur nimbait leur front, mais ils n'y attachaient guère d'importance, portés par leur passion. Parvenus dans une petite clairière, sous un maigre rayon de soleil qui ne parvenait pas à dissiper l'humidité ambiante, les deux compères avaient déployé leurs gaules, d'ultramodernes cannes Garbolino télescopiques en fibre de verre de cinq mètres de long, équipées de moulinets à multiplication en Duralumin qu'ils comptaient étrenner. Comme de nombreux pêcheurs de la région, ils avaient passé de longues soirées d'hiver à rêver sur le catalogue de Manufrance avant d'acquérir ce matériel de qualité dans la succursale du magasin du rempart Saint-Étienne.

En bons connaisseurs des petits ruisseaux, les deux hommes n'ignoraient pas que le succès de la capture d'une belle fario résidait dans la discrétion de l'approche. Tels des Sioux sur le sentier de la guerre, il fallait progresser en silence, glisser furtivement la ligne entre les branches pour donner à son esche une allure naturelle. Et surtout ne pas taper des pieds ! Combien de fois, encore gamin,

1. *« Buissons » en occitan.*

l'oncle de Marc, qui l'avait initié aux émotions de cette pêche qui ressemblait à une chasse, le lui avait-il répété ! Un hameçon numéro 12 monté sur un bas de ligne de 14/100e, un simple guide fil de marque Rigoletto pour repérer la trajectoire du fin Nylon et ils pourraient séduire les dames mouchetées en leur présentant un ver rouge appétissant. Avec des eaux relativement basses et claires pour la saison, la fonte des neiges n'ayant pas encore commencé, tous les espoirs d'une belle matinée de pêche étaient permis. Vers huit heures et demie du matin, les deux amis décidèrent de s'arrêter pour déjeuner. Didier Vignault traversa le ruisseau et rejoignit son copain sur la rive gauche du ru. Ils appuyèrent leurs cannes contre le tronc d'un vénérable hêtre encore dégarni en cette saison, prenant soin de ne pas emmêler leurs lignes. La musette sur le ventre, les deux hommes s'assirent côte à côte sur un gros caillou qui dominait le murmure argenté du ruisseau.

— Alors, Marc... tu en as fait combien ?

— Trois.

— Belles ?

— Il y en a une de vingt-trois centimètres...

— Une sauvage ?

— Oui. Té, regarde, fit Marc en ouvrant une musette de toile passablement éculée que son oncle Paul, gendarme mobile, avait ramenée vingt ans plus tôt d'un séjour en Indochine.

— Hé... c'est une jolie fario ! Et les autres ?

— Des arcs-en-ciel...

— Montre pour voir...

— Oh, c'est du repeuplement. Elles font toutes dix-huit centimètres… Et toi ?

— Une seule et encore, faut lui tirer sur la queue pour qu'elle fasse la taille ! répondit son ami en exhibant une petite truite.

— C'est une sardine ! Pourquoi tu ne l'as pas rejetée ?

— Elle allait crever ! La garce avait engamé à fond. Je lui ai tout arraché au dégorgeoir ! Hum, elles sont voraces au début du printemps.

— Fais gaffe à ne pas te faire piquer par les gardes. Planque-la…

— Là, ils la trouveront pas, fit Didier en enfouissant sa modeste prise dans une petite poche que sa femme avait cousue à l'intérieur de son treillis.

— On déjeune ?

— Oui, j'ai une faim de loup !

— Voyons ce que Jocelyne et Chantal nous ont mis dans le sac hier soir…

Connaissant bien le robuste appétit de leurs maris, les deux épouses avaient prévu un solide casse-croûte. Autant il arrivait à leurs bonshommes de chipoter à la maison, se plaignant à demi-mot de la répétitivité des gratins de nouilles ou du risotto préparés à la hâte après une journée de travail, autant, magie des sorties à la pêche, ils avalaient indistinctement tout ce qu'elles pouvaient leur mettre dans la musette ! Rien que l'inventaire leur mettait l'eau à la bouche ! Ce matin-là, les deux hommes avaient eu droit à des œufs durs, à une tomate à manger à la croque au sel, à une boîte de pâté artisanal, spécialité du charcutier de Saint-Girons, à un reste de saucisse froide de la veille, à un demi-pain de campagne soigneusement enveloppé dans un torchon à carreaux rouge et blanc, à un bon morceau de fromage de montagne à la croûte odorante, à des abricots secs et à deux billes de chocolat Cémoi dans leur emballage de papier argenté. Sur leur rocher, les deux amis dévoraient à pleines dents leur tranche de pain frais généreusement tartinée de pâté de chevreuil parfumé d'un soupçon d'eau-de-vie de prune, quand Marc, s'arrêtant de mâcher, lâcha soudain, la bouche pleine :

— Tu as entendu ?

— Quoi ?

— Le bruit…

— Quel bruit ?

— Là, derrière… Écoute !

— Je n'entends rien…

— Mais si… Tiens, on dirait une bête… fit Marc.

— Un oiseau ? Un chott[1] ?

— Non… Pas quelque chose qui vole…

— Quoi alors ?

— Un sanglier peut-être ?

— Manquerait plus qu'on se fasse charger ! plaisanta Didier.

— Ne rigole pas ! Ce n'est pas avec ta Garbolino que tu vas te défendre. Écoute, ça recommence…

Didier Vignault tendit l'oreille. Cette fois, il perçut distinctement un bruit. Le son provenait du buisson tout proche, à quelques mètres d'eux. Il se leva pour mieux écouter. Indiscutablement, il y avait bien quelque chose dans cette *matà* de buis vert, une créature vivante. Par instants, il avait

1. *Hibou ou chouette.*

l'impression que c'était un animal qui grattait, un peu à la manière des cochons qui fouissaient le sol dans la pourcatière[1] chez sa grand-mère. À d'autres, on eût dit un feulement, une plainte modulée, tel un bébé qui geint… Une sourde inquiétude le gagna, bien qu'il ne fût pas spécialement peureux. Perdu au cœur de cette nature sauvage, il y avait de quoi faire dresser les cheveux sur la tête. Instinctivement, il fourra la main dans sa poche et serra dans son poing son opinel à virole, un modèle numéro 9 doté d'une bonne lame d'acier au carbone bien affûtée qui l'accompagnait toujours dans ses vagabondages champêtres. Sentir sous ses doigts le solide manche en bois vernis le rassura. Marc, à son tour, s'était levé. Une ride barrait son front d'un pli soucieux, comme lorsqu'il se concentrait sur sa table à dessin au bureau, à Sud-Aviation. Les deux hommes firent quelques pas en direction du buisson et le bruit s'arrêta aussitôt. Marc avait l'impression que la chose les observait. Seul, dans l'air glacé, le gargouillis du ru venait troubler le silence pesant.

— Alors ?

— Tu as raison…

— Qu'est-ce que c'est à ton avis ?

— Ce n'est pas un animal ! On dirait… on dirait…

— Faut en avoir le cœur net !

— Oui. Passe à droite, moi, je pars de l'autre côté… On va le coincer !

Progressant à pas lents, le corps légèrement penché en avant, les deux compères firent le tour de la *matà*. Ils se tenaient sur leurs gardes, prêts à

---

1. *Porcherie.*

affronter un invisible danger qui, tel un diable sortant de sa boîte, pouvait les assaillir. Mais derrière le gros buisson de ronces et de buis, il n'y avait personne. Quelque peu désappointés, ils s'arrêtèrent, le souffle court, l'oreille aux aguets. À leur approche, comme par enchantement, tout bruit avait cessé. Pourtant, ils n'avaient pas rêvé. Et qu'on n'aille pas leur faire prendre des vessies pour des lanternes ! Ils avaient bien entendu... Les deux hommes, quasi immobiles, échangèrent un bref regard. Il y avait quelque chose au cœur de ce fourré épais, quelque chose qui les observait. Ils en avaient la certitude ! S'ils ignoraient quoi, l'un comme l'autre n'auraient guère été surpris de voir débouler une horde de bêtes rousses ou un troupeau de marcassins à la robe beige zébrée de rayures foncées sous la conduite d'une ou plusieurs laies, pleines d'une sollicitude bourrue à l'égard de leur progéniture.

S'armant de courage, Marc fit trois ou quatre pas qui l'amenèrent à portée de main de la *matà*. De ses yeux, il fouillait la végétation épaisse pour tenter d'y discerner l'indice d'une présence. Seul le gargouillis du ruisseau tout proche venait troubler ce petit matin du mois d'avril. Soudain, au moment où il s'y attendait le moins, dans un craquement de branche lugubre, une masse sombre jaillit du buisson. Se déplaçant à quatre pattes, la chose plongea au cœur du boqueteau de genévriers qui jouxtait la *matà*, sans prendre garde aux ronces qui enveloppaient l'arbrisseau d'une couronne d'épines. Marc ne put s'empêcher de faire un bond en arrière, lâchant au passage un « putain » instinctif.

— Tu l'as vu ?

— Vaguement...

— Mais qu'est-ce que c'est que ce bordel ? Un loup ? Un sanglier ? s'exclama-t-il, tout juste revenu de sa surprise.

— Non, je ne pense pas !

— Peut-être un singe ou un orang-outang échappé d'un cirque ou d'un zoo ?

— Sûrement pas !

— Macarel, c'est quoi alors ?

— Cette créature m'a tout l'air d'être un bipède, mon vieux ! fit Didier qui, parce qu'il était resté un peu en retrait du buisson, avait pu entrevoir la chose quelques fractions de seconde de plus, juste assez pour se faire une idée.

— Un bipède ? Un homme, tu veux dire ?

— Homme ou femme, je ne sais pas. Mais en tout cas, ça appartient bien au genre humain !

— Un rescapé des Néandertaliens de la préhistoire ?

— Plutôt un *Homo sapiens* habillé de fourrure, de la peau de bête ou quelque chose comme ça...

— Tu es sûr ?

— J'ai vu des mains, des bras et des pieds, affirma Didier.

— Faut en avoir le cœur net.

— Facile à dire...

— À nous deux, on va bien finir par le coincer !

— Passe par-derrière... Moi, je reste devant pour lui bloquer le passage.

— Vas-y, toi ! répondit Marc.

— Tu te dégonfles ? Tu as la trouille ?

— Je n'ai pas l'étoffe des héros...

— D'accord. Reste là et laisse-moi faire.

— Hé, ne fais pas le con…

Par une savante manœuvre digne de celles que son adjudant de compagnie lui avait apprises pendant son service militaire au 17e régiment du génie aéroporté à Castelsarrasin, Didier contourna prudemment le boqueteau de genévriers. Il se figea et tendit l'oreille. Le bruit d'une respiration haletante lui parvint. D'un signe, il indiqua à Marc que la chose était à portée de main. Faisant fi des aiguilles de genévrier et des épines de ronce, il fondit brutalement sur la masse qu'il devinait dans la végétation, tels ces aigles royaux qui, du firmament, plongent sur leurs proies en un piqué vertigineux. La lutte fut brève mais intense. Ponctuée de cris, l'empoignade tourna vite à l'avantage du pêcheur. Quelques secondes plus tard, Didier s'extirpa de la *matà*. Ses yeux brillaient étrangement d'une lueur de victoire mêlée de surprise. Il enserrait dans ses deux bras lacérés de griffures le perdant de ce bref combat. Marc fronça les sourcils. La créature que Didier ceinturait solidement à la taille était une fille en haillons, à demi nue !

— Macarel ! Mais d'où sort-elle ?

— Du buisson, pardi !

— Couillon, ce n'est pas ce que je veux dire…

— Je n'en sais rien d'où elle sort ! Demande-lui, toi…

— Hé, madame… Madame…

— Hummm ! Grrrr…

— Hé, madame, vous m'entendez ?

— Hummm ! Grrrr… gronda à nouveau la captive pour toute réponse.

— Je me demande bien d'où elle vient…

— Peut-être qu'elle s'est évadée de l'asile des fous...

— De Saint-Lizier ?

— Tu rigoles !

— Et pourquoi pas ?

— Ça fait beaucoup trop loin ! Tu la vois traverser Saint-Girons dans cet état ?

Hâve, la crinière en bataille parsemée d'aiguilles vertes de genévrier et de feuilles de ronce tendres, la fille leur jetait des regards noirs. Ses yeux de bête capturée suaient autant la haine que la peur. Marc fit un pas dans sa direction. Il leva la main vers elle, comme pour se convaincre de sa réalité. Son mouvement provoqua aussitôt une violente tentative de fuite que son ami Didier, les bras toujours noués autour de sa taille, maîtrisa à grand-peine. Marc observa la fille. Malpropre, le visage tuméfié, elle n'avait guère plus de trente ans. Sous la pelisse qui lui couvrait les épaules, la jeune femme n'était vêtue que d'un chemisier déchiré qui laissait apercevoir la pointe d'un sein ferme en forme de poire. Le spectacle de son corps gracile, marbré de zébrures sombres et de bleus, était pitoyable. La crasse formait des croûtes lépreuses qui se décollaient par plaques. Mais comment avait-elle fait pour se mettre dans un état pareil ? À en juger par sa piteuse condition, cette pauvre bougresse devait errer dans la montagne depuis plusieurs jours !

— Doucement, ma belle, murmura gentiment Didier à son oreille pour essayer de l'apaiser.

Le corps de la fille exhalait une odeur de bête sauvage, plus proche de celle des hyènes que du délicat parfum qu'on eût prêté à une nymphette.

C'était de toute évidence celui d'une femme qui ne s'était pas lavée depuis plusieurs semaines. Le torse plaqué au dos de la jeune femme, le nez plongé dans la masse de ses cheveux hirsutes, le pêcheur respirait à pleins poumons son haleine fétide. Sous la paume de ses mains, il sentait le cœur de sa captive battre à tout rompre. Trop occupé à l'apprivoiser pour nourrir quelques pensées lubriques envers ses formes féminines, Didier desserra imperceptiblement l'étreinte de ses bras, sans doute gagné en cet instant par un sentiment naturel de pitié. La jeune femme dut le sentir car, dans un mouvement tout aussi brusque que désespéré, elle tenta à nouveau de s'enfuir… N'y réussissant pas, elle tourna la tête pour essayer de lui mordre la partie de l'avant-bras qui dépassait de la manche du treillis.

— Aïe ! cria-t-il soudain.

— Qu'est-ce qu'il y a ?

— La salope, putain !

— Eh bien, quoi ?

— Elle m'a mordu au sang…

— Faut l'attacher !

— Oui, c'est une vraie furie !

— Il y a un bobineau de cordelette dans ma musette…

— Tiens-la bien, je vais le chercher…

La fille dut comprendre ce qu'ils tramaient. À la vue de la cordelette, elle s'agita comme un beau diable, cherchant coûte que coûte à retrouver sa liberté confisquée. À deux reprises, elle manqua de leur filer entre les doigts. En désespoir de cause, Marc lui assena un magistral coup de poing qui l'assomma à moitié. Didier sentit le corps de la fille s'affaisser dans ses bras. En trois tours de main, Marc la saucissonna promptement. Chevilles, jambes et bras immobilisés par plusieurs tours de cordelette, elle ne pouvait plus fuir ! Sur son visage sale et noirci, le pêcheur vit couler une larme. Et soudain, le solide gaillard se sentit aussi coupable et bête que lorsque, gamin, sa mère le réprimandait après une sottise.

— Bon et qu'est-ce qu'on en fait maintenant ? On ne peut pas la garder comme ça…

— Descendons-la aux gendarmes…

— À Oust ?

— Oui, eux, ils sauront quoi en faire.

— Mais, c'est loin ! On ne va jamais y arriver… Et si on allait chercher de l'aide ?

— À cette heure, qui veux-tu trouver ici ? Non, faut rejoindre la voiture, c'est la seule solution…

— Et si on lui libère les jambes, elle marchera toute seule ? proposa Didier qui voyait que la fille reprenait peu à peu ses esprits.

— Pour qu'elle se sauve à la première occasion ?

— Va falloir la porter alors, laissa tomber Didier, résigné.

— Ça, je m'en occupe, fit Marc qui était le plus costaud des deux. Toi, prends les cannes. Je ne tiens pas à ce que quelqu'un nous les fauche…

Tel un vulgaire sac à patates, Marc chargea la fille encore groggy sur son épaule. Malgré sa solide musculature, soigneusement entretenue par des séances hebdomadaires à l'Olympe, une salle de sport de la place Jeanne-d'Arc, Marc fléchit sous le poids du corps. Encore une fausse maigre, pensa-t-il en cherchant son équilibre. Il passa son bras autour de ses jambes marquées de griffures. La descente ne fut pas une partie de plaisir. Les difficultés du terrain étaient décuplées par ce corps mou dont les bras ballants pendaient dans son dos. Écartant tant bien que mal les branches qui lui fouettaient le visage, il lui fallait éviter de trébucher sur un caillou.

À plusieurs reprises, Marc s'arrêta pour reprendre son souffle. La respiration haletante sous le poids qui lui meurtrissait l'épaule, il n'en finissait pas de se maudire. Ah, leur curiosité était bien punie ! Mais quelle idée avaient-ils eu de vouloir mettre la main sur cette créature ? Ne pouvaient-ils pas continuer tranquillement leur partie de pêche et laisser cette femme à sa vie sauvage ? Maintenant, il était trop tard pour faire machine arrière. Ils devaient coûte que coûte amener cette pauvre fille à la gendarmerie d'Oust pour ne pas risquer de se voir accusés de sévices ou de mauvais traitements à personne vulnérable !

À deux reprises, Didier lui avait déjà proposé de le relayer, mais Marc, sans doute dans un sursaut d'orgueil masculin mal placé, avait refusé. Il ne voulait pas passer pour un minus aux yeux de son ami ! Les traits tirés, le sang cognant aux tempes, les dents serrées, Marc marchait comme un robot. Il dut aller chercher tout au fond de lui des réserves d'énergie insoupçonnées pour continuer à avancer. Heureusement, peu à peu, le sentier emprunté par les pêcheurs s'élargit pour se transformer en un agréable chemin de randonnée familiale. À chaque pas, même s'il soufflait toujours comme un phoque, Marc reprenait confiance. La voiture n'était plus très loin…

4

Une nouvelle folle des Pyrénées ?

À L'APPROCHE DU HAMEAU de Saliens où les deux compères avaient laissé leur voiture quelques heures plus tôt dans l'aube froide du petit matin, la fille se mit à se tortiller tel un asticot au bout d'un hameçon, rendant la fin du trajet périlleux. Joignant les paroles à ses contorsions désordonnées, elle se mit soudain à brailler comme un beau diable, éructant des mots sans signification qui s'entremêlaient de tonitruantes onomatopées. Était-elle possédée par le démon ou traduisait-elle ainsi la frayeur qui l'habitait ? Elle gigotait tant que Marc manqua trébucher. Incapable de parcourir ainsi la centaine de mètres qui les séparait de la 4 L, il la laissa choir sans ménagement sur le bord du talus. Recroquevillée comme une bête acculée au fond de sa tanière, la fille redoubla de cris et de vociférations, laissant les deux hommes perplexes. Que se passerait-il si un habitant du hameau, alerté par ces hurlements, s'avisait de mettre son nez à la fenêtre ? Il hésitait à user de nouveau de la force pour la calmer. Ah, que n'avaient-ils laissé cette folle à son errance champêtre ! Finalement, en désespoir de cause, se souvenant d'une scène semblable lue dans un roman d'espionnage de la collection Fleuve Noir, il lui enfonça d'autorité son mouchoir dans la bouche pour la faire taire. Marc regarda Didier. Il se sentait confus et presque honteux d'avoir recours à un procédé digne de tortionnaires.

Saisie à quatre mains, Didier par les épaules et lui par les jambes, la fille fut portée tel un vulgaire ballot jusqu'à la petite Renault. Ils la laissèrent choir sur la banquette arrière encombrée d'un K-way vert défraîchi qui voisinait avec un panier en osier. Marc s'installa d'autorité à la place du conducteur. Les mains sur le volant, il poussa un soupir de soulagement. Ils y étaient arrivés ! Il ne leur restait plus qu'à livrer leur « colis » à bon port pour pouvoir reprendre leur partie de pêche. Du moins l'espérait-il ! Marc tourna la clé de contact et le moteur, un 747 cm^3 type Billancourt, démarra au quart de tour. Il tira sur le levier de vitesse, enclencha la première et la petite voiture prit la route d'Oust. Brinquebalée sur la banquette arrière, la fille se tenait coite. Guettait-elle un moment favorable pour faire une nouvelle tentative de fugue ? Aux aguets, Marc jetait périodiquement un rapide coup d'œil dans le rétroviseur pour la surveiller.

Arrivée devant l'austère bâtiment de la gendarmerie, la 4 L stoppa. D'un tour de main, Didier se dépêcha d'ôter le mouchoir enfoncé dans la bouche de la jeune femme. La fille cracha un jet de salive puant sur le dossier du siège avant mais, contre toute attente, elle n'émit ni protestation ni grognement. Son silence inquiéta les deux hommes. Que préparait-elle ? Était-elle domptée ? Marc nota qu'elle observait à la dérobée ce qui l'entourait, promenant un regard halluciné sur les murs gris et tristes où l'inscription « Gendarmerie nationale » se détachait en majuscules bleues délavées par le temps. Après qu'ils l'eurent extraite sans beaucoup de précautions de la voiture et remise sur pieds, Marc trancha d'un coup d'Opinel les liens qui lui enserraient les jambes. Puis, sans lui laisser le temps de réfléchir, d'une pression rugueuse sur l'épaule, il l'entraîna vers la lourde porte de chêne ripoliné en bleu administratif qui donnait accès à l'accueil du public.

Derrière un comptoir en bois patiné, un gendarme au teint rose et frais remplissait consciencieusement un grand registre à couverture noire d'une écriture de bon élève appliqué. En sourdine, un transistor branché sur France Inter diffusait un des derniers tubes à la mode. Marc reconnut la voix traînante du play-boy suédois Peter Holm interprétant *Monia,* slow langoureux qui envahissait les ondes depuis l'an passé. Derrière le gendarme, punaisé sur un grand panneau recouvert de liège accroché au mur, s'étalait le patchwork des signalements de personnes recherchées entremêlés de notes de service et d'arrêtés préfectoraux. Quoiqu'il fût habitué au défilé ordinaire des victimes et des témoins de tous poils, cohorte baroque des professionnels des querelles de voisinage, des vols de poules ou des usagers de substances hallucinogènes, le gendarme leva un œil rond de surprise en les voyant apparaître. Bien que lui-même fût fils et petit-fils de gendarme, Philippe Castex, qui était entré en gendarmerie comme on entre en religion, avec ferveur et conviction, armé d'une foi inoxydable dans le service de l'ordre public, n'avait jamais rencontré un si étrange trio.

— Hé, chef !

— Quoi ? répondit une voix d'homme dans le bureau suivant.

— Venez voir ! jeta le gendarme par-dessus son épaule en direction de la porte vitrée qui séparait les deux pièces.

— Qu'est-ce qu'il y a ?

— On a de la visite…

— Qu'est-ce que c'est ? fit le gradé moustachu en dévisageant la curieuse équipe.

— On l'a trouvée dans la montagne… Là-haut…, bredouilla Marc.

— Là-haut ?

— Oui, dans la vallée d'Estbints, précisa le pêcheur.

— Au bord du ruisseau, au-dessus de Saliens exactement, renchérit Didier.

— Qui est-ce ? murmura le gendarme en désignant la fille.

— Ben, on ne sait pas au juste… C'est pour ça qu'on vous l'amène…

— Et vous ne lui avez pas demandé son nom ?

— Si… mais elle ne parle pas, voyez-vous !

— Dites, chef… cette fille, ça ne serait pas la dénommée Annie Bergès ? dit le jeune gendarme en scrutant les traits de la captive.

— Annie Bergès ? répéta le gradé en fouillant dans sa mémoire.

— Oui, vous savez bien, chef… la serveuse de bistrot, celle qui a disparu il y a quelques semaines. L'âge et la silhouette correspondent au signalement.

— On a une photo de cette fille pour vérifier ?

— Je regarde tout de suite dans le dossier…

— Ma parole… vous l'avez attachée ! lâcha en fronçant les sourcils le maréchal des logis-chef, se rendant compte soudain que les bras de la fille étaient entravés par une fine cordelette.

— Fallait bien, plaida Marc.

— De quel droit ?

— Elle est comme folle… Une furie !

— Détachez-la immédiatement ! ordonna le gradé.

— Elle va s'échapper, prévint Didier, jetant un coup d'œil inquiet à son copain Marc.

— Obéissez !

— Comme vous voulez, murmura Marc à regret en sortant son Opinel pour trancher d'un coup sec les liens qui meurtrissaient les poignets de la prisonnière déjà sculptés de fines stries.

La fille se frotta les articulations quelques secondes, la tête baissée, l'air buté. D'une voix mal assurée, Marc tentait gauchement d'expliquer au gradé les circonstances de leur intervention. Le jeune gendarme s'était écarté pour ouvrir un classeur métallique. La jeune femme releva la tête brusquement. Elle jugea que la placide immobilité des trois hommes devant la lourde porte de chêne rendait tout espoir de fuite utopique. La porte vitrée attira son regard. Le salut était par là ! Sans crier gare, elle sauta en une fraction de seconde par-dessus le comptoir avec autant d'agilité et de force que les grands fauves dans les savanes africaines. En moins de temps qu'il ne faut pour le dire, elle traversa la pièce en deux enjambées pour se ruer vers cette issue, renversant une pile de dossiers au passage et un grand classeur à rideau en bois vernis qui s'écroula dans un bruit retentissant. Pris au dépourvu, les quatre hommes mirent quelques secondes à réagir, ce que la fugitive mit à profit pour disparaître.

— Ah, putain ! glapit Didier.

— Merde ! Elle va s'échapper, renchérit le gendarme au teint rose.

— On vous avait prévenus ! fit Marc.

— Elle n'ira pas bien loin, rétorqua calmement le gradé.

— Comment ça ?

— Ce bureau est un cul-de-sac.

La pièce était en effet une nasse. Les murs, occupés par une série d'armoires métalliques et une petite bibliothèque vitrée en bois vernis qui laissait apparaître les larges dos rouges des codes Dalloz, n'offraient pour toute ouverture qu'une fenêtre, obstruée par de solides barreaux de fer. La fille comprit vite qu'elle s'était fourvoyée. Se retournant pour faire face à ses poursuivants, elle renversa un moderne bureau en tôle vert foncé, envoyant valdinguer une machine à écrire Olivetti pour enfin se ramasser sur elle-même, prête à bondir. Les deux gendarmes suivis des deux pêcheurs pénétrèrent lentement dans la petite pièce. Un silence de plomb avait envahi le local. Les uns et les autres retenaient leur souffle, conscients que les minutes qui allaient suivre seraient décisives. Ils n'osaient se regarder, de crainte de perdre la captive des yeux. De ses prunelles dures, la fille fixait les quatre hommes sans aménité, cernée de toute part, manifestement bien décidée à vendre chèrement sa peau pour gagner sa liberté.

La meilleure défense étant l'attaque, la fille passa à l'offensive. Sans attendre que le cercle se referme, elle se rua brusquement sur eux, tentant de franchir en force le rempart de leurs corps pour s'engouffrer vers la sortie. Le pugilat fut bref, ponctué de coups, de cris et de quelques griffures désespérées. Le cliquetis d'une paire de menottes à ses poignets mit fin à sa tentative de fuite. Bien que solidement maintenue au sol par Didier, déployant une force peu commune au regard de sa constitution frêle, la fille n'en continuait pas moins de gigoter, tant et si bien que le gendarme Castex fut obligé de lui passer une deuxième paire de bracelets aux chevilles pour s'assurer de sa docilité. La respiration haletante, Marc, usant de toute sa puissante musculature, la remit sur pied. La fille baissa alors la tête, refusant d'affronter le regard de ses vainqueurs.

— Et qu'est-ce qu'on en fait maintenant, chef ? demanda le gendarme au teint rose et frais.

— On va appeler d'urgence le docteur Michaud, répondit le maréchal des logis en réajustant sa cravate malmenée dans la bataille.

— Michaud ?

— Il lui fera une piqûre de sédatif. Ça la calmera !

— On la met en cellule en attendant ?

— Avec cet ivrogne de père Blazy ?

— Il ne lui fera pas de mal, vous savez. Il ronfle comme un GMC. Il n'a pas encore dessoûlé de sa cuite d'hier…

— Non. Pas question de garder cette dingue en cellule de dégrisement ! Le mieux, c'est de l'amener à Saint-Lizier.

— Chez les fous ?

— Oui, eux, ils sauront comment traiter le cas de cette sauvageonne !

— C'est vrai qu'elle vous a griffé, chef…

— Ce qu'il faut à cette cinglée, maugréa le maréchal des logis-chef en se tamponnant la joue à l'aide d'un mouchoir à carreaux, c'est la camisole de force ! Michaud nous délivrera une ordonnance d'internement… En attendant, ajouta-t-il en désignant les deux pêcheurs, prends leur témoignage et rédige-moi un procès-verbal mettant l'accent sur son comportement agressif ! Ces deux messieurs ne refuseront pas de servir de témoins…

— Dites, chef… qu'est-ce que j'indique comme état civil pour la fille sur le PV ?

— Identité supposée : Annie Bergès, trancha le gradé en parcourant rapidement la fiche cartonnée que lui avait tendue son subordonné.

Menottée à une chaise, la tête baissée, la captive demeura prostrée. La visite du docteur Michaud ne la tira de son état végétatif que pour une série de plaintes qui relevaient plus de l'animal que de l'être humain. Au vu de ces troubles mentaux, constatant le péril imminent que courait la patiente, le praticien délivra sans sourciller aux gendarmes un certificat d'hospitalisation d'office en milieu psychiatrique. À demi hagarde, les yeux dans le vague, la jeune femme semblait avoir abandonné toute velléité de résistance. Elle se laissa embarquer sans protestation, une heure plus tard, par deux infirmiers taillés comme des armoires normandes dans une DS break équipée en ambulance. La nouvelle de la réapparition d'Annie Bergès se répandit comme une traînée de poudre dans le pays. Tout autant que sa mystérieuse disparition, elle alimentait les conversations chez les commerçants et dans les rues du bourg. Les bonnes âmes trouvaient là matière à s'épancher en sous-entendus et commentaires sibyllins. Et plus qu'ailleurs au café Laborde, le retour d'Annie Bergès occupa toutes les discussions des clients accoudés au bar à l'heure de l'apéro.

— Moi, je vous dis qu'elle n'a pas pu vivre dehors pendant presque six semaines, assura de sa grosse voix Roger Massat en reposant sur le zinc la mominette de Ricard qu'il venait de vider.

— Pourtant, avec les beaux jours... susurra avec le léger zozotement qui le caractérisait Daniel Casenave, un jeune Périgourdin fou de ski et de randonnées en montagne qui avait repris le salon de coiffure pour hommes du père Maury, trois ans auparavant.

— Non, Roger a raison, renchérit Étienne Lagorce avec ce léger accent pointu dont il n'avait pu se défaire après trente-sept ans passés à Paris. À cette saison, c'est impossible, surtout avec les nuits glaciales qu'on a connues il y a un mois.

— Même ces derniers jours, je n'aurais pas aimé coucher dehors ! Le matin, c'est blanc de gelée et je dois gratter mon pare-brise.

— Faut qu'elle ait trouvé refuge quelque part !

— Dans une grange, peut-être. Ce n'est pas ce qui manque dans le pays, fit Jérôme Rouzaud.

— Tôt ou tard, on aurait remarqué ses allées et venues !

— Plutôt chez quelqu'un, alors. Et puis d'ailleurs, pour manger, fit Roger Massat en saisissant entre le pouce et l'index une cacahuète dans la soucoupe de Bakélite rouge, comment elle a fait pendant tout ce temps, hein ?

— Elle a pu vivre de rapines, grappiller par-ci par-là…

— D'après ce que m'a dit Cayrol, elle n'est pas maigre…

— Quand on a des réserves, on peut sauter quelques repas… Tiens, toi par exemple, ça te ferait du bien, brocarda Casenave, un rien provocateur.

— Hé, occupe-toi donc de tes ciseaux, le merlan ! répliqua Massat en haussant les épaules.

— J'imagine mal quelqu'un survivre ainsi plusieurs semaines, fit rêveusement Étienne Lagorce.

— Et vous, docteur, qu'est-ce que vous en dites de cette histoire ? demanda Roger Massat en se tournant vers Champot qui dégustait en silence et à petites gorgées son Viandox brûlant.

— L'être humain a d'étonnantes ressources, répondit le médecin.

— Cette histoire m'en rappelle une autre, ajouta Lagorce.

— Ah bon, laquelle ?

— Vous n'avez jamais entendu parler ici de celle qu'on nommait « la folle des Pyrénées » ?

— Non, fit Casenave. C'est quoi, cette histoire ?

— Sûrement une légende, comme celles qu'on se racontait autrefois le soir à la veillée en mangeant des châtaignes et en buvant du vin nouveau, jeta Jeannine Laborde d'un ton désabusé.

— Il est vrai que la télé, en envahissant les maisons, a tué nombre de contes pour enfants, observa Roger Massat.

— Alors, ton histoire ?

— L'authentique destin d'une jeune femme d'une trentaine d'années qui a vécu dans les Pyrénées ariégeoises au tout début du XIXe siècle. Une tragique et folle histoire…

— Et quand l'as-tu apprise, toi ? fit Massat, un rien goguenard.

— Il y a une vingtaine d'années, bien avant de prendre ma retraite ici, par une après-midi pluvieuse, alors que nous passions une semaine de vacances chez Pauline, une tante de ma femme, en Creuse…

— C'est elle qui te l'a racontée ?

— Non, je l'ai lue dans *Lecture pour tous,* un équivalent du *Reader's Digest* d'aujourd'hui.

— Et tu t'en rappelles encore ?

— Oui, ça m'avait intéressé parce que ça parlait du pays, d'ici…

— Une fable ?

— Non, le récit s'appuyait sur un article de journal publié en 1814 par un sous-préfet de l'époque du nom de Bascle de Lagrèze.

— Tu as de la mémoire…

— C'est que les faits n'étaient pas banals, plaida Lagorce avec un léger sourire.

— Et qu'est-ce qu'elle avait d'extraordinaire, l'histoire de cette fille ? demanda Roger Massat, dubitatif.

— Elle ressemble un peu à la nôtre…

— À celle d'Annie Bergès ?

— Oui, enfin… Disons qu'il y a des similitudes…

— Racontez-nous ça pour voir, intervint Antoine Champot, soudain intéressé par ce fait divers du temps passé.

Étienne Lagorce, qui arborait son inusable veste de drap bleu alors qu'il ne travaillait plus pour les PTT depuis belle lurette, plissa les yeux pour les regarder à tour de rôle. Une lueur d'amusement brilla au fond de ses pupilles. Soulevant son éternelle casquette à carreaux, décolorée par les années passées à courir les bois, il gratta un crâne devenu progressivement chauve à la cinquantaine triomphante. Lui qui, au village, était souvent affublé du sobriquet de « Parisien » ou de « Titi » pour avoir accompli trente-sept ans et demi de carrière au tri de nuit à Paris-Brune voyait pour une fois son auditoire suspendu à ses lèvres. Du coup, Lagorce se sentit important. Un sourire fleurit sur ses lèvres. Pour ménager le suspense autant que pour faire durer le plaisir, il prit le temps de boire une petite gorgée de son Ricard tomate avant d'expliquer de sa voix fluette et haut perchée :

— Eh bien, l'histoire s'est passée dans le Vicdessos, il y a fort longtemps, entre les années 1801 et 1808. Lors d'une partie de chasse sur une de ces soulanes pentues dominées par le majestueux massif du Montcalm, deux chasseurs du pays aperçurent sur l'estive herbeuse une jeune femme à moitié nue qui prit la fuite à leur vue. Elle faisait preuve de l'agilité spectaculaire des isards dans les ravins pierreux...

— Tes types, ils n'avaient pas abusé de la goutte, des fois ? le brocarda gentiment Roger Massat qui, en matière de prune et autres tord-boyaux, en connaissait un rayon.

— Non... D'ailleurs, le lendemain, on organisa une battue avec le renfort de bergers et d'autres chasseurs, pas loin d'une vingtaine d'hommes. Ils réussirent à tendre une embuscade à la sauvageonne.

— Quel âge avait-elle, cette fille ?

— À première vue, une trentaine d'années environ... Mais d'après ce que j'ai lu, à considérer sa peau tannée par le soleil, ses cheveux longs, ses ongles semblables à des griffes de bête et la corne de ses pieds, il y avait belle lurette qu'elle vivait dans la montagne !

— À vingt contre un, elle n'avait aucune chance d'échapper à ses poursuivants !

— Au dire des témoins, sa capture fut pourtant un véritable exploit tant la garce se débattait en hurlant comme un beau diable !

— Exactement comme Annie Bergès. Cayrol m'a dit qu'il fallait voir comment elle avait mis à sac le bureau de la gendarmerie ! Tout était sens dessus dessous...

— Ce n'est quand même pas moi qui vais plaindre les cognes ! jeta Roger Massat qui n'affichait guère de sympathie pour la maréchaussée depuis qu'il avait fait un tour en cellule de dégrisement pour ivresse sur la voie publique.

— Continuez, fit Champot, intrigué. Qu'est devenue cette pauvre fille ?

— Captive, celle qu'on surnomma bientôt dans le pays « la folle des Pyrénées » ne fut guère loquace. Elle opposa, paraît-il, un mutisme farouche à toutes les questions qu'on lui posait. Même le curé appelé en renfort, le père Dandine, un saint homme réputé pour sa douceur, ne put rien en tirer !

— Peut-être tout simplement parce qu'elle ne les comprenait pas, fit Rouzaud, plein de bon sens.

— Non... Elle était, semble-t-il, de bonne naissance.

— Comment peut-on en être sûr ?

— Elle prononça ponctuellement quelques mots décousus mais en bon français, alors que la plupart des gens de cette vallée reculée, faute d'aller à l'école, ne parlaient encore que le patois à l'époque.

Antoine Champot hocha la tête en signe d'assentiment. De sa petite enfance corrézienne, passée à Treignac au tournant des années vingt-trente, il avait gardé le souvenir de femmes âgées qui n'avaient que peu ou pas fréquenté la communale. Toujours vêtues de noir, ces menines, assises au cantou sur la maguilhe, ce banc-coffre qui accueillait la veillée, bafouillaient le français et s'exprimaient ordinairement en patois limousin en épluchant les châtaignes. Nées toutes au milieu du siècle précédent, bien avant que les lois de Jules Ferry n'imposent, en 1882, la scolarisation aux enfants de la République, ces malheureuses filles ne recevaient aucune instruction. Dans ces campagnes oubliées de la France profonde où M. le curé, guide spirituel de la communauté villageoise, devait encore lutter contre l'influence subversive du sorcier, priorité était systématiquement donnée au garçon, faute d'assez d'argent pour payer le régent. Mais comment pouvait-il en être autrement dans ces familles de métayers pauvres où, les bonnes années, l'on attrapait tout juste le bout de l'an ?

— Qu'est-ce que cette malheureuse faisait-elle donc en pleine montagne ?

— Peut-être que cette pauvre fille s'était tout simplement égarée au cours d'une randonnée...

— Non ! La montagne d'alors n'était pas encore devenue un espace de loisirs comme aujourd'hui. Il n'y avait pas de stations de ski, même à moyenne altitude !

— On ne sait trop, à vrai dire, poursuivit Lagorce. Certains ont prétendu qu'après avoir fui la terreur révolutionnaire qui sévissait en Espagne, elle et son mari avaient été victimes de brigands au port du Rat, sur le chemin du retour... Bref, cette pauvre fille aurait mené une vie sauvage pendant plusieurs années jusqu'à ce que les chasseurs la trouvent. Les rumeurs de l'époque disent qu'elle aurait même fraternisé avec les ours !

— Fariboles ! C'est impossible...

— Et pourquoi donc ?

— Parce qu'un ours, mon vieux, c'est un fauve, objecta Massat. Tous les chasseurs d'autrefois le savaient !

— Comment a-t-elle bien pu faire pour survivre aussi longtemps dans un milieu aussi hostile ?

— Sans doute, au gré des saisons, a-t-elle mangé des glands, des myrtilles, des mûres, des faines ou des noisettes... Elle a probablement pêché des truites à la main dans les ruisseaux, capturé des levrauts au gîte, piégé des marcassins ou des écureuils... Et, vraisemblablement, elle a dû consommer des charognes !

— Pouaaah, c'est répugnant ! laissa tomber avec une grimace de dégoût Daniel Casenave.

— On voit que celui-là, il n'a jamais vécu dans un pays du tiers-monde, n'est-ce pas, docteur ? railla Jérôme Rouzaud que son séjour en Afrique avait accoutumé à des règles d'hygiène alimentaire différentes.

— Jadis, les plus grands gourmets se délectaient de viande faisandée.

— C'est vrai, j'ai souvenir que mon grand-père Adrien disait qu'il fallait que la chair du gibier se détache pour que ça ait du goût ! assura Massat en faisant signe à Jeannine Laborde de remettre une tournée.

— Moi, vous ne m'en feriez pas avaler !

— Dans la nature, vous savez, les restes de mouton ou d'isard tombés dans les précipices font partie de l'alimentation des carnivores, fit Champot.

— Je n'en démords pas, répondit Casenave en secouant la tête. Faut avoir bigrement faim pour s'en régaler !

— Et qu'est devenue cette malheureuse après sa capture ? Je suppose qu'on l'a hospitalisée, demanda le médecin.

— Oh, elle n'est pas restée captive très longtemps ! Elle s'est évadée de la chambre du presbytère en sautant par la fenêtre quelques jours plus tard.

— Et personne ne l'a rattrapée ?

— Fallait pouvoir ! Elle courait si vite et avec tant de ruse qu'elle a échappé à plusieurs reprises à ses poursuivants. Aux premières neiges, les gens ont abandonné les recherches, persuadés que l'infortunée avait succombé aux rigueurs de l'hiver. Mais au printemps suivant, des pâtres l'ont aperçue dans la montagne. Très vite, la rumeur s'est répandue dans tout le pays...

— Sa présence devait en effet alimenter les conversations dans les chaumières, soupira Daniel Casenave.

— On n'a réussi à la coincer que bien plus tard, en juin 1808. Le juge de paix du Vicdessos l'a fait envoyer à Foix, chez les Sœurs de la Charité. Elle s'est évadée de l'hospice pour errer à demi nue et hurlante dans les rues de Foix. Capturée de nouveau, totalement démente, on l'a emprisonnée au château de Foix. Mais impossible de mettre cette possédée en cellule avec les hommes ! On a fini par la jeter dans un cul de basse-fosse de la tour ronde. C'est là qu'elle est morte, à l'automne 1808, sans que personne n'éclaircisse jamais le mystère de son identité.

— C'est une histoire incroyable... Quel effroyable destin que celui de cette pauvre fille !

— En tout cas, ici, la réapparition d'Annie va mettre un point final aux recherches des gendarmes. Tu peux enlever l'avis de ta porte, conseilla Jérôme Rouzaud à Jeannine Laborde.

— Et puis, comme ça, on verra moins les flics, ce qui n'est pas un mal, fit Roger Massat. Désormais, personne ne peut plus être soupçonné de son assassinat.

— Et vous, docteur ? Croyez-vous que notre Annie Bergès aurait pu connaître une aventure semblable à celle de cette folle des Pyrénées ? demanda Jérôme Rouzaud.

— Je ne l'imagine pas une seconde, laissa tomber froidement Champot.

— Qu'est-ce qui vous fait dire ça, docteur ? rétorqua Roger Massat, dubitatif.

— Le profil psychologique de cette jeune femme ne m'invite guère à croire qu'elle ait vécu six semaines dans la nature de son plein gré !

— Où était-elle donc passée alors ? Quelqu'un l'aurait-il retenue de force ?

— L'enquête des gendarmes le dira peut-être... Cayrol m'a confié que l'enquête avait été requalifiée, dit Jeannine Laborde.

— Requalifiée ?

— Oui, elle continue pour enlèvement et séquestration, expliqua la tenancière du bistrot.

— J'irai la voir dès demain à l'hôpital de Saint-Lizier, annonça tranquillement Antoine Champot.

— Mais, docteur, pour autant que je sache, Annie n'a jamais été votre patiente... En quoi la mésaventure de cette pauvre fille vous intéresse-t-elle ?

— Disons que je tiens à en avoir le cœur net, répondit, sibyllin, Antoine Champot, avant d'ajouter : J'ai été le dernier à l'avoir vue le soir de sa disparition. Les gendarmes m'ont suspecté...

— Hé, c'est parce que vous n'êtes pas de la région... Ici, vous savez bien qu'on prend pour des hippies tous ceux qui ne sont pas du pays depuis cinq générations !

— Vous n'avez jamais été à l'asile de Saint-Lizier ? demanda Roger Massat de sa voix grave.

— Non, depuis mon arrivée, les malades dont j'ai eu la charge ne m'en ont pas offert l'opportunité.

— Eh bien, docteur, armez-vous de courage et attendez-vous à prendre la mesure du malheur humain !

— Qu'en savez-vous ?

— Il y a quelques années, j'ai lu l'article de votre confrère, le docteur André Soubiran…

— Le docteur Soubiran ? Celui qui a écrit *Les Hommes en blanc ?*

— Lui-même ! En 1955, pour écrire son roman *L'Île aux fous,* il a visité nombre d'établissements. Et d'après lui, Saint-Lizier, ça ressemble plus à une prison qu'à un hôpital ! Je ne crois pas que ça ait beaucoup changé…

— Fréquenter ce genre de lieu n'est jamais réjouissant. En Algérie, vous savez, j'ai eu l'occasion de visiter les services psychiatriques de l'hôpital de Blida-Joinville. Un énorme établissement, inauguré en 1938, qui, en 1962, juste à la veille de l'indépendance, comptait près de deux mille deux cents lits et employait mille cinq cents personnes.

— L'asile de Saint-Lizier, ça n'a rien à voir ! reprit Jeannine Laborde. D'abord, ils sont moins nombreux, environ quatre cents ou cinq cents malades, selon les années. Le problème, ce sont les conditions de vie de ces pauvres bougres, fit-elle avant de lui expliquer, en quelques mots et sur le ton de la confidence la sordide réalité de cette antique structure hospitalière.

Un pâle soleil d'avril peinait à percer la couche nuageuse quand, le lendemain, Antoine Champot sortit de chez lui. Au loin, chantait sur deux notes le gargouillis cristallin d'une fontaine. La veille au soir, il avait téléphoné à l'hôpital psychiatrique pour expliquer sa démarche. Un confrère l'attendait. Le médecin respira à pleins poumons. Le fond de l'air piquait un peu, faisant croire que l'hiver avait envie de jouer les prolongations. Il aimait ces petits matins. Malgré les souvenirs d'un passé douloureux qu'il ne pouvait gommer de sa mémoire et qui, chaque nuit, revenaient le ronger, ils lui semblaient porteurs de l'espérance du monde. Engoncé dans sa vieille canadienne, un chapeau couvrant son chef à cheveux ras, Antoine Champot suspendit par une ficelle une petite affichette au gros bouton de cuivre jaune de sa porte d'entrée. Sur le morceau de carton, on pouvait lire, écrit au marqueur Bic Onyx noir, en grosses lettres :

Fermeture exceptionnelle du cabinet ce matin.
Pour les urgences, s'adresser au docteur Courtade.
Je serai de retour à 14 heures.

Champot recula de deux pas. Satisfait de l'effet produit par sa pancarte, le médecin releva le col de sa canadienne et se hâta de monter dans sa voiture. Il laissa le moteur tourner quelques minutes, le temps pour le chauffage d'émettre ses premières bouffées par les deux bouches d'aération rectangulaires du tableau de bord commandées par des manettes à boules en plastique blanc, illustration de ces nouvelles matières qui, tel le Formica, remplaçaient désormais les matériaux traditionnels. Puis, le moteur ronronnant comme une horloge, Champot tira sur le levier de vitesses pour s'engager sur la petite départementale qui menait à Oust. Passé la modeste bourgade et sa jumelle, Soueix, l'Ami 6, en suivant le cours du Salat, s'enfonça dans la gorge étroite aux parois boisées de Ribauto pour atteindre le village de Lacourt.

Dominé par un piton haut de près de cinq cent cinquante mètres, où les vicomtes du Couserans avaient établi un château au XIIe siècle, ce village était le berceau historique de la famille de l'écrivain et critique littéraire Henry Bordeaux. D'une lignée royaliste et catholique, avocat comme son père, le jeune Henry n'avait pas tardé à se tourner vers l'écriture. Devenu républicain avec le ralliement officiel de l'Église au nouveau régime, ce phare du catholicisme social dans la veine d'Albert de Mun avait été l'auteur de plus de deux cents ouvrages. Champot en avait lu quelques-uns, comme *Le Pays natal* ou *L'Amour en fuite*. Romancier à succès pendant près de soixante ans, élu à l'Académie française le 21 mai 1919, l'homme de lettres, qui n'avait jamais renié son pays d'Ariège mais dont les valeurs traditionnelles tombaient en désuétude, était mort à Paris six ans plus tôt, le 29 mars 1963, plongeant dès lors dans la grande nuit des écrivains oubliés. Et peu d'habitants de Lacourt cultivaient désormais le souvenir de cette illustre famille…

Au sortir de la vallée, une fois dépassées les usines à papier de La Moulasse, la sous-préfecture de Saint-Girons lui apparut dans un immense cirque de collines qui verdoyaient dans le printemps naissant.

À quatre cent douze mètres d'altitude, au confluent du Salat et du Lez, la petite sous-préfecture tenait son nom de l'apôtre Gerunce, un saint d'origine vandale qui avait prêché le christianisme à l'aube du Ve siècle dans les Pyrénées centrales. Jadis nommée Bourg-sous-Vic, l'agglomération s'était développée en appendice de l'antique cité épiscopale de Saint-Lizier. Antoine Champot la traversa de part en part pour suivre l'avenue Aristide-Bergès, cet enfant du pays qui était le père de la houille blanche, et se diriger vers la résidence historique des évêques du Couserans. Juchée au sommet d'un promontoire calcaire dominant la rive droite du Salat, site éminemment favorable à sa défense, Saint-Lizier était l'une des rares villes de France à posséder deux cathédrales et deux chapitres de chanoines.

Champot tourna à droite, quittant la D117 pour franchir le Salat par la rue du Pont et pénétrer bientôt dans la vieille ville. L'ancien palais des Évêques du Couserans, imposant édifice construit au XVIIe siècle, qui était contigu à l'église de Notre-Dame-de-la-Sède, avait été transformé, en 1811, en dépôt de mendicité avant de devenir, en 1836, une « maison départementale de refuge et d'aliénés », un asile pour les « insensés ». Pendant des années, on avait enfermé dans ces salles vétustes qui ne portaient pas encore le nom d'« hôpital psychiatrique » une population hétéroclite de filles de joie, d'infirmes, de misérables, d'estropiés et de mendiants dont la société entendait se protéger par la réclusion. Et dans cette cité de la foi qui avait vu couler le sang de tant de martyrs, aux chants religieux et aux ferventes prières des hommes qui s'élevaient vers Dieu avaient succédé les plaintes des malades et l'expression indicible de l'enfer d'une souffrance mal reconnue par le corps médical.

Abandonnant sa voiture sur le parking de l'évêché comme le lui avait conseillé Jeannine Laborde, Champot poursuivit son chemin à pied vers la bâtisse dont les tours se reflétaient dans les eaux grises du Salat. Passé la loge du concierge, le médecin emprunta la majestueuse allée des Marronniers qui conduisait au cœur du complexe hospitalier. Le crépi de l'austère façade s'effritait en larges plaques, laissant apparaître l'appareillage de la construction. Les bâtiments, vieux de plus de trois siècles, suaient la misère et la détresse. Initialement affecté à la population sans travail de l'Ariège, l'ancien palais était devenu au fil des années le lieu où échouaient les idiots, les épileptiques, les déments et les fous furieux, tous condamnés à la réclusion.

Au pied de l'édifice, pour dissiper le malaise qui l'étreignait, le médecin s'arrêta quelques secondes et contempla le paysage qui s'offrait à lui depuis le promontoire. En contrebas de la terrasse, des pruniers en fleur venaient, sous le soleil d'avril, égayer la verdeur d'un pré en pente où quelques poules batifolaient. De ce belvédère, le regard embrassait une vallée paisible qui s'ourlait des sommets enneigés des Pyrénées. Que la montagne était belle en ces jours de printemps ! En un tragique raccourci, il perçut le contraste entre le sentiment de liberté qu'éveillait ce panorama et l'enfermement qui était le lot des gens vivant derrière ces murs. Au bout de l'allée des Marronniers, à droite, Champot découvrit une grille en fer rouillé, symbole d'une liberté confisquée, qui ouvrait sur un escalier constituant l'unique entrée de l'hôpital. Posant sa main sur la rampe de bois patiné, il en gravit lentement les marches. Au sommet, une cour intérieure donnait accès au cœur de l'hôpital.

« Vous ne pouvez pas vous tromper, lui avait expliqué le concierge à l'entrée, une casquette bleue, ornée des lettres HPD – hôpital psychiatrique départemental – brodées en rouge, vissée sur la tête. Le bureau du docteur est juste à main gauche après l'escalier… » Une plaque de laiton ternie confirma ses indications. Champot frappa discrètement puis, poussant la béquille de la porte vitrée de carreaux en verre martelé, il pénétra dans une petite pièce qui faisait office de secrétariat et d'accueil. Un antique poêle Godin luttait contre l'humidité pour entretenir une douce tiédeur. Dans cet espace confiné, une odeur tenace de vieux papier le saisit à la gorge. En face de la porte, perchée sur un classeur à rideau en bois vernis à demi ouvert qui laissait apercevoir la tranche colorée de ses dossiers, une fougère, déployant ses feuilles, épurait tant bien que mal un air surchargé de poussière. À moitié cachée derrière une machine à écrire mécanique verte de marque Remington, une femme sans âge, assise à une table de bois blanc, les sourcils froncés, s'évertuait à remplir les lignes pré-imprimées d'une épaisse fiche cartonnée couleur sépia.

Vêtue d'une robe grise boutonnée jusqu'au cou, elle avait les cheveux poivre et sel, ramassés en un chignon sans fioritures. Ses sourcils épilés se réduisaient à un simple trait qu'un coup de crayon venait opportunément souligner. Ses lunettes de presbyte semblaient inexorablement glisser au bout de son nez, comme les tuiles romanes, saisons après saisons, sur les toits des maisons du pays. D'une complexion sèche, la narine étroite, nulle trace de maquillage ne venait illuminer son visage terne. Champot la devina acariâtre, probablement vieille fille, sans aucun doute aigrie. Il l'imagina un instant vivre dans un deux-pièces cuisine en compagnie de deux ou trois chats maigres qui devaient lui ressembler. Concentrée sur son travail, la femme ne daigna lever les yeux qu'au bout de quelques secondes pour le fixer d'un regard dur qui indiquait qu'elle n'aimait pas être dérangée.

— Monsieur... C'est à quel sujet ?

— J'ai... j'ai rendez-vous, bafouilla Antoine Champot en se découvrant civilement pour l'amadouer.

— Un moment, s'il vous plaît... Je vais voir, répliqua-t-elle sèchement.

S'échappant de son fauteuil avec le couinement d'une petite souris face à un gros chat, l'austère secrétaire alla frapper discrètement à une porte à demi dissimulée sous un rideau de velours rouge fané. Dans l'entrebâillement du battant, la tête inclinée, elle murmura quelques mots. Une voix d'homme lui répondit d'un vague borborygme étouffé. La femme se retourna et, esquissant un sourire glacé à l'intention de Champot, elle chuchota sur le ton servile qu'elle devait prendre pour avouer ses péchés au curé dans l'obscurité poussiéreuse du confessionnal de la cathédrale de Notre-Dame-de-la-Sède :

— Le docteur va vous recevoir...

Puis, affectant une posture cérémonieuse des temps ancillaires, la secrétaire céda le passage à Antoine Champot sans se départir de son air pincé.

Champot entra dans le bureau, la remerciant par politesse d'un vague hochement de tête. Assis à un vaste bureau aussi encombré que la place de la Concorde un soir de 14 juillet, les lunettes relevées sur le front, la blouse blanche portée ouverte sur un pull-over ras de cou grenat, souvenir de l'étudiant en médecine qu'il avait dû être, le docteur Pierre Gardel était penché sur un dossier. Prenant conscience de l'arrivée de son visiteur, le médecin releva la tête. Son visage s'éclaira d'un sourire de bienvenue. Malgré une cinquantaine triomphante arrondie par quelques excès de table que trahissaient des traces de couperose, le praticien avait l'œil vif. En quelques mots, Champot lui rappela la raison de sa présence. Le médecin se leva, fit quelques pas jusqu'à un classeur de bois pour se saisir d'une fiche cartonnée qu'il parcourut rapidement avant d'expliquer :

— C'est un cas peu courant d'amnésie, sans doute lié à un violent traumatisme dont nous ignorons la nature...

— Comment va-t-elle depuis son entrée ?

— Aussi bien qu'elle puisse aller. Son état est stable. Au vu de sa pathologie, votre cliente a été hospitalisée dans le quartier des agités.

— Vous lui avez mis la camisole de force ?

— La camisole de force ? Non, même ici, ça ne se fait plus... Elle a simplement eu droit à une injection de Largactil.

— Qu'est-ce que c'est ?

— Du chlorhydrate de chlorpromazine, répondit le docteur Gardel. C'est un puissant antipsychotique que nous appelons familièrement la « matraque liquide ».

— Un médicament qui a une action sédative et calmante…

— Oui, on l'utilise dans les cas de psychose aiguë, de schizophrénie ou pour certains troubles bipolaires lourds.

— Vous avez beaucoup de patients semblables à Annie Bergès ?

— Quelques cas assez graves… Venez, mon cher confrère, en vous conduisant à son quartier, je vais vous faire visiter l'hôpital.

— Je vous suis.

— Ne faites pas trop attention au cadre, lui conseilla Gardel en sortant du bureau pour traverser la cour. Ces bâtiments ont plus de trois siècles…

— Les locaux m'ont l'air en effet passablement vétustes, répondit Champot en jetant un coup d'œil circulaire sur des murs tristes, propres à cultiver la neurasthénie.

— Vétustes ? C'est pire que ça ! Ils sont surtout totalement inadaptés à un usage hospitalier moderne !

— À ce point ?

— Quand vous allez découvrir les conditions de vie de nos pauvres malades, vous allez vite comprendre, mon cher confrère, pourquoi nous sommes tous contents de déménager !

— C'est pour bientôt, dit-on.

— Oui, courant octobre…

Gardel entraîna son visiteur dans un long passage qui conduisait aux quartiers des femmes. Champot se félicitait d'avoir gardé sa canadienne, mettant en application le vieil adage populaire : « En avril, ne te découvre pas d'un fil. » Par ce petit matin, les vieux murs salpêtreux du palais des Évêques du Couserans exsudaient une froideur humide que renforçaient les courants d'air glacés qui balayaient par intermittence les coursives. Le docteur Gardel lui fit d'abord visiter le quartier des épileptiques. Dans le dortoir immense où s'alignaient les lits-cages, Champot fut saisi à la gorge par une tenace odeur d'urine. Il s'en étonna. Gardel lui répondit qu'un nettoyage quotidien au jet d'eau et au balai-brosse était censé tout à la fois calmer leurs humeurs et venir à bout des miasmes et de la vermine qu'une hygiène sommaire laissait prospérer dans ces murs d'un autre âge.

Champot observa que, si certains malades demeuraient prostrés, d'autres hurlaient ponctuellement comme des bêtes prises au piège. Blasé devant le spectacle de ces malheureux, Gardel conduisit Champot au quartier des femmes agitées. La surveillance journalière des cas les plus graves y était facilitée par l'alignement d'une douzaine de cellules de deux mètres de long, jadis nommées loges. Les plus salubres servaient de refuge à une poignée de patientes difficiles qui y croupissaient du printemps à l'automne, pratiques en contradiction avec les principes des thérapies modernes qui poussaient à l'ouverture sur le monde extérieur par des activités extra-hospitalières. Champot ne put s'empêcher de songer que, si l'humanisation de l'hôpital psychiatrique, souci permanent des équipes soignantes, était en marche, elle se diffusait bien lentement.

— Compte tenu de son état, nous avons dû l'isoler, vous comprenez, crut bon de préciser le médecin directeur.

— Hum… c'est naturel !

— La promiscuité, voilà bien souvent l'ennemie de la guérison !

— Dites-moi, cher confrère, combien de malades avez-vous actuellement ?

— En début de semaine, lors du dernier pointage, il n'y avait pas moins de quatre cent cinquante et une personnes internées.

— Et combien de personnes travaillent ici ?

— Environ deux cent quarante-sept… Nous avons deux médecins, quatre internes, un pharmacien et ses assistants, pas loin de cent cinquante soignants, soit à peu près autant d'infirmiers que d'infirmières, une trentaine de chefs d'unités de soin chapeautés par deux surveillants-chefs, une petite quinzaine d'administratifs, une assistante sociale, trois conducteurs de véhicules, une vingtaine d'ouvriers professionnels, auxquels il faut ajouter encore une bonne dizaine d'agents du service intérieur. Ce qui nous fait un ratio malades-personnel à peu près d'un pour deux…

— Au vu de leurs pathologies, cela paraît en effet nécessaire, murmura Champot en croisant une femme au regard étrange, habitée d'un feu intérieur qui semblait la consumer.

— Nous arrivons, fit Gardel en s'approchant d'une lourde porte en bois. Voici sa loge… Restez sur vos gardes. Dès que l'effet du chlorhydrate de chlorpromazine se dissipe, cette patiente a des réactions imprévisibles, parfois violentes...

Gardel tourna la clé en fer qui saillait d'une serrure aussi imposante que celle des cellules des maisons d'arrêt. Sans bruit, en pivotant sur ses gonds, la porte dévoila un réduit éclairé en permanence par un lumignon jaunâtre qui pendait du plafond. Le directeur jeta un bref regard à l'intérieur pour s'assurer de la présence de la patiente puis s'effaça pour laisser entrer son visiteur. Recroquevillée sur un étroit lit métallique style bat-flanc solidement fixé au sol, une femme échevelée leva, observant l'arrivant un œil inquiet. Une épaule adossée au mur salpêtreux, la silhouette mince portait une chemise de nuit de coton grège. Bien que ses bras fussent noués à ses épaules en une posture protectrice, Antoine Champot la sentit prête à bondir. Derrière lui, le docteur Gardel avait prudemment poussé la porte, fermant le chemin à toute tentative de fuite. Lentement, sans faire de mouvements brusques qui auraient pu l'affoler, il se rapprocha. Douchée, récurée et pansée par les infirmiers, son visage amaigri où ses immenses yeux verts s'enfonçaient dans des orbites cernées conservait encore les traces de son périple. Parvenu presque à la toucher, il commença à lui parler sans élever la voix.

— Bonjour, Annie... Je suis le docteur Champot... Vous vous souvenez de moi ? Je vous ai raccompagnée chez vous l'autre soir...

La jeune femme tremblait sans doute autant de peur que de froid car la température de la « loge » était plus proche du frigo que du sauna. Il s'efforça de la rassurer, d'installer un climat de confiance pour tenter d'amorcer le dialogue. Soudain, au moment où il s'y attendait le moins, avec la puissance d'un ressort trop longtemps bandé, Annie Bergès se précipita dans ses bras pour s'y lover tel un petit animal terrifié. L'étreignant nerveusement, elle nicha sa tête dans le creux de son épaule. Il sentit un liquide couler sur sa nuque. Annie Bergès s'épanchait à chaudes larmes d'un désarroi jusque-là contenu. Il la laissa pleurer. Les chemins de la mémoire n'étaient-ils pas aussi ceux de la vérité ?

5

De multiples suspects…

Annie Bergès était restée ainsi un long moment, blottie dans ses bras, comme un moineau tombé du nid. Il avait fallu à Champot beaucoup de persuasion et de douceur pour qu'elle consente à quitter le creux de son épaule. Tremblante, le regard fixe et anxieux d'un chien sans collier, la jeune femme demeurait sans voix. Si tout signe de l'extrême agitation qui l'avait habitée avait désormais disparu, sans doute faudrait-il du temps pour la réinsérer dans la vie sociale. Antoine lui caressa négligemment les cheveux. Il demeurait perplexe. Quelle vie avait-elle bien pu mener durant ces dernières semaines ? Quoique fortement amaigrie, le visage hâve, les traits tirés, les yeux cernés, il était impossible que la jeune femme ait survécu seule dans la nature. Les nuits de mars en moyenne montagne pyrénéenne étaient bien trop froides… Et d'ailleurs, comment se serait-elle sustentée ? La montagne est avare de nourriture en cette saison.

Les questions se télescopaient dans sa tête en un charivari aussi désordonné que cacophonique. Mais où Annie Bergès avait-elle bien pu trouver refuge ? Quelqu'un l'aurait-il donc séquestrée à défaut de l'héberger ? Certes, il y avait dans le pays nombre de granges en ruine, pans de murs tragiques tendus vers le ciel, telle l'ultime prière d'une vie montagnarde désormais défunte. Champot n'ignorait pas que les prémices de la déprise foncière remontaient à l'amorce du mouvement migratoire, au milieu du siècle précédent. Dans un monde rural alors surpeuplé, au départ traditionnel des cadets avait succédé celui de ceux qui avaient soif d'aventure dans le nouveau monde. La Première Guerre mondiale avait aggravé la dépopulation de la liste des morts au champ d'honneur. Aujourd'hui, certains villages comptaient plus de noms inscrits au monument aux morts que de vivants dans la commune. La modernisation d'une agriculture moins exigeante en bras avait parachevé l'agonie de ce monde, creusant le sillon d'un exode rural qui avait conduit indistinctement, en quelques générations, les cadets comme les aînés à l'entassement banlieusard dans des cités champignonneuses.

À contempler ses magnifiques yeux verts qui débordaient d'une tristesse infinie, sa silhouette émaciée flottant dans ce pyjama administratif grisâtre, Antoine Champot eut pitié d'elle. Le praticien comprit qu'il ne fallait pas la brusquer. À quoi bon l'abreuver d'un flot de questions pour tenter d'éclaircir le mystère de sa disparition ? Cela ne servirait à rien ! La jeune femme risquait de se refermer comme une huître. Elle se murerait dans un mutisme qui enracinerait durablement son traumatisme, retardant la réparation salvatrice de son mental.

Une image de son passé lui revint en mémoire. En Algérie, en 1957, dans l'Oranais, il avait secouru des ouvriers tombés au fond d'un puits mal étayé. Comme à eux à qui il avait lancé une corde avant que l'éboulement des parois de terre ne les engloutisse pour se transformer en tombeau, il fallait tendre la main à Annie. Mais retrouver le chemin de la confiance, celui du dialogue et de l'espérance prendrait du temps. Certes, sa jeunesse était un atout. Sans doute parviendrait-elle à se reconstruire, mais sa guérison, Champot en avait pleinement conscience, ne se ferait pas en un jour. Elle serait longue, semée d'embûches, de rechutes, sûrement chaotique, ponctuée de doutes et de moments de découragement.

Champot lui parla des fleurs qui ornaient les estives d'un tapis coloré et odorant. Il lui parla des arbres dont les premiers bourgeons, gonflés de sève, éclataient au soleil d'avril, du printemps que l'on percevait chaque jour un peu plus au ballet incessant et acrobatique des martinets dans le ciel. Il lui parla d'une voix douce, comme à un petit enfant, retrouvant un ton paternel oublié depuis longtemps. De ses lèvres, les mots glissaient, souples et fruités, presque chantant à l'oreille, comme l'eau des rus sur un lit de cailloux clairs. Il guettait sur son visage un signe d'assentiment, l'indice d'une compréhension. Par moments, il voyait bien que le regard d'Annie se perdait dans un ailleurs insondable. Alors, il cherchait à réveiller au fond de ses yeux la petite lumière d'intelligence qui éloignerait la folie dans laquelle elle menaçait de sombrer. Au bout d'un moment, la sentant fatiguée, il lui tapota gentiment la joue pour murmurer :

— À bientôt.

Le visage d'Annie s'illumina d'un pâle sourire. Bien que sa mine soit encore défaite, Annie Bergès restait une jolie femme. Ses grands yeux verts brillant d'une lueur d'espérance, il crut même discerner un « oui » inaudible sur ses lèvres. Champot lui sourit. Par-delà son enquête sur sa mystérieuse disparition, le médecin se promit de l'aider à recouvrer la raison. Il se retira sans bruit. Il ferma la porte, abandonnant celle que la rumeur publique qualifiait déjà de « nouvelle folle des Pyrénées » au silence de sa loge. Le couloir était vide. Le docteur Gardel ne l'avait pas attendu. Sans doute avait-il regagné son bureau pour satisfaire à la lourdeur des tâches administratives qui étaient les siennes. À lui de retrouver son chemin dans ce labyrinthe où flottait une odeur tenace de moisissure, de salpêtre et d'urine à soulever le cœur.

Se repérant tant bien que mal dans ce dédale malodorant, Champot déboucha finalement dans la cour intérieure du palais des Évêques avec soulagement. Voir le ciel bleu et le ballet des martinets le rasséréna. Les portes de la liberté n'étaient pas bien loin ! Un parfum de fleurs printanières monta à ses narines. Mon Dieu, comment pouvait-on travailler dans un tel univers qui associait dans le vécu quotidien privation de liberté et claustrophobie mentale ? Par courtoisie, Antoine Champot fit un détour par le bureau du directeur, histoire de prendre congé de celui qui avait eu l'amabilité de l'introduire dans ce microcosme où l'on ne s'appartenait plus. À son entrée, l'austère secrétaire, toujours aussi raide derrière sa Remington mécanique, leva à peine la tête. Sans quitter son clavier des yeux, elle l'informa que le docteur Gardel était en réunion avec l'équipe des soignants.

— Dans quelques jours, je reviendrai voir votre patiente, fit Champot sur un ton professionnel.

— À votre convenance, docteur. J'en informerai M. le directeur, laissa froidement tomber l'employée, sans oser ajouter néanmoins que ces visites lui semblaient assez inopportunes.

La rigide secrétaire se replongea dans son fastidieux travail de dactylographie. Champot la remercia d'une esquisse de sourire aussi glacé que le regard qu'elle lui avait jeté pardessus ses lunettes de presbyte. Il se hâta de dévaler l'escalier qui, la grille rouillée franchie, lui permit de retrouver l'allée des Marronniers. Une bouffée d'autan lui fouetta le visage d'un souffle tiède. Champot marqua un temps d'arrêt, remplissant ses poumons d'un air un peu sauvage. À contempler la ligne des crêtes enneigées qui se détachait dans l'azur printanier, il ne put s'empêcher de soupirer :

— Mon Dieu, que ce pays est beau !

Vivre et travailler dans ce lieu d'enfermement étaient en totale contradiction avec ces chemins de la liberté qui couraient, tels de la folle avoine, vers les verdoyantes prairies du Couserans.

Les mains posées sur le volant de son Ami 6, en remontant la vallée vers le village de Seix, Champot ne pouvait chasser de sa mémoire l'image d'Annie Bergès, petite chose recroquevillée sur la paillasse de sa cellule. En boucle, elle revenait, inlassablement, à chaque virage, silhouette frêle perdue dans une nuit trop épaisse pour elle. Parviendrait-il à la tirer de l'abîme qui s'était ouvert sous ses pieds ? Sans être en rien lié à elle, Champot éprouvait l'impérieuse nécessité de la secourir. Bien plus que par simple humanisme. Sans doute y avait-il dans cette attitude la marque mémorielle d'un sentiment profond qui l'avait conduit très jeune à vouloir s'engager dans des études médicales... Déjà, à l'école primaire de Treignac, avec son ami François Chaumeil, fils du facteur et Corrézien bon teint, ils avaient fait le serment de combattre la maladie et d'affronter la plus vieille ennemie du genre humain, la mort ! Quelques années plus tard, au lycée Edmond-Perrier, à Tulle, cette vocation s'était épanouie avant d'éclore, un bac scientifique en poche, sur les bancs de l'université.

De retour à son cabinet, Antoine Champot consulta son répondeur téléphonique. Il en avait fait l'emplette deux ans auparavant dans un magasin spécialisé de Toulouse. Il remplaçait à bon compte une secrétaire. Ce boîtier de Bakélite noire, lointain successeur de l'appareil inventé en 1898 par l'ingénieur danois Valdemar Poulsen, constituait l'une des rares touches de modernité technologique du cabinet. Une pression du doigt sur le bouton de rembobinage et la cassette égrena les appels. Deux bonnes vieilles gastro-entérites, un état grippal avancé, la douloureuse crise de goutte d'un bon vivant, un renouvellement d'ordonnance pour une vaccination et un message suivi d'un long silence constituaient le menu de la matinée. Le médecin s'apprêtait à effacer la bande magnétique quand un timbre familier résonna dans le haut-parleur. C'était la voix de Jeannine Laborde : « Bonjour, docteur… C'est… c'est pour Julie Dedieu… Elle vous demande de passer la voir dès que vous rentrerez. Paraît que c'est urgent ! Enfin, vous savez ce que c'est… »

La communication était hachée, hésitante. On percevait derrière les mots un brin de moquerie. La bistrotière répugnait à se servir de cet appareil où l'interlocuteur ne répondait pas directement. Elle relayait le message de Julie qui, sans doute, prétexterait un impérieux besoin de renouvellement de médicaments simplement pour cultiver la relation quasi filiale qui s'était établie entre eux. Champot opina du bonnet et jeta un coup d'œil à sa montre-bracelet. Rien ne pressait. Il passerait visiter Julie en fin d'après-midi. À cette heure, la faim commençait à lui tenailler sérieusement le ventre. Il farfouilla dans le frigo, dénicha un reste de viande froide de la veille qui, relevé d'une once de moutarde, calma ses crampes d'estomac. Sommairement rassasié, il revint à son bureau pour expédier les affaires courantes.

L'après-midi du docteur Champot ne fut égayée que de cinq visites. Ce jour-là, comme bien souvent dans les contrées de la France profonde, les clients ne se bousculaient pas dans la salle d'attente. Dans ce pays montagnard, les vieux n'avaient que trop tendance à attendre l'aube de la mort pour faire appel à l'homme de l'art. Bien souvent, il avait croisé le curé en sortant de leur chambre ! Combien d'entre eux, par tradition autant que par superstition, avaient secrètement recours à des us et coutumes que l'Église et la science désavouaient conjointement ? L'abbé Raynal, curé du village et berger soucieux de ses ouailles, sans doute instruit par les secrets de la confession, n'avait-il pas d'ailleurs dénoncé un dimanche, à l'occasion d'une homélie restée célèbre, les comportements déviants et fort peu catholiques de certains de ses paroissiens ? Le syncrétisme des pratiques païennes et des rites chrétiens avait ses limites !

L'angélus n'avait pas encore sonné quand Champot, lassé d'attendre un éventuel patient, prit la route de la ferme de Fabas. Il ne nourrissait nulle inquiétude sur son souper. Sans doute Julie, qui mangeait de bonne heure, lui offrirait-elle une de ses bonnes assiettes de soupe enrichies d'un morceau de confit de canard, comme elle savait les mijoter au cantou. Frileusement, en montant dans la voiture, il releva le col de sa canadienne. En ce mois d'avril, une fois le soleil disparu, les températures restaient fraîches. Passé la sortie du village, le pinceau jaunâtre des phares de l'Ami 6 se cognait chaotiquement sur le mur d'une obscurité grandissante. La silhouette tutélaire des grands sapins noirs se faisait d'autant plus inquiétante. Elle conférait au moindre détail du paysage une portée effrayante. Dans ce crépuscule où les ombres, en s'allongeant, devenaient les dantesques fantômes d'un passé oublié, Champot avait plus que jamais l'impression de s'immerger dans l'histoire, celle d'un pays et d'un temps où les loups pullulaient et terrorisaient paysans et bergers.

Champot arrivait presque chez Julie Dedieu quand soudain, en plein virage, jaillissant en trois bonds d'un bois peut-être un peu plus profond qu'un autre, plongé dans cette pénombre inquiétante qu'on qualifie familièrement comme « entre chien et loup », un chevreuil déboula et manqua de s'encastrer dans la calandre chromée. Proférant un sonore « putain », Champot l'évita de justesse d'un rapide coup de volant assorti d'un léger coup de frein, manœuvre désespérée et périlleuse qui faillit se terminer en tête à queue. À cette saison du rut, les animaux perdaient vraiment toute notion du danger ! Accueilli comme d'habitude par la longue mélopée des jappements rageurs de Pipo, une bête hargneuse vaguement mâtinée de labri des Pyrénées qui tenait compagnie à la vieille femme, Champot pressa le pas. Il se hâta de traverser la cour pour éviter de laisser le roquet au poil jaune goûter à la chair de ses mollets. Au terme d'un couloir humide et froid où le plâtre des murs gonflait en formant de monstrueuses boursouflures, le rai de lumière qui filtrait sous la porte de la cuisine avait le parfum d'un havre de paix.

— Ah, c'est maintenant que tu arrives ! lui lança Julie d'un ton de reproche qui faisait partie du cérémonial accompagnant rituellement les visites de celui qu'elle aurait aimé avoir pour fils.

— Mon cabinet ne désemplissait pas cette après-midi…

— Menteur ! Tu te plais surtout à me faire poireauter, répliqua la vieille femme qui n'était pas dupe.

— Allez, dites-moi... Qu'est-ce qui ne va pas aujourd'hui, madame Dedieu ? coupa Champot en esquissant un sourire de connivence.

— Tout va bien ! Enfin... sauf les années qui passent, la météo qui ne s'arrange pas et les emmerdeurs que je croise tous les jours !

— Pourquoi vous m'avez fait monter alors ?

— Faut qu'on parle...

— Je vous écoute, fit Champot en fronçant les sourcils.

— Tu as été à l'hôpital de Saint-Lizier pour voir cette fille, n'est-ce pas ?

— Je vois que les nouvelles vont vite...

— Ne te méprends pas, je n'y vois rien de mal.

— Les circonstances de sa mystérieuse disparition ont piqué ma curiosité et j'étais le dernier à l'avoir vue..., répondit Champot, quelque peu surpris, avant d'ajouter à voix basse : N'imaginez rien d'autre...

— Je ne suis pas née de la dernière pluie, glosa Julie. Même si je suis restée vieille fille, ce n'est pas pour autant que je ne connais pas les hommes !

— Je n'en doute pas, lui répondit poliment Champot, sans rien laisser paraître du scepticisme qui l'effleurait.

— Tu sais, moi aussi, j'ai eu vingt ans un jour. Même que les galants ne manquaient pas ! Cette fille est jeune, jolie et peu farouche. Elle traîne dans tout le pays une réputation sulfureuse de Marie-couche-toi-là. Je n'ignore pas ce que le frou-frou d'un jupon peut éveiller comme pensées lubriques dans le pois chiche qui sert de cerveau à certains mâles ! poursuivit Julie d'un ton sarcastique.

— Ma visite était toute professionnelle.

— Tu n'as pas besoin de te justifier. D'ailleurs, je ne te demande rien ! Ce que je veux te faire comprendre, c'est que tu as sans doute bien fait d'aller la voir. Là où elle est, la pauvre enfant, au milieu de tous ces fadas, elle doit se sentir un peu abandonnée. Si je t'ai fait appeler, ce n'est pas pour te parler de mes rhumatismes, c'est bien pour elle…

— Vous avez quelque chose à me dire ? fit Champot, étonné par cette sollicitude subite.

— Oui… Écoute, il y a des bruits qui courent dans le pays… Paraît que les gendarmes, ils ont des pistes sur la disparition de ton Annie.

— Ce sont eux qui vous l'ont dit ?

— Les cognes, moins je les vois, mieux je me porte ! Autant te dire qu'ils ne m'ont pas fait de confidences ! Mais il y a des noms qui commencent à circuler de bouche à oreille…

— D'où tenez-vous cela ?

— Marie-Louise Amiel… lâcha Julie d'un air renfrogné.

— C'est elle qui vous l'a dit ?

— Hum, tu sais bien que nous ne nous parlons pas !

— Pourtant, vous êtes presque voisines. Vous avez eu des mots avec elle ?

— Non, une vieille brouille entre nos deux familles, une querelle au sujet du partage des communaux. Ça remonte à mon grand-père…

— On a la rancune tenace par ici…

— Ici comme ailleurs ! rétorqua Julie en haussant les épaules. Bref, le facteur m'a dit que, d'après elle, Cayrol et son acolyte soupçonnent Ritou d'être l'auteur du rapt et de la séquestration…

— Henri Lagarde ? Ce type aime trop l'air pur et la liberté pour que je l'imagine en geôlier.

— Oui, ce sont des racontars sans doute… D'autant que tu connais la réputation de la Marie-Louise.

— Une bonne commère, à ce qu'on dit…

— Une vraie langue de vipère, oui ! Si cette pauvre fille a besoin qu'on la défende, ce n'est sûrement pas en accusant un innocent ! Moi, vois-tu, je suis comme Ritou. Toute ma vie, j'ai résisté, un peu à l'image de ce pays. Contrairement à d'autres, bougonna-t-elle, je peux marcher la tête haute. Mes ancêtres n'ont pas à rougir. J'ai toujours refusé les compromissions.

— Pourquoi vous me racontez tout ça ?

— Parce que tu n'es pas un hippie, toi !

— C'est vrai que je n'en ai pas l'air, répondit avec amusement Champot en passant ses doigts dans sa chevelure strictement coupée en brosse.

— Oh, ce n'est pas une question de longueur de cheveux, tu sais…

— Une question de quoi, alors ?

— Eh bien, je dirais plutôt de caractère… Du sens qu'on donne à la vie, quoi ! Un hippie, pour nous, les gens du pays, c'est un étranger qui ne sera jamais d'ici.

— Même s'il travaille dur pour s'intégrer ?

— Oui… Et ils peuvent avoir des enfants, ils resteront des hippies !

— Pourquoi, diable, tant de véhémence ?

— Tu es bête ou tu ne comprends rien ?

— Expliquez-moi…

— Les hippies, vois-tu, ce sont tous des fils de bourgeois qui ont mal tourné. Regarde ce qui s'est passé en mai l'an dernier. Ces fils de parvenus ont voulu connaître le grand frisson de la révolution. Mais la révolution, la vraie, ils n'en voulaient pas !

— Pourtant, sans de Gaulle…

— Laisse le grand Charles là où il est ! C'est bien beau la contestation, mais ils devaient être sacrément mal dans leur monde pour venir ici, dans ce pays de misère que les plus courageux de nos cadets quittaient au début du siècle pour partir en Amérique et ne pas crever de faim !

— Alors moi aussi, je suis un hippie…

— Toi ?

— Comme eux, je ne suis pas né dans ce pays. Je viens de la ville… Et une ville de l'autre côté de la Méditerranée, en plus !

— Aucune importance. Tu es de la terre ! Ta Corrèze, ce pays de ton enfance, ce pays que je ne connais pas, elle doit sûrement ressembler à ici…

— Qu'est-ce qui vous fait dire cela ?

— Parce que ce qu'on t'y a appris t'a permis de devenir l'un des nôtres… Eux, ils peuvent bien vivre comme des sauvages dans des métairies abandonnées, ils peuvent bien s'échiner à reconstruire des granges en ruine, ils seront jamais d'ici ! Jamais ! Tu m'entends, jamais !

— Ne vous énervez pas. Ce n'est pas bon pour votre cœur, madame Dedieu.

— Regarde-les : ils croient naïvement retourner à la nature, mais la terre, ils n'y connaissent rien ! Parce que la terre, c'est avant tout la sueur, les courbatures, le travail épuisant... C'est se coucher le soir, les reins brisés, pour récolter la misère. Cette terre-là, vois-tu, si elle alimente leurs rêves, nous, elle entretient nos cauchemars !

Antoine Champot se garda bien de répondre. Julie Dedieu n'était pas le genre de femme à supporter qu'on la contredise. D'un tempérament pugnace, cette fille unique rodée par l'expérience, endurcie par le célibat, était aguerrie à l'affrontement de ses semblables. Avec l'âge, elle ne craignait visiblement plus personne, si jamais ça avait été le cas. Elle fixait Antoine d'un regard fier, un regard digne de la légendaire paysanne gasconne lançant à Gaston Phébus, le comte de Foix qui voulait user de son droit de cuissage, sa célèbre réplique : « *Toco y se gausos*[1]. » À sonder l'intensité de ses prunelles, Champot, qui venait d'achever avec passion la lecture de *Sauveterre*, l'un des derniers romans de l'écrivain et journaliste Jean Lartéguy, ne put s'empêcher de penser à ces Césardes qui, dans le vent aigre balayant le causse lozérien, gardaient leur famélique troupeau de moutons harcelé par des chiens maigres et jaunes. Comme elles, Julie ne s'en laissait pas conter !

— Et il y a d'autres noms qui circulent dans le pays ?

— Oui, celui d'un certain Pierre Roche...

— Un hippie lui aussi ? sourit Champot.

— Pas vraiment ! Plutôt le genre réfugié...

— Un Espagnol de 1936 ?

---

1. « Touches-y si tu l'oses. » Devise des comtes de Foix-Béarn.

— Oh, certes pas !

— Qui est ce bonhomme ? Qu'est-ce que vous savez sur lui ?

— Pas grand-chose. Je l'ai croisé une ou deux fois à l'épicerie. Paraît qu'il sort de taule…

— De prison ?

— La rumeur prétend qu'il a passé cinq ans à Fresnes.

— Un criminel de droit commun ?

— Non… Il a été emprisonné pour des raisons politiques. Un ancien militaire, un officier parachutiste… Le facteur prétend qu'il en a fait de belles en Algérie. Il habite une borde perdue dans la montagne, la métairie de Sarrat.

— Un type qui serait venu ici pour se faire oublier en quelque sorte ?

— Oui, quelque chose comme ça…

— J'irai le voir…

— On dit qu'il n'est pas très causant.

— Hum ! Il n'est pas le seul, rétorqua, sarcastique, Champot.

— Tu parles pour toi ?

— Oui et non… Je suis sûrement comme beaucoup de ces hippies, comme vous dites dans le pays en parlant de ceux dont la famille n'est pas d'ici au moins depuis cinq générations ! Moi aussi, je suis un exilé de la mémoire. J'ai fui un pays, qui était devenu le mien et où reposent à tout jamais ceux que j'aimais par-dessus tout, parce que je n'étais plus capable d'y construire un avenir. Peut-être, au fond, ai-je été lâche ?

— Ne te torture pas, temporisa Julie. Tu n'as pas de regrets à avoir. Tu as suivi ton chemin, voilà tout !

— Loin de moi cette idée, mais tous ceux qui viennent s'installer ici ne fuient-ils pas un peu le présent et le passé ?

— Qu'est-ce que j'en sais, moi ? répliqua Julie en haussant les épaules.

— Vous ne vous êtes jamais demandé ce qui pousse ces gens à venir planter leurs choux ici, dans ce coin des Pyrénées ? Pourquoi des citadins, des gosses qui ont grandi pour la plupart entre béton et usine, viennent élever des chèvres ou des moutons dans ce pays du bout du monde ? Pourquoi squattent-ils des bordes perdues, sans eau courante et parfois même sans électricité, des métairies oubliées des hommes et de Dieu depuis que la Grande Faucheuse, en 1914, a privé cette montagne de ses forces vives ?

— Peut-être qu'ils ne sont pas heureux chez eux... Moi, j'essaye d'y vivre, un point c'est tout ! soupira Julie.

— Moi, je crois que, pour certains, c'est à cause de l'aliénation maintes fois dénoncée par la révolution soixante-huitarde avortée, il s'agit d'un rejet du temps présent consécutif à un progrès mal vécu, fit Champot, le regard perdu dans le vague. Pour d'autres, poursuivit-il, c'est sûrement un passé trop lourd à porter, une vérité personnelle douloureuse où les parts d'ombre masquent celles, trop rares, de lumière et d'espérance...

— Chacun a son histoire...

— Pour tous, à l'image des Cathares du temps jadis, les montagnes de ce pays ne sont-elles pas le dernier refuge que la société des hommes peut nous offrir ?

— Tu philosophes trop !

— Peut-être, mais n'avons-nous pas tous quelque chose à oublier pour venir nous enterrer ici, dans ces montagnes que l'espérance et la jeunesse ont désertées depuis des décennies ? Henri Lagarde n'est-il pas un peu, lui aussi, dans ce cas ?

— Ritou est un brave type. Le soupçonner est une belle connerie, voilà ce que je peux te dire ! Si tu veux en savoir plus, va l'interroger. Je suis sûre qu'il n'a rien à cacher. Maintenant, si tu veux casser la croûte, assieds-toi ! J'ai un reste de poule au pot…

Antoine Champot esquissa un sourire, les papilles en éveil. Sans un mot, Julie poussa devant lui une assiette à soupe usée de mille coups de couteaux. Puis, saisissant le couvercle d'un faitout rouge tout culotté de noirceur qui tiédissait sur la cuisinière, elle lui servit un brouet épais où s'entremêlaient débris de légumes et fragments de volaille. Champot huma l'assiette avec délice. Un parfum de mémoire et d'histoire vint lui chatouiller les narines. La poule au pot de Julie valait le détour ! Oh, certes, un nutritionniste aurait frémi d'horreur à la vue des yeux jaunâtres qui parsemaient le bouillon pour aller s'agglutiner sur les bords de l'assiette. Bien que vivant seule, économisant ses forces entre le cantou et le lit, la vieille dame restait adepte de cette cuisine traditionnelle des campagnes qui, sans être roborative, comblait l'estomac des travailleurs. On ne pouvait, pour justifier cette pratique, incriminer les privations de l'Occupation, ici pourtant moins sensibles qu'ailleurs. Non, Julie faisait simplement comme sa mère et sa grand-mère et les générations avant elles.

La nuit était tombée depuis un bon moment quand Champot, le ventre bien lesté, le gosier rincé d'un dernier verre d'un vin de Lesquerde, un vignoble adossé aux contreforts des terroirs de corbières dont Julie faisait rentrer un baricaut de trente litres tous les deux mois, prit le chemin du retour. L'Ami 6 enchaînait facilement les virages et Antoine Champot se sentait de bonne humeur. Ces visites avaient pour lui comme une odeur d'enfance. À l'image de la madeleine de Proust, elles lui rappelaient le temps de ses grands-parents, en Corrèze, à Treignac, les courses folles dans les prés où les graminées attendaient la lame des faucheurs pour se coucher dans le printemps mourant. Ces années heureuses l'avaient marqué à tout jamais. Elles demeuraient dans sa mémoire comme celles du paradis perdu aux sources duquel il avait toujours espéré revenir boire.

Vingt minutes plus tard, Champot rentra au village. À cette heure du soir, ce jeudi 10 avril 1969, les moineaux qui nichaient par grappes dans les platanes dormaient depuis belle lurette. Les rues de Seix étaient désertes, livrées aux raids des matous en goguette, ces chats de gouttière souvent désignés ici par le terme de « bufoloil » tant leur poil, faute d'entretien, était graisseux. Rasant les murs pour disparaître subrepticement dans la bouche noire d'un soupirail, ces greffiers étaient la terreur des muridés. En passant devant le bistrot de Jeanine Laborde, le médecin vit que la lumière brillait encore derrière les rideaux. Malgré l'heure tardive, quelques aficionados de la mominette ou du Picon Suze devaient y prendre racine.

L'esprit encore tout alourdi de son festin, pris d'une subite inspiration, il décida de s'arrêter. En garant son Ami 6 sous les arbres qui ombrageaient avantageusement la placette aux beaux jours, Champot ne prêta pas attention à l'estafette des gendarmes, garée non loin du monument aux morts où les noms des enfants du pays s'égrenaient en une morne litanie lugubre. Aussi fut-il surpris en poussant la porte vitrée de l'estaminet d'apercevoir la silhouette rondouillarde de Robert Cayrol, flanqué de Gabarrou, son acolyte. Les képis posés sur le comptoir, les gendarmes jouaient les prolongations de service dans l'espoir de glaner quelques renseignements. Autour d'eux, Roger Massat, Marcel Sentenac et Étienne Lagorce, traditionnels piliers de bar, poursuivaient le temps de l'apéro.

— Alors, docteur, toujours à courir les filles ? lui lança le gendarme, l'air goguenard, en le voyant s'approcher du zinc que Jeannine Laborde essuyait d'un énième coup de torchon en attendant que tout ce petit monde se décide enfin à partir.

— Comme vous après les voleurs, rétorqua Champot, sans relever l'allusion à Annie Bergès.

— Dites-moi, la Julie va bien ? enchaîna le maréchal des logis en lui décrochant un sourire malicieux.

— Comment savez-vous que j'étais chez elle ?

— Parce qu'à cette heure, elles ne sont pas nombreuses, les femmes du pays à recevoir de la visite ! Enfin, les femmes honnêtes, j'entends…

— Mme Dedieu est ma patiente…

— Et elle vous a gardé à souper, je parie ?

— Oui... Un reste de poule au pot qui mitonnait sur la cuisinière.

— Ah, dans ce cas, je vous comprends ! plaisanta le gendarme. La poule au pot de Julie, ça vaut tous les alibis !

— Qu'est-ce que je vous sers, docteur ? Un digestif ? fit Jeannine Laborde en l'enveloppant d'un regard protecteur.

— À cette heure, donnez-moi plutôt une verveine...

— Vous savez, toubib, un petit verre de gnole, ça facilite la digestion, surtout quand on a bamboché, ajouta Roger Massat avec une œillade provocatrice, avant de laper d'un trait l'ultime gorgée de son Ricard tomate.

— Mon pauvre Roger, tu es vraiment indécrottable...

— Ben quoi ? Y a quand même pas de mal à se faire un petit plaisir... Et d'ailleurs, un bon coup d'arquebuse, ça n'a jamais tué personne, pas vrai, les gars ? lança Massat à la ronde, le teint rougi par plusieurs tournées.

— Et tes gamma-glutamyl-transférases, tu y songes ?

— Mes quoi ?

— Ce que tu ingurgites comme alcool.

— Oh, jamais plus que ce qu'on partage avec les copains !

— Un jour, Roger, tu tomberas raide au comptoir !

— Ah, pour sûr, ça sera une belle mort, docteur ! ricana bêtement le jeune gendarme Gabarrou.

— Il n'y a pas de mort intelligente, jeune homme, reprit Champot en haussant les épaules.

— En Algérie, fit Cayrol, je suppose que vous en avez assez vu pour le savoir, n'est-ce pas ?

— Là comme ailleurs, celle des soldats comme des civils… Toutes celles auxquelles j'ai assisté étaient hideuses, murmura d'une voix blanche Champot qui avait encore à l'esprit le drame où sa femme et ses enfants avaient perdu la vie.

— Et Annie, vous avez des nouvelles ? demanda Jeannine Laborde, qui savait que le médecin n'aimait guère qu'on évoque certaines pages de l'histoire récente.

— J'ai été la visiter en début d'après-midi…

— De quel droit avez-vous été la voir ? demanda Gabarrou.

— Je suis médecin…

— Mais vous êtes aussi un témoin clé de cette affaire, le dernier à l'avoir vue avant sa mystérieuse disparition !

— Et alors ? rétorqua Champot en le regardant droit dans les yeux. Ça fait de moi un coupable ?

— Personne n'a prétendu cela, docteur !

— Dites-nous plutôt… Comment va-t-elle ? coupa Jeannine Laborde.

— Aussi bien que possible après avoir traversé une telle épreuve, répondit Champot, énigmatique.

— Que voulez-vous dire ? fit Cayrol. Elle est consciente ? Elle comprend ce qu'on lui dit ?

— Elle comprend le sens des mots mais son équilibre mental est très fragile.

— Nous comptons l'interroger dans quelques jours pour tirer au clair toute cette histoire.

— Si je peux me permettre, d'un point de vue médical, rien ne presse. Je doute que, présentement, vous en tiriez quelque chose.

— Il faudra bien qu'elle parle, trancha sèchement le jeune gendarme. Comprenez, docteur... On ne disparaît pas ainsi impunément pendant plusieurs semaines !

— C'est une petite fille effarouchée. Laissez-lui le temps de se reconstruire. Elle revient de loin...

— Sans trahir le secret médical, entre nous, Annie Bergès vous a fait des confidences ?

— Rien qui puisse faire avancer votre enquête.

— Hum ! Vous n'êtes guère coopératif, docteur, susurra d'une voix mielleuse et pleine de sous-entendus le gendarme blondinet qui cherchait à se faire bien voir de son chef.

— Ne me demandez pas d'inventer une histoire juste pour vous faire plaisir. Moi, je suis médecin, pas romancier, bougonna Champot avant d'avaler une gorgée de sa tisane brûlante.

Accoudés au bar, les uns et les autres ne prêtèrent pas attention à la massive silhouette qui s'était levée dans un silence seulement troublé par le raclement des pieds d'une chaise au fond de la salle obscure. En avait-il assez entendu ? Éprouvait-il une sensation de fatigue légitime à cette heure de la soirée ? Aussi charpenté que *ces* ours bruns des Pyrénées en cours de disparition, vêtu d'un vieux treillis militaire difforme, le crâne déjà atteint de calvitie, l'homme gagna d'un pas lourd la porte vitrée sans jeter un regard aux autres clients. Tout juste émit-il un grognement en passant le seuil. Champot releva la tête et reconnut Henri Lagarde. Bûcheron de son état, d'un caractère entier et rugueux, il passait pour un original, un type honnête et bon qu'il ne fallait pas provoquer.

— La rumeur dit que vous suspectez aussi ce pauvre Ritou, fit Champot avec un mouvement de tête.

— Pas plus lui que d'autres…

— Vous savez bien qu'il ne ferait pas de mal à une mouche…

— C'est votre client, lui aussi ?

— Pas vraiment. Il n'a dû venir qu'une fois ou deux au cabinet, pour un rhume ou une gastro. Rien de sérieux.

— On dit qu'il a le goût des balades en solitaire…

— Possible. Mais aimer la montagne n'est pas un crime !

— Certes pas, répondit Cayrol. Mais fréquenter régulièrement une aussi jolie fille qu'Annie Bergès pour se promener nous interroge.

— Peut-être bien, chef, qu'ils faisaient des promenades sentimentales, marmonna le militaire blondinet.

— Que voulez-vous dire ? demanda Champot en fronçant les sourcils.

— Eh bien, n'aurait-il pas eu une liaison avec elle des fois ? bredouilla le jeune gendarme.

— Ritou, avec Annie ?

— On en a vu d'autres !

— Et puis cette jeune femme n'est pas farouche, renchérit le blondinet avec un sourire lubrique.

— Non… C'est impossible, répondit Champot en secouant la tête.

— Qu'est-ce qui vous permet d'avoir de telles certitudes ?

— Le caractère de l'un et de l'autre. Ce qui les rapproche, voyez-vous, ce n'est pas un sentiment de nature amoureuse.

— Que font-ils donc ensemble ?

— Ils communient dans la beauté de la nature...

— Pardon ? La beauté de la nature ?

— Oui, ce sont deux écorchés vifs en quête de pureté.

— Le docteur a raison, ajouta Jeannine Laborde. Henri Lagarde, je le connais bien. C'est un marginal. Il veut que la montagne reste ce qu'elle est, que personne ne vienne la souiller. Tenez, par exemple, il déteste ces Toulousains qui nous envahissent au printemps et à l'automne chaque fin de semaine pour chercher des champignons.

— Croyez-vous qu'il irait jusqu'à crever leurs pneus de voitures ? demanda Cayrol qui avait souvenir de plusieurs actes malfaisants non élucidés.

— Je ne sais pas, mais parlez-lui de ces stations de ski qui poussent comme des champignons et vous le verrez s'enflammer ! À vos yeux, il ferait un bon coupable, mais je partage l'avis du docteur : ce n'est pas lui qui est responsable de la disparition d'Annie. Et d'ailleurs, vous savez bien qu'il a un bon alibi. Il était ici même ce soir-là et ils ont longuement discuté avec Robert Amiel d'une coupe de bois à faire à Serrelongue. Ils étaient là quand le docteur a raccompagné la petite.

— Ils sont partis tard ?

— J'ai presque dû les mettre dehors pour aller me coucher...

— Ce n'était donc pas le phare de sa Mobylette que j'ai aperçu dans le rétroviseur de ma voiture en déposant Annie à l'entrée de son chemin, murmura Antoine Champot.

— Vous nous en aviez parlé mais sans préciser qu'il s'agissait d'une Mobylette, releva Cayrol qui avait l'oreille fine.

— J'avais oublié ce détail, mentit Champot, qui ne tenait pas à leur parler des traces de pneus qu'il avait découvertes dans la neige fraîche.

— Peut-être le docteur a-t-il oublié d'autres... détails, comme il dit, susurra alors le jeune gendarme.

— Un fait anodin peut se révéler capital... Passez donc nous voir à la gendarmerie demain pour compléter votre déposition, conclut Cayrol d'un ton professionnel en se coiffant de son képi avant d'esquisser un bref salut.

— Avec tout ça, j'aurai raté l'entretien de de Gaulle avec Michel Droit à la télé, laissa tomber Jeannine Laborde, essuyant par réflexe d'imaginaires traces de verres sur son comptoir.

— Bof, encore le vieux... Il y en a marre de l'entendre à la télé ! lâcha Marcel Sentenac, faisant allusion aux nombreuses conférences de presse retransmises par l'ORTF depuis la salle des fêtes de l'Élysée, exercice rituel où le Général, devant ministres et journalistes, communiquait avec les Français sur un ton théâtral, jalonnant son exposé de formules humoristiques bien senties.

— Toi, tu n'as jamais été gaulliste !

— Si, madame, pendant la guerre !

— Ah, mon pauvre Marcel, ça t'a bien passé depuis !

— Qu'est-ce que tu en sais ?

— Oh, je me rappelle encore les discours que tu nous tenais l'année dernière quand les étudiants et les gauchistes ont foutu le bordel dans le pays ! Pour le coup, on a bien failli l'avoir la révolution avec cette bande de dégénérés ! Laisse-moi rire ! Tous des fils à papa qui avaient une poussée d'urticaire, tempêta Jeannine Laborde, qui ne faisait pas mystère de ses opinions politiques.

— La jeunesse éprouve souvent le besoin de contester l'autorité établie. C'est bien connu. Une manière de tuer le père, expliqua Champot en souriant.

— Peut-être bien… Enfin, heureusement que de Gaulle était là pour nous sauver de cette chienlit !

— Mais, Jeannine, il nous raconte toujours la même chose, ton de Gaulle ! À croire qu'il radote. La grandeur de la France, l'indépendance de la nation… Et patati et patata ! Tout ça, c'est passé de mode. Aujourd'hui, c'est l'Europe qui compte !

— Ce soir, il paraît que le Général allait dire des choses importantes sur le référendum. Et avec vos histoires, moi, je l'ai raté…

— Eh bien, tu liras le compte-rendu dans *La Dépêche* demain ! conclut Marcel Sentenac.

— *La Dépêche du Midi* ? Tu sais bien que depuis 1958, ils ne sont plus gaullistes pour deux sous, glosa Roger Massat, le regard troublé par plusieurs tournées de Ricard tomate.

Champot, qui avait assisté à ce tonique échange verbal, se garda bien de donner son avis. Il continua de siroter sa tisane à petites gorgées, comme si de rien n'était. Conserver une prudente neutralité dans ce genre de discussion restait sa ligne de conduite depuis l'Algérie. Non pas qu'il eût mis ses idées au vestiaire. Non, simplement, il ne savait que trop où les passions peuvent conduire. Le drame qu'il avait vécu de l'autre côté de la Méditerranée, lors des journées tragiques de 1962, l'avait guéri de tout engagement politique. Les événements de Mai 1968 l'avaient conforté dans cette attitude. Le pays s'était payé quelques semaines de convulsions et la France profonde, mise au pied du mur par la dissolution de l'Assemblée nationale, avait sagement choisi de faire confiance au Général. Apparemment, tout était rentré dans l'ordre, mais Champot, lui qui était en permanence au chevet d'une population de petites gens, sentait bien que depuis ce printemps tumultueux, le charme était rompu entre le vieux chef et les Français.

La tête quelque peu dans les nuages, il fouilla la poche de son pantalon pour en extraire deux pièces de monnaie qu'il déposa négligemment sur le comptoir. Demain, il irait voir ce Pierre Roche dont Julie lui avait parlé. Lui aussi avait approché Annie. Quelles étaient leurs relations ? Peut-être glanerait-il quelques informations. Saluant d'un vague geste de la main la compagnie, Antoine Champot sortit. Un petit vent frisquet balayait la place déserte. Il respira à pleins poumons l'air vivifiant de la montagne qui contrastait avec l'ambiance enfumée du bistrot. Il marqua un temps d'arrêt, observant le ciel tout étoilé. Il aimait bien ce pays où, comme dans la Corrèze de son enfance, le silence de la nuit n'était troublé que par la chanson cristalline du ruisseau tout proche qui coulait entre les pierres moussues.

Pour situer la maison de Pierre Roche, Champot avait dû, le lendemain, mettre la main sur la carte au 1/25 000e qu'il avait achetée quelques années auparavant, à la librairie de Saint-Girons, en arrivant dans le pays. Mais l'itinéraire menant au lieu-dit était loin d'être simple... Et Julie ne lui avait pas menti en lui parlant de Sarrat comme d'un bout du monde. C'était vraiment une borde perdue ! Le chemin qui y conduisait était tout juste carrossable et il fallait l'aborder en première tant il était raide. Plus proche de la piste africaine que d'une voie vicinale, il se creusait par endroits d'ornières et de nids-de-poule profonds. L'Ami 6 s'y déhanchait comme une danseuse obscène. Heureusement, il n'y avait qu'une bonne centaine de mètres à parcourir depuis la départementale.

Solidement construite en pierres du pays simplement jointées à la chaux selon la mode ancestrale, la borde avait la forme d'un quadrilatère massif. Zone de montagne et climat rude obligent, quelques rares fenêtres parsemaient l'étage d'habitation que seul un balcon en bois brut, décoloré par la succession des étés et des hivers, venait égayer. Descendant de sa Citroën, Champot observa le bâtiment. Cette forteresse avait, indiscutablement, un côté rassurant dans cet univers de taillis et d'estives abandonnées, qui, loin de la civilisation urbaine, se révélait être un monde tout aussi propice à la méditation qu'à l'oubli. Avec son toit couvert d'ardoises, ses volets fermés patinés par les saisons et les jours, le temps et l'histoire semblaient s'être arrêtés à tout jamais à la métairie de Sarrat pour mieux y enraciner la mémoire des hommes d'hier que ceux d'aujourd'hui ne savaient plus faire vivre.

En dehors de quelques volutes de fumée qui sortaient par intermittence de la cheminée, de la présence d'une vieille 2 CV fourgonnette à la peinture délavée sous le hangar, il n'y avait nulle trace de vie. Ici, pas de chien hargneux au poil jaune et rêche pour l'accueillir bruyamment, les babines retroussées. Champot s'engagea dans l'escalier de pierre qui conduisait à l'étage d'habitation. Les marches en étaient usées au centre par le passage des pas. Parvenu sur le palier, il se retourna pour contempler le paysage. De ce nid d'aigle, la vue était superbe. Champot laissa errer son regard, mesurant la toute-puissance d'une montagne sauvage, désormais abandonnée des hommes. À l'ombre tutélaire du mont Valier, on découvrait les pentes de la forêt domaniale de Bethmale, au pied de laquelle courait le sillon tracé par le ruisseau de l'Esbints avant de se jeter dans le Salat, à l'issue de son parcours dans un talweg profond et ombragé.

Se retournant vers une porte d'entrée qui ne comportait ni heurtoir ni sonnette, Antoine Champot marqua un temps d'hésitation. Ce type avait une réputation douteuse, aux dires de Julie Dedieu. Comment allait-il être accueilli ? S'il était, comme la rumeur le laissait entendre, un ancien taulard cherchant à se faire oublier, sa visite risquait de n'être pas la bienvenue… À tout prendre, il eût préféré avoir affaire à un de ces ermites qui fuient la société pour mieux chercher Dieu. Finalement,

Antoine Champot se décida à frapper vigoureusement le battant de son poing fermé. Dans le silence de l'air montagnard qui se réchauffait doucement au soleil d'avril de cette fin de matinée, il perçut, derrière le bois, un pas traînant qui venait à sa rencontre…

6

Un homme d'honneur

DANS UN GRINCEMENT lugubre, le lourd battant, tout rapetassé d'une multitude de clous rouillés, s'entrouvrit de quelques centimètres. Un souffle d'air tiède monta au visage de Champot. Dans la pénombre de l'entrebâillement, il perçut plus qu'il ne vit l'homme qui se cachait derrière le vantail. Tout juste distingua-t-il un œil qui le dévisageait d'un regard noir et interrogateur où la surprise se teintait d'un mélange de soupçon et d'une inquiétude courroucée. De toute évidence, les visiteurs, qui ne devaient guère être légion à venir frapper à la porte de cette borde du bout du monde, n'étaient pas les bienvenus à la métairie de Sarrat. Si Champot était quelque peu rasséréné de ne pas avoir été accueilli par la bouche noire du canon d'un fusil de chasse, le silence à couper au couteau qui s'installa pendant quelques secondes n'augurait pas d'un dialogue facile.

— Je suis bien chez M. Roche ? Pierre Roche ?

— Oui... Que me voulez-vous ?

— Je suis le docteur Champot.

— Je ne suis pas malade !

— Je ne viens pas pour vous soigner. Faut qu'on se parle…

— Je vous écoute, fit l'homme en fronçant imperceptiblement les sourcils.

— C'est au sujet d'Annie Bergès. Vous savez, cette jeune femme, la serveuse du café Laborde à Seix qui avait disparu… Vous avez dû lire cela dans *La Dépêche…*

— Je ne lis pas les journaux !

— On l'a retrouvée dans la montagne, presque à l'état sauvage, il y a quelques jours.

— Eh bien ?

— Je l'ai vue hier matin à l'hôpital de Saint-Lizier, lâcha Champot.

— Vous… vous l'avez vue ? murmura Roche d'une voix émue.

— Oui…

— En… entrez, je vous prie…

Dans la demi-pénombre de la cuisine où de vagues fumerolles s'élevaient dans l'âtre, les deux hommes se faisaient face. Ils se toisaient, se jaugeaient du regard, tentant de découvrir des signes de faiblesse chez l'autre. Champot nota que le crâne rasé de Pierre Roche cachait une calvitie précoce. Fallait-il y voir la conséquence du port du béret des paras pendant de longues années ? Mais ce qui frappa le plus le médecin, c'était son regard qui le scrutait intensément. Des yeux de braise ! Et au fond de la pupille, cette petite flamme qui brillait bizarrement… Souvenir des passions qui l'avaient animé, espérances toujours vivantes ? Il y avait là une fièvre étrange, une vibration intime de l'être qui ne laissait pas indifférent. De toute évidence, son attitude traduisait l'ancien officier parachutiste, à commencer par cette raideur imperceptible et hautaine qui lui remémorait la remarque cinglante formulée par un capitaine d'un RPIMA à l'encontre d'un officier rappelé à l'ordre sur le rôle dévolu aux différentes unités sur un théâtre d'opérations : « Nous, on fait la cuisine, vous, vous faites la vaisselle ! »

— J'ai ouï-dire que vous connaissiez bien Annie Bergès, attaqua Champot.

— Qui vous a dit ça ?

— Julie Dedieu…

— Encore une langue fourchue !

— Une rumeur ?

— Non… Cette jeune femme est venue chez moi à plusieurs reprises, en effet.

— Quelle était la nature de vos rapports ?

— Nos rapports ? Que voulez-vous dire ?

— Venait-elle pour faire le ménage, vous rendre un quelconque service ou bien a-t-elle été pour vous plus qu'une simple employée ? précisa Champot

— En quoi cela vous intéresse-t-il ? Et d'abord qui êtes-vous pour me poser ces questions ?

— Un modeste médecin de campagne qui cherche à éclaircir un mystère pour rendre lucidité, conscience et espérance à une malade de l'hôpital psychiatrique de Saint-Lizier. Ne vous méprenez pas sur ma curiosité, si je m'intéresse à Annie, c'est uniquement en tant que patiente…

— Eh bien, docteur, même si cette jeune femme est appétissante, je n'ai jamais couché avec elle, si c'est ce que vous supputez !

— Elle est pourtant assez jolie, un rien provocante, même…

— Vous êtes un indécrottable carabin, docteur ! S'il fallait coucher avec toutes les jolies filles qu'on croise…

— Les bonnes commères m'ont dit que votre histoire sentait le soufre.

— Hum ! Disons que j'appartiens à une génération damnée !

— Qu'avez-vous fait de si extraordinaire pour mériter une telle réputation ?

— J'étais capitaine au 1er REP au mois d'avril 1961…

— Le 1er REP ? Un régiment félon et maudit, si ma mémoire est bonne.

— Vous y allez fort ! protesta Pierre Roche. Un régiment qui a cultivé les tragédies comme l'histoire en laisse parfois à méditer pour servir de leçon aux consciences humaines. Obéissant aux ordres du commandant Hélie Denoix de Saint-Marc, nous, les paras du 1er REP, avons marché, le 21 avril 1961, du camp de Zeralda, notre cantonnement, à la ville d'Alger pour refuser l'abandon de l'Algérie française. Nous avons occupé la radio, le gouvernement général mais nous n'avons pas été suivis par le reste de l'armée. Bref, à la suite de l'échec du putsch, le régiment a été dissous à la demande de Pierre Messmer, qui était alors le ministre des Armées. Voilà ce qui s'est passé…

— Et vos camarades ?

— Une grande partie des officiers a déserté. Ceux qui sont restés à leurs postes ont été ramenés en métropole pour être détenus au fort de Nogent, avant d'être traduits devant les tribunaux et incarcérés. J'ai encore dans les oreilles les chants des légionnaires dans les camions. D'une voix grave, ils chantaient la chanson d'Édith Piaf, « Non, je ne regrette rien... ».

— Et vous ?

— Moi ? J'étais aux côtés de ceux qui avaient choisi ce qu'on a cru être le chemin de l'honneur...

— C'est-à-dire ?

— J'ai plongé dans la clandestinité.

— L'OAS ?

— Oui...

— Ne me dites pas que vous avez appartenu à cette camarilla de tueurs ? s'indigna Champot.

— Ça vous choque ?

— Je ne porte pas ces gens-là dans mon cœur...

— Des patriotes, pourtant...

— Une bande d'assassins, vous voulez dire !

— Rassurez-vous, docteur, ironisa Roche. Je n'ai pas de sang sur les mains. Vous avez servi en Algérie comme médecin militaire. Ce n'est pas à vous que je vais raconter des salades ! N'avez-vous donc rien compris au combat glorieux que livrait là-bas l'armée française ?

— La bataille d'Alger, un glorieux combat ? Et l'emploi de la torture, vous l'oubliez ?

— Le gouvernement de Guy Mollet voulait des résultats à tout prix. L'armée avait reçu la mission de pacifier le secteur. Elle a fait le sale boulot...

— Au prix de l'infamie !

— On ne fait pas d'omelette sans casser des œufs. Ce n'est pas une question de politique, de droite ou de gauche. D'ailleurs, c'est le gouvernement socialiste qui a envoyé le contingent en Algérie, c'est lui qui a couvert par sa complaisance toute cette phase de notre action. Et vous savez tout comme moi que Mitterrand lui-même, comme ministre de l'Intérieur, a refusé la grâce à de nombreux combattants du FLN, les envoyant à la guillotine !

— Les gouvernements ne sont pas toujours à la hauteur des enjeux de l'histoire…

— Pire que ça ! Les politiques nous ont trahis. De Gaulle en tête…

— Soit, mais poser des bombes pour tuer des civils innocents, lâcher au hasard des rafales de pistolet-mitrailleur n'a jamais fabriqué des héros ni rendu une cause juste !

— Abandonner plus d'un million de ses compatriotes et des milliers de valeureux harkis qui avaient fait le choix de la France est un crime contre l'honneur !

— Et les valeurs de la démocratie, mon capitaine, vous y avez pensé en vous engageant dans cette rébellion ?

— La démocratie ? Ne me dites pas que vous croyez encore à cette utopie ?

— Une utopie ? Vous y allez fort !

— Le spectacle de nos politiciens n'est-il pas assez instructif à vos yeux ? Êtes-vous trop aveugle pour comprendre ce théâtre de grands guignols que la volonté gaulliste a fait entrer dans l'intimité des salons français ?

— Je vous trouve bien sévère. Depuis 1958, le régime compte à son actif de belles réussites !

— Entre nous, si la IVe République a été le bal des menteurs, la Ve, c'est le bal des cocus !

— Pourquoi vous montrez-vous si sévère ?

— Parce qu'aujourd'hui, toubib, voyez-vous, je suis revenu de tout !

— Si j'en juge par cette borde abandonnée où vous vivez comme un reclus, vous ne croyez plus en rien.

— Disons que j'ai foi en des valeurs plus pérennes que les idéologies politiques qui gouvernent nos sociétés humaines…

— La valeur d'un homme ne se mesure pas, en effet, à son bulletin de vote…

— Je crois en l'amitié, l'amour, la famille… Je reste, sur ce terrain-là, un incorrigible optimiste !

— J'en conviens, faire des choix politiques n'est pas toujours aisé, surtout quand on est acteur de l'histoire. Oublions nos divergences d'opinions, mon capitaine. Dites-moi plutôt ce qui vous a poussé à venir vous installer dans ce trou perdu des Pyrénées. Est-ce le besoin d'oublier cette tragédie qui a fait de nous des blessés de l'histoire ?

Roche le regarda sans répondre. L'ancien officier avait les yeux perdus dans le vague d'un ailleurs insondable. Dans sa tête, les images se télescopaient en un kaléidoscope tout aussi bruyant que coloré et barbare. Il revoyait cette grotte, près de Tifrène où, ce 23 mai 1956, le 1er REP avait anéanti le commando d'Ali Khodja, responsable de l'embuscade de Palestro. L'horrible massacre d'une section d'appelés du 9e régiment d'infanterie coloniale avait été vengé par de sanglantes représailles, suivies par la destruction du village de Djerrah dont les habitants s'étaient livrés à d'atroces mutilations sur des cadavres de soldats français. Roche ferma brièvement les yeux pour chasser ces souvenirs. Comme chez Champot, la guerre d'Algérie avait laissé dans son âme des blessures que les années ne parvenaient pas à guérir. Il faudrait assurément du temps pour que sa mémoire s'apaise.

Le médecin pouvait comprendre Roche et son mépris pour la politique. Comment pouvait-on espérer reprendre une vie normale après avoir assisté à ces massacres où l'on émasculait les morts, à ces corvées de bois, toutes ces horreurs dont cette guerre sans nom avait été le théâtre ? Avait-on encore envie de parler aux gens après avoir vu tant d'ignominie ? Comment aurait-il pu échapper à ces rêves où il se voyait dans le djebel, sous les ordres du colonel Brothier, qui avait succédé au charismatique lieutenant-colonel Jean-Pierre, abattu par les rebelles en hélicoptère. Il avait, en cet hiver 1959, impitoyablement traqué la katiba du fellaga Menouar, maître redouté du secteur de Tenes. Roche était allé combattre une rébellion pour préserver l'Algérie française. Il s'était bien battu. Mais la victoire militaire avait dans sa bouche un goût amer, celui d'une défaite politique, condamnant leurs enfants à être à jamais héritiers du silence.

— Non, toubib… reprit Roche en faisant un effort sur lui-même, ce n'est pas tant le besoin d'oublier que le désir de retrouver ces mêmes valeurs, justement !

— Pourtant, mener une existence presque d'ermite, objecta Champot, ne me paraît pas être le meilleur moyen d'aller vers les autres.

— Ne vous fiez pas aux apparences et dites-moi plutôt comment va Annie.

— On dirait que cette jeune femme ne vous est pas indifférente, releva malicieusement Champot. Auriez-vous un lien particulier avec elle ?

— Pourquoi vous le cacher, répondit Roche avant d'ajouter après un temps d'arrêt : Vous le découvririez tôt ou tard. Annie est presque ma demi-sœur.

— Votre demi-sœur ? répéta Champot, les yeux écarquillés, abasourdi par cette révélation.

— Oui ! Avec Annie, nous avons neuf ans de différence…

— Racontez-moi, murmura Antoine Champot sur le même ton dont usait, lorsqu'il était enfant, le curé de Treignac pour l'inviter à confesser ses péchés.

— Oh, c'est une banale et triste histoire en vérité, avoua Roche. Mon père, Marcel, et ma mère, Suzanne, étaient tous les deux de Villeneuve-sur-Lot. Ils habitaient le même quartier, Gajac. Ils se connaissaient depuis l'enfance. Marcel était ouvrier-boulanger et elle, couturière. Ils se sont mariés en 1932. Moi, je suis né en février 1933, quelques semaines après l'arrivée au pouvoir de Hitler. Je n'ai malheureusement pas connu ma mère.

— Pourquoi ?

— Elle est morte à ma naissance, emportée par une brutale crise d'éclampsie. Elle avait à peine vingt-quatre ans.

— C'est bien jeune pour mourir, soupira Champot, compatissant.

— Oui… Tout juste si le médecin accoucheur a-t-il pu me sauver !

— C'est votre père qui vous a donc élevé ?

— Non… Avec son métier, il ne pouvait s'occuper d'un bébé de quelques jours. Il m'a confié à sa tante, Ernestine, qui habitait rue d'Albret, à Agen, à deux pas du lycée Bernard-Palissy, dans une petite maison dont elle était locataire. Ernestine était la veuve d'un employé des chemins de fer. Elle n'avait pas d'enfants, elle n'était pas riche mais elle avait du cœur.

— C'est elle qui a pris soin de vous ?

— Oui… L'année suivante, en 1934, mon père a fait la connaissance de Gilberte Bergès, la mère d'Annie. Elle avait dix-neuf ans. C'était une très belle fille, paraît-il. Une bien jolie garce, comme disait Ernestine. Certes, elle était d'origine modeste, d'une famille d'ouvriers agricoles qui louaient leurs bras pour ramasser, à la saison, le tabac, le raisin ou le maïs. De pauvres bougres ! Ainsi, Gilberte était naturellement promise à la terre, comme dans le Nord on l'est à la mine ou à la filature. Mais aux yeux de mon père, son rang social importait peu, il l'aimait ! Chez les Bergès, on était bien contents de la caser, ça faisait toujours une bouche de moins à nourrir.

— La jeune femme allait pouvoir s'occuper du jeune enfant…

— On aurait pu le croire. Gilberte a épousé mon père en juillet 1935, au moment où Pierre Laval promulguait ses décrets-lois.

— Votre père vous a repris avec lui, alors ?

— Hélas, non ! Ma belle-mère ne voulait pas élever un gamin qui n'était pas de son sang et je suis resté chez Ernestine que je considérais d'ailleurs comme ma vraie mère. Quelques mois après leur mariage, le couple a emménagé à Aiguillon où il a pris en gérance une petite boulangerie qui périclitait. Mon père travaillait dur. Il se levait tous les jours en plein milieu de la nuit pour pétrir. Mais il ne gagnait pas assez pour assurer à Gilberte le train de vie auquel elle aspirait.

— Elle était dépensière ?

— Elle aimait le luxe, l'argent, la vie facile, mais elle était tout autant ambitieuse qu'instable. Assez vite, Gilberte a commencé à courir. Au début, mon père a fermé les yeux sur ses incartades.

— Pourquoi ?

— Elle était si jolie...

— Avait-elle juste des amants ou bien tirait-elle partie de ses charmes ? demanda Champot.

— Un peu des deux, je crois... Elle « fréquentait », comme disent les bonnes commères. Bref, dans le bourg, on l'appelait « Pomponette », une allusion au film de Pagnol, *La Femme du boulanger,* qui est sorti en 1938.

— Pourquoi votre père ne l'a-t-il pas quittée, alors ? Il n'avait pas encore eu d'enfant avec elle.

— Peut-être parce qu'il l'aimait trop... Avec la guerre et les restrictions, elle s'est mise à faire du marché noir pour se procurer de l'argent. Le ménage marchait de plus en plus mal. À l'automne 1942, malgré ses précautions et sans l'avoir aucunement désiré, Gilberte est tombée enceinte. Marcel savait que ce n'était pas de lui, ils faisaient chambre à part depuis plusieurs années.

— Qui était le père ?

— Allez savoir ! Les mauvaises langues disaient que c'était le notaire. Mon père et elle ont alors rapidement divorcé, au début de l'année 1943. Gilberte ne voulait pas garder un enfant que mon père refusait de reconnaître mais elle n'a pas réussi à se faire avorter. Quelques semaines après la naissance d'Annie, en juin 1943, elle a abandonné la petite à l'Assistance publique.

— Une belle garce, en effet ! ne put s'empêcher de soupirer Champot.

— Gilberte est devenue par la suite la maîtresse d'un officier allemand de la Kommandantur. J'ai appris qu'elle s'était enfuie avec lui lors de la libération d'Agen, dans la nuit du 19 août 1944, échappant ainsi à la honte d'être ignominieusement tondue, comme toutes celles qui avaient pratiqué la collaboration horizontale.

— Et après la guerre ?

— Je ne sais pas. La rumeur a couru qu'on l'avait aperçue dans une maison de rendez-vous à Paris, en janvier 1946, juste avant que Marthe Richard ne ferme les bordels. D'autres m'ont assuré l'avoir croisée à Toulouse sur les allées Jean-Jaurès, au début des années cinquante. Mais personne, en vérité, n'a jamais apporté de preuve…

— Votre belle-mère s'est fondue dans la nuit de l'oubli…

— Peut-être était-ce ce qu'elle avait de mieux à faire !

— Et votre père ?

— Mon père est mort le 23 novembre 1944, le jour où Leclerc entrait dans Strasbourg, respectant le serment de Koufra.

— Subitement ?

— Une banale crise cardiaque, en pétrissant son pain. Marcel était miné par le chagrin et la honte. J'avais à peine onze ans et Ernestine est devenue ma tutrice. Pour moi, à vrai dire, ça ne changeait pas grand-chose. J'avais toujours vécu avec elle...

Sur ces mots, Pierre Roche s'était tu. N'avait-il plus rien à dire, se laissait-il emporter par la nostalgie des souvenirs ou était-ce pour laisser à Antoine Champot le temps de digérer ces révélations ? Un lourd silence s'installa entre les deux hommes, simplement troublé par le tic-tac d'une vénérable comtoise dont le balancier de cuivre jaune battait la mesure. Sur une chaise basse, devant le cantou, là où deux tisons de hêtre finissaient de se consumer entre les chenets en volutes évanescents, un chat de gouttière gris s'étira voluptueusement. Ouvrant démesurément sa bouche, l'animal offrit au regard de l'étranger une langue rose avant d'enfouir de nouveau son museau entre ses pattes. Champot promena un regard circulaire, mesurant qu'ici, le temps avait définitivement suspendu son cours. Tout paraissait si figé, si immuable ! Cette montagne pouvait offrir à l'ancien capitaine de la Légion étrangère la paix de l'âme qu'il cherchait.

— Et ainsi, vous avez passé toute votre jeunesse à Agen ? demanda Champot pour briser un silence qui s'éternisait.

— Oui. Je sais gré à Ernestine de m'avoir donné une bonne éducation, reprit Roche en s'éclaircissant la voix. Ma tante était très à cheval sur les principes, vous savez. Dès la communale, elle m'a constamment encouragé à me dépasser. L'année où ma demi-sœur est née, j'ai passé l'examen d'entrée en sixième.

— Ça n'existe plus depuis une bonne dizaine d'années aujourd'hui...

— Grâce aux leçons que mon bon maître me prodiguait après école, quand tous les garnements de septième s'égayaient comme une volée de moineaux dans les rues, j'ai été reçu. Et en octobre 1943, je suis entré au lycée Bernard-Palissy. Issu d'une famille modeste, j'étais conscient que l'école représentait la seule chance de réussite que la vie pouvait m'offrir. J'étais un bon élève, attiré par les sports d'équipe et les matières scientifiques. La carrière militaire me permettait de faire les deux. En 1951, après deux années de classes préparatoires passées à Pierre-de-Fermat à Toulouse, j'ai réussi le concours de Saint-Cyr. J'ai intégré la 138e promotion, dite « Maréchal de Lattre », et j'en suis sorti en juillet 1953, juste avant la signature de l'armistice de Panmunjom qui mettait fin à la guerre de Corée.

— Vous avez donc participé à la fin de la guerre d'Indochine ?

— Non… Voulant voir du pays, je m'étais porté volontaire pour la Légion. Mais juste avant d'être affecté au 1er BEP, pendant mes vacances, en me baignant dans le Lot, j'ai attrapé une mauvaise pleurésie. J'ai traîné quelques mois au Val-de-Grâce et cette saleté m'a valu, finalement, un long séjour au sanatorium des Escaldes, à côté de Font-Romeu. J'étais en attente de mon départ pour l'Indochine quand a eu lieu la dramatique bataille de Diên Biên Phu où le 1er BEP a été presque anéanti.

— Et votre demi-sœur, comment l'avez-vous retrouvée ? demanda Champot, plus intéressé par l'histoire de la jeune femme que par le récit des aventures militaires et coloniales du capitaine Pierre Roche.

— Ce fut un vrai coup de chance. Quand je suis sorti de la prison de Tulle, à la mi-octobre 1966, bénéficiant d'une grâce présidentielle, ma tante Ernestine était morte depuis trois ans. En dehors d'Annie dont je connaissais l'existence, je n'avais plus de famille. Une lettre du notaire, reçue en détention, m'avait confirmé que, si j'étais son seul héritier, Ernestine n'avait guère de biens. Cette femme simple avait toujours vécu chichement de la pension de réversion de son cheminot de mari. Elle s'était saignée aux quatre veines pour que je puisse faire des études. Son livret de caisse d'épargne avait servi à payer ses obsèques. Le propriétaire avait reloué la maison où j'avais passé mon enfance à une famille de Portugais. Il avait entreposé les meubles d'Ernestine dans une remise. Je suis parti à Agen récupérer les quelques affaires qui restaient. J'en ai profité pour faire un détour par Aiguillon, là où mon père est enterré. La Toussaint n'était pas loin et je voulais y déposer des fleurs. De son côté, Annie, après des années de galère et d'errance, s'était mis en tête de retrouver sa famille. Ses pas l'ont conduite à la boutique que sa mère et mon père avaient tenue. Par un extraordinaire hasard, nous sommes passés le même jour à la boulangerie.

— Vous vous êtes rencontrés dans le magasin ?

— Non, c'est la vendeuse, une avenante jeune fille nommée Adèle qui, incidemment, m'a mis sur sa piste. Quand je me suis présenté et que je lui ai raconté que mon père avait tenu cette boutique une trentaine d'années, elle a ouvert des yeux ronds pour me dire qu'une jeune femme d'environ vingt-cinq ans venait de lui dire la même chose cinq minutes plus tôt et de lui poser des questions sur l'ancien gérant. Elle portait, m'a-t-elle dit, une robe rouge et un cardigan bleu sur les épaules.

— Rien d'extraordinaire...

— Oh, si ! Quand je lui ai demandé de me décrire à quoi elle ressemblait, à ma grande surprise, elle m'a fait le portait de la Gilberte que j'avais connue dans mon enfance... J'avoue avoir eu un choc. Mon passé surgissait du néant pour venir à ma rencontre. J'ai vivement remercié la vendeuse et j'ai remonté la rue à grands pas. Mon cœur battait la chamade, le sang cognait furieusement à mes tempes et j'avais du mal à garder mon calme. Deux cents mètres plus loin, j'ai vu une fille en rouge devant un magasin de lingerie. J'ai ralenti pour m'approcher d'elle comme si de rien n'était. Je ne voulais surtout pas avoir l'air de la pister. Quand je l'ai vue de près, je n'ai plus eu aucun doute. C'était elle !

Non sans une pointe d'humour, Roche raconta à Champot comment il avait abordé la jeune femme. Il voulait à tout prix éviter de passer pour un de ces séducteurs impénitents qui draguent à l'accostage tout ce qui porte jupon. Peu désireux d'essuyer une rebuffade et de se faire remettre vertement en place par une remarque cinglante, il avait donc déployé des ruses de Sioux pour nouer langue tout en évitant de se dévoiler immédiatement. Quand, dans la conversation, il avait intentionnellement glissé le nom de Gilberte, le regard de la jeune femme, qui lui avait aimablement souri, s'était éclairé. Elle n'avait fait aucune difficulté pour le suivre dans le bistrot le plus proche afin de poursuivre leur dialogue. Champot observa que, malgré la rugosité naturelle de son caractère bien trempé, Pierre Roche parlait d'Annie avec une pudeur qui dissimulait une émotion profonde. Quoique sans trémolo dans la voix, le médecin distinguait dans le récit de cette rencontre une infinie tendresse dans son intonation, celle d'un grand frère protecteur.

Cette après-midi-là, attablée devant un café dans un coin de la salle de cet estaminet enfumé où les habitués de la belote tapaient chaque jour le carton, Annie lui avait raconté sa vie. Avec une sincérité désarmante, la jeune femme ne lui avait rien caché, ni ses aventures ni ses amants. Cette franchise exhibitionniste l'avait interpellé. Cette paumée des matins blêmes cherchait-elle délibérément à le choquer ou était-elle obsédée par le souvenir de cette mère aux mœurs légères qu'elle n'avait pas connue ? Elle lui avait longuement parlé de ce coin des Pyrénées, de cette montagne sauvage où, depuis quelques mois, elle avait trouvé refuge. Là, lui avait-elle expliqué, elle tentait de se reconstruire, d'oublier son existence chaotique, ses dérives existentielles, ses errances passées.

— C'est donc Annie qui vous a poussé à vous installer ici ?

— Elle m'a montré un chemin de rédemption.

— Que l'Ariège profonde pouvait vous offrir, conclut Champot.

— Je n'étais plus rien, soupira Roche. J'avais perdu mes droits civils et militaires, notamment celui de porter mes décorations... Je n'avais plus de métier, plus de maison, plus de papiers d'identité et je devais pointer à la gendarmerie, signaler tous mes déplacements. Comprenez-moi, j'étais devenu un paria, un étranger dans son propre pays. Mes anciens camarades de promo me tournaient le dos, comme si j'étais pestiféré. Après cinq années passées à pourrir en taule où j'avais connu la succession des nuits d'angoisse et d'accablement, l'ennui qui ronge l'espérance des jours meilleurs, le désarroi des aubes blafardes, je cherchais moi aussi la paix de l'âme !

— Vous auriez pu vous installer ailleurs…

— Il est vrai que je n'avais nulle attache dans ce département. En dehors de La Mongie où j'avais fait du ski lors d'une permission, je connaissais assez mal les Pyrénées.

— Annie, cette après-midi-là, dans ce bistrot enfumé, a donc réussi à vous convaincre.

— Oui, ce pays rude où les vieux sont économes de leurs mots parce qu'ils connaissent mieux que quiconque le prix du silence pouvait m'ouvrir le chemin de l'oubli. Je pouvais m'y régénérer en me soûlant de grands espaces, arpenter jusqu'à épuisement ses estives abandonnées, je pouvais m'y ressourcer en pataugeant dans ses torrents cristallins où l'eau court entre les roches en un gargouillis chantant, je pouvais espérer trouver dans la contemplation de l'alignement des crêtes l'apaisement nécessaire à la guérison de mes blessures secrètes et qui sait, peut-être repartir un jour du bon pied.

— Une manière comme une autre de solder un lourd passé et d'expier ses fautes…

— Mais qui vous parle d'expier ses fautes ? Il ne faut pas inverser les rôles, docteur ! Je n'ai pas de dettes à acquitter ! Même si je me suis rebellé à l'époque contre le pouvoir en place, je ne crois pas, moi, avoir jamais trahi ma parole d'officier ! protesta Roche.

L'ancien militaire avait fièrement relevé le menton, comme lorsqu'il défilait à la tête de ses hommes. Dans la demi-pénombre qui baignait la salle, Antoine Champot distingua ses yeux. Roche le fixait d'un regard dur et le ton de sa voix n'admettait pas la discussion. Sans doute le médecin avait-il touché une corde sensible. L'ex-capitaine Pierre Roche, meurtri par un passé mal digéré, prenait la mouche à la moindre allusion malheureuse aux soubresauts d'une histoire dont il avait été autant l'acteur que la victime. Marqué par l'empreinte indélébile de son séjour en prison, l'homme resterait à tout jamais un écorché vif. Alors, d'une voix douce, comme lorsqu'il parlait à un de ses patients atteints de maladie incurable, Champot s'efforça de renouer le fil du dialogue. Et Pierre Roche, dominant son ressentiment et ses aigreurs, lui raconta d'un ton atone son arrivée à Sarrat.

Pas question pour lui, en effet, de vivre sous le même toit que celle qu'il considérait comme sa demi-sœur. Une visite chez un marchand de biens à Saint-Girons l'avait mené à la métairie de Sarrat. Il l'avait découverte par une fin d'après-midi de novembre où les palombes, pressentant l'arrivée de l'hiver, se hâtaient de gagner des cieux plus cléments. Située à l'orée d'un petit bois où les hêtres se mêlaient de quelques mélèzes, elle tombait presque en ruine. Le notaire qui en avait fait l'estimation désespérait d'en conclure un jour la vente. Qui voudrait habiter là ? On était bien loin du confort moderne ! La toiture prenait l'eau de toutes parts, la cheminée, partiellement effondrée, laissait la place à un carré de ciel bleu, le mur nord, lézardé, menaçait de s'écrouler et les volets, à moitié arrachés de leurs gonds, battaient au vent d'autan dans un grincement lugubre… Pour peu, la métairie de Sarrat aurait pu servir de décor à un de ces westerns spaghettis chers à Sergio Leone ! Mais la solitude tragique qui émanait de ces murs n'était pas pour déplaire à l'ancien officier. Roche l'avait acquise pour une bouchée de pain avec son courtal[1], son hort[2] et un bout de mauvaise lande, un ancien pré pentu colonisé, depuis, par les fougères et les ronces.

— Le notaire a dû me prendre pour un fou, conclut Roche avec un petit rire nerveux. Pensez donc, acheter une ruine au bout d'une carretière à peine carrossable… Personne n'en voulait !

— Elle était inhabitée depuis longtemps ?

— Plus de vingt ans ! À la mort de son dernier occupant, en 1945, la métairie est échue par héritage à de lointains cousins, un couple qui habitait en Normandie. Étrangers à la région, ils ne s'étaient même pas déplacés pour prendre possession de leur bien. Ils l'avaient mis en vente immédiatement par l'intermédiaire de leur notaire. Malgré un prix revu à la baisse, les clients ne se bousculaient pas à une époque où la montagne achevait de se désertifier. Aujourd'hui, Sarrat est habitable, mais j'avoue avoir campé dans l'inconfort les premiers mois…

---

1. *Courtal : cour.*

2. *Hort : petit jardin.*

Champot sourit. Il ne fallait guère faire d'efforts pour comprendre que, depuis son installation dans cette borde perdue, Roche menait une existence ascétique. Il vivait chichement, presque de façon monastique. Il achetait peu de viande de boucherie, se contentant des produits de son poulailler et de quelques lapins cravatés au collet. Privé de retraite pour sa félonie, ne disposant que de maigres ressources, il arrondissait ses fins de mois en faisant quelques journées de bûcheronnage pour un forestier des environs. Préférant faire ses courses à Saint-Girons où personne ne le connaissait, Roche descendait peu à Seix. Il se contentait d'acheter au camion du père Lacoste, l'épicier ambulant qui colportait allègrement les potins de la vallée, les provisions qui lui manquaient. Pour que son passé sulfureux ne lui nuise pas, il évitait même de s'afficher avec Annie, tolérant qu'elle montât une fois la semaine remettre un peu d'ordre dans ce qui avait tendance à ressembler à un gourbi.

— Comment avez-vous appris la disparition d'Annie ?

— Par hasard… Une banale conversation avec cette pipelette de Lacoste. Je n'avais pas eu de *ses* nouvelles depuis qu'elle était passée faire le ménage, le samedi précédent.

— Et cela ne vous a pas inquiété ?

— Annie est très indépendante… Elle monte quand elle veut d'un coup de Mobylette. Elle sait que la clé est cachée dans une niche du mur. Elle peut entrer dans la maison même si je ne suis pas là.

— Sud Radio en a pourtant parlé…

— Je n'allume mon poste que pour écouter des concerts de musique classique sur France Culture. Malheureusement, ils passent bien souvent à des heures impossibles.

— Vous n'avez pas été à la gendarmerie ?

— Avec mon passé de taulard, ricana Roche, c'est un lieu que j'évite !

— Votre témoignage, pourtant…

— Que leur aurais-je appris sur les circonstances de son évaporation ? J'aurais dû leur raconter notre histoire de famille, cet ersatz de parentèle qui nous rapproche, leur expliquer que nous sommes tous les deux des cabossés de la vie ? Non, répondit Roche en secouant la tête. Me manifester auprès des gendarmes, toubib, c'était attirer inutilement l'attention, faire de moi un suspect potentiel ! Que pouvais-je en espérer comme bénéfice ? La presse locale aurait fait ses choux gras de cette révélation qui n'aurait pas pour autant fait avancer l'enquête. J'ai donc préféré chercher Annie tout seul. Prétextant des coupes de bois à voir, j'ai ratissé méthodiquement tout le secteur. Comme quelqu'un qui s'intéresse à un fait divers, sans avoir l'air de rien, j'ai posé des questions dans le pays. On ne disparaît pas comme ça !

— Et qu'avez-vous appris ?

— Pas grand-chose de tangible, hélas ! Rien qui puisse me mettre sur une piste sérieuse, en tout cas…

Dans la quiétude de la salle, Champot opina du bonnet, marquant un temps d'arrêt. Il hésitait à révéler à Pierre Roche le résultat de ses propres observations : les traces de pneus relevées dans la neige. Certes, il sentait bien qu'il pouvait avoir confiance en lui. Il jugeait l'homme droit, équilibré, foncièrement honnête. Il lui semblait dépourvu de ces comportements manipulateurs ou culpabilisants qui sont l'apanage des pervers narcissiques. Ses silences étaient ceux des blessures de l'âme. Ils ne perturbaient en rien une pensée fluide, rationnelle et cohérente. Le bouleversement que Pierre Roche éprouvait témoignait d'un solide lien fraternel qui, à défaut de puiser ses racines dans les gènes d'une même lignée, reposait sur le partage identitaire d'un destin chaotique.

— J'avoue avoir fait chou blanc, conclut Roche avant d'ajouter : Toutefois, j'ai acquis l'intime conviction que quelqu'un ne lui voulait pas que du bien…

— Une simple intuition de votre part ?

— Pas seulement ! Annie m'avait confié qu'elle se sentait épiée depuis quelque temps.

— Elle était suivie ?

— Difficile à dire. Elle éprouvait plutôt une curieuse impression, une sensation fugace qui lui faisait regarder par-dessus son épaule.

— Vous ne l'aviez pas crue ?

— Pas plus que ça…

— Pourquoi donc ?

— Annie a beaucoup de succès auprès des hommes !

Champot sourit à cette évocation. Le soir où il l'avait raccompagnée, il s'en était fallu de peu… Comment ne pas succomber aux charmes de la jeune femme ? Son visage mutin, ses grands yeux verts et ses lèvres pulpeuses laissaient peu d'hommes indifférents. Le galbe de ses jambes, la courbure de ses hanches, tout chez elle évoquait une féminité attractive. Quant à cette confortable poitrine qu'elle prenait un malin plaisir à mettre en valeur avec un soutien-gorge « Cœur Croisé » de Playtex, elle alimentait bien des fantasmes masculins. Combien de types, en feuilletant des magazines de charme dans le salon de coiffure pour hommes, bavant devant la photo de Brigitte Bardot qui avait fait la une du magazine *Lui* en janvier 1969, avaient songé à la belle Annie ? En bon connaisseur des âmes et des corps, Champot en était sûr : les mâles esseulés qui fréquentaient le café Laborde n'auraient peut-être pas été aussi nombreux à boire leur Ricard tomate ou leur Suze citron si elle ne s'était pas trouvée derrière le comptoir. Son sourire, sa gentillesse incitaient le quidam qui faisait escale à renouveler sa consommation. Il soupçonnait d'ailleurs Jeannine Laborde de l'avoir bien compris. Consciente de l'effet produit par la jeune femme sur sa clientèle, n'utilisait-elle pas ses appâts à des fins commerciales ?

— Dites-moi, docteur, reprit Pierre Roche d'une voix très douce, puis-je aller la voir à Saint-Lizier ?

— Il vous tarde ?

— Que voulez-vous que je vous dise ? Malgré nos expériences dissemblables, nos trajectoires ô combien contraires, avec Annie, nous nous sommes découverts ces derniers mois une certaine proximité…

— Celle des meurtris de la vie ?

— Quelque chose comme ça, sûrement…

— Eh bien, attendez donc un peu, lui conseilla Champot.

— La fin de la semaine ?

— Non, plus tard… Pas dans les quinze jours qui viennent.

— Mais pourquoi attendre autant ?

— Ce ne serait pas raisonnable. Annie a besoin de se reconstruire, de retrouver ses marques, ses repères…

— Elle est très perturbée ?

— Le mot est faible ! C'est une paumée ! Elle sait juste qui elle est mais elle est incapable de relater ce qu'elle a vécu.

— Elle a un trou de mémoire ?

— Non… Une sorte d'autocensure, plutôt. Le blocage psychologique dont elle souffre est complet sur ce point.

— Expliquez-moi…

— Actuellement, le traumatisme qu'elle a subi est tel qu'Annie ne parle pas. Elle réagit à l'instinct, un peu comme un animal effarouché. Vu son état, il me paraît inutile d'ajouter à son anxiété.

— Elle a surtout besoin de paix et de calme, si je vous comprends bien.

— C'est exactement ça !

— Et vous, vous irez la voir ?

— Peut-être… En fin de semaine, je passerai un coup de fil au directeur pour m'enquérir de son état.

— Vous pensez qu'elle va récupérer ?

— Oui, je crois…

— Ce sera long ?

— Le temps qu'elle expurge de sa tête un vécu traumatisant et douloureux.

— Vous me tiendrez au courant ? murmura Roche d'un ton presque suppliant.

Champot acquiesça d'un signe de tête. Aider Annie à retrouver le fil de son étrange histoire, lui permettre de recouvrer ses esprits, éclaircir le mystère de sa disparition n'étaient pas seulement pour lui le moyen de se disculper définitivement aux yeux soupçonneux des gendarmes. C'était aussi pratiquer un peu de cette médecine qui restait le grand engagement de sa vie d'homme. Champot avait toujours aimé soigner. Enfant, déjà, il recueillait chiens et chats mal en point dans les rues de Treignac. Avec deux morceaux de ficelle et un bout de bois, il confectionnait des attelles de fortune pour réparer les pattes cassées par les jeux barbares des garnements du bourg, plus aptes à manier la fronde qu'à retenir la règle de trois. Une fois, il avait volé un cachet d'aspirine UPSA dans l'armoire à pharmacie familiale pour remettre sur pied un pigeon victime d'une étrange catalepsie. Plus tard, en Algérie, tant comme praticien libéral que comme médecin-capitaine rappelé, soigner indistinctement les partisans des deux camps lui avait valu le respect de quelques-uns et la haine de certains qui n'hésitaient pas à murmurer dans son dos : « Pourquoi il le laisse pas crever ? » Champot y avait perdu des amis au passage mais, philosophe, il se laissait porter par l'idée que le temps lui avait permis de faire le tri entre le bon grain et l'ivraie.

Dans la demi-pénombre qui baignait la salle d'une quiétude séculaire, bercé par le tic-tac intemporel de l'austère comtoise, le médecin fixa l'ex-capitaine des parachutistes. Avec son visage émacié, ses traits burinés, ses yeux de braise légèrement enfoncés dans les orbites, ce type avait une belle gueule de guerrier. Au jeu du portrait chinois, Champot l'aurait bien comparé à ces chats maigres qui glissent en souplesse, dans le silence de la nuit tombée, de ruelle en soupirail. Il sentait que l'homme brûlait toujours d'une furieuse passion intérieure. Les mauvais vents de la politique n'avaient pas éteint la flamme de ses engagements passés. Entré dans l'armée au sortir de l'adolescence comme on entre dans les ordres, il n'avait rien renié. Malgré les aléas d'un destin chaotique que l'histoire officielle de la Ve République avait marqué au fer rouge du sceau de la forfaiture, Roche cultivait toujours les valeurs qu'il avait faites alors siennes : la parole donnée, la fraternité des armes, le sens de l'amitié, un goût profond pour la camaraderie. Champot sentit que c'était là le ciment de l'homme, tout ce qui restait de l'honneur d'un capitaine.

— Je vous donnerai des nouvelles d'Annie.

— Rapportez-moi ses progrès. Ne me cachez rien… Dans le désert de ma solitude volontaire où je tente d'expier mes fautes, je me suis attaché à elle, bredouilla Roche, comme pour s'excuser de cette faiblesse.

— C'est promis…

— De mon côté, si j'ai du nouveau, je passerai à votre cabinet.

— Et vous ? demanda Champot. Comment vous joindre sans monter à Sarrat ?

— Vous pouvez me laisser un petit mot à la boulangerie d'Oust. J'y passe une fois par semaine pour prendre mon pain et la patronne me garde le rare courrier que je reçois.

— C'est votre facteur qui doit être content…

— Oui. Ça lui évite de grimper le rapailhou[1] pour arriver ici aussi essoufflé qu'un phoque !

— En attendant, répondit Champot, poursuivons nos recherches. Ce n'est pas à vous qui avez couru les djebels que je vais apprendre qu'une femme ne survit pas dans la nature ainsi, livrée à elle-même, pendant plusieurs semaines.

— Comme moi, vous pensez que des gens auraient pu la retenir captive ?

— Oui… J'ai l'intime conviction qu'elle a été séquestrée. Je suis sûr que quelqu'un sait quelque chose. Encore faut-il vaincre la loi du silence pour faire éclater la vérité !

— Ce pays est si secret, soupira Roche. L'omerta n'est pas un vain mot dans ces montagnes. Les premières semaines qui ont suivi mon installation ici, bien souvent, les conversations s'arrêtaient et les regards devenaient obliques à mon passage.

— Même au bistrot ?

— Là plus qu'ailleurs ! Parfois même, ils se mettaient à parler en patois, croyant que je ne le comprenais pas !

— Les gens d'ici se livrent peu, concéda Champot qui se souvenait lui aussi de l'accueil circonspect qu'on lui avait réservé, même après qu'il eut accroché sa plaque. Il faut les comprendre, poursuivit-il, à part pour payer les impôts ou fournir des hommes pour la guerre, ils ont été oubliés du pouvoir.

Pierre Roche hocha la tête, pensivement. Même si, aujourd'hui, vivre dans cette montagne abandonnée des hommes apaisait son âme meurtrie par

1. *Raidillon.*

le fracas des armes et la tragédie de l'histoire, son enfance agenaise dans ce souriant département du Lot-et-Garonne, au cœur de ce pays aquitain où il faisait si bon vivre, ne l'avait guère habitué à des gens aussi taiseux que ceux qu'il croisait au quotidien dans les rues de Seix ou d'Oust. Il tendit la main à Champot pour sceller leur coopération. Sans prendre, comme certains, un malin plaisir à broyer la main de l'autre, le médecin avait néanmoins la poigne virile. Roche y perçut une franchise naturelle qui lui inspira confiance. Il croisa son regard. La détermination qu'il y lut le rasséréna. Il avait bon espoir de lever un coin du voile qui pesait sur l'étrange disparition d'Annie.

En redescendant prudemment, une main posée sur la rampe, les marches usées de la métairie de Sarrat pour rejoindre sa voiture, mettant ainsi ses pas dans ceux des générations antérieures, Champot ne put s'empêcher de penser à la réaction de Julie Dedieu quand il lui raconterait sa rencontre avec Pierre Roche. Il imaginait déjà la petite vieille, assise au cantou, tassée sur son éternel fauteuil de paille, un plaid lui couvrant les genoux et un châle jeté sur les épaules, les yeux mi-clos, buvant ses paroles avec autant de ferveur qu'un mécréant découvrant l'existence de Dieu. Champot savait que Julie l'écouterait religieusement. Sans doute manifesterait-elle à cette occasion la gourmandise obscène dont on fait preuve dans les Landes en dégustant les mythiques ortolans, la serviette sur la tête, tout autant pour préserver les effluves de ce mets des dieux que pour conduire au paroxysme les sens, alors que cette boule de graisse brûlante et suave explose dans la bouche en une apothéose des sucs qui sature les papilles.

Champot imaginait son silence, entrecoupé, comme lorsqu'il fallait passer par l'épreuve du confessionnal, de brèves questions posées à voix basse, témoignages des sentiments contradictoires qu'elle devrait arbitrer. Sans doute serait-elle partagée entre une sincère compassion pour la pauvre Annie, une méfiance naturelle pour cet ex-capitaine, parce qu'il incarnait à ses yeux une dérive antidémocratique inacceptable, et, tout en même temps, une compréhension bienveillante envers celui-là même qui, par fidélité à la parole donnée et un sens intransigeant de l'honneur, n'avait pas hésité à se dresser contre un ordre politique qu'elle avait toujours combattu.

Champot en avait beaucoup plus appris en une paire d'heures que les gendarmes en six semaines d'enquête. Les révélations de Pierre Roche tournaient dans sa tête comme une ritournelle lancinante. Avait-il l'esprit ailleurs ? En redescendant le rapailhou qui conduisait au monde civilisé, la roue avant droite de l'Ami 6 passa malencontreusement dans un méchant nid-de-poule qu'il ne réussit pas à éviter malgré un coup de volant désespéré. Une fine sueur perla à son front. Putain de chemin ! Il était plein de chausse-trapes. Il s'en était fallu de peu pour qu'il ne casse un cardan. Bien déterminé à faire la lumière sur cette singulière affaire, c'est avec plaisir que le docteur Champot retrouva la petite départementale pour prendre le chemin de son cabinet.

7

Un type au passé trouble…

En fin d'après-midi, après un bref passage à son cabinet pour honorer deux renouvellements d'ordonnance, Antoine Champot monta à la ferme de Fabas, chez Julie Dedieu. La vieille dame lui servit un généreux verre de vin rouge en guise d'invitation au dialogue. Elle se montra très intéressée par les informations que le médecin lui rapportait. Pour faire durer le suspense, Champot prit un malin plaisir à les lui distiller sur le ton de la confidence, ponctuant son récit de silences évocateurs qui laissaient Julie gamberger à loisir. Il se plaisait à la contempler, les lèvres légèrement entrouvertes, buvant ses paroles, son insatiable appétit aiguisé par ces potins que les vieilles du pays ne pouvaient plus guère colporter en allant laver leur linge à la fontaine, leurs doigts étant désormais perclus de douloureux rhumatismes. Parfois, elle lui faisait préciser un détail, un nom, un lieu, opinant du bonnet aux explications complémentaires qu'il lui fournissait. Même Pipo, ce bâtard maigre au poil jaune traditionnellement hargneux qui, profitant de la porte ouverte, avait réussi à se glisser dans la cuisine, se tenait coi au pied du fauteuil de paille, le museau entre les pattes, l'oreille aux aguets.

— Et Roche ne vous a rien dit sur un certain Castillo ? demanda Julie, alors que Champot, son récit terminé, se rinçait le gosier d'un coup de rouge.

— Castillo ?

— Oui, Manuel Castillo…

— Non… Roche n'a pas mentionné ce nom-là.

— Bizarre, bizarre, murmura Julie Dedieu entre ses dents. S'il est aussi proche de cette pauvre fille qu'il le prétend, il devrait pourtant savoir…

— Je n'ai pas prétendu qu'il m'avait tout dit. Et qui est ce Castillo ?

— Oh… Un type au passé trouble.

— Il est d'où, votre bonhomme ? s'enquit Champot, un peu narquois.

— Il habite à Aulus…

— Vous le connaissez ?

— Seulement par ouï-dire.

— Vous ne l'avez donc jamais rencontré personnellement ?

— Il y a bien longtemps que je n'ai été à Aulus-les-Bains ! Et puis, croyez-vous, docteur, que j'aie l'habitude de ce genre de fréquentation ? rétorqua Julie, offusquée.

— Et qu'a de particulier ce citoyen-là ?

— On lui prête une réputation sulfureuse.

— Encore un ! Décidément, glosa Champot, à croire que ce pays du haut Couserans les concentre !

— La sienne ne paraît pas usurpée ! Enfin, d'après ce qui se murmure dans les chaumières, fit la vieille dame d'un air entendu.

— Comment pouvez-vous l'affirmer, Julie ?

— Vous doutez de ma parole ?

— Non, mais vous sortez si peu de votre ferme…

— C'est la faute de ces maudits rhumatismes ! Je ne peux plus mettre un pied dehors sans qu'ils me taquinent.

— C'est bien pour cela que je vous soigne…

— Mais mon arthrite ne m'empêche pas d'être au courant de ce qui se passe dans le pays.

— Dites-moi, Julie, qui vous a parlé de ce type ?

— L'épicier…

— Le père Lacoste ?

— Oui, hier soir, quand il est passé avec son camion. Il avait envie de causer…

— Comme d'habitude…

Lacoste faisait sa tournée trois fois la semaine. Aux commandes de son poussif tube Citroën HY à trois vitesses, un fourgon de tôle ondulée gris qui reprenait nombre de pièces déjà utilisées par la marque sur d'autres modèles, il circulait sur les routes du pays du 1er janvier au 31 décembre, qu'il pleuve, qu'il vente ou qu'il neige. Un long coup de klaxon signalait son arrivée dans les cours des fermes et dans les hameaux. Chacun avait ainsi le temps de chercher son porte-monnaie et d'aller à sa rencontre, tandis qu'il ouvrait le hayon arrière de son véhicule, dévoilant au regard du chaland le cadran en éventail d'une balance chromée semi-automatique. À la vente classique de produits d'épicerie – conserves, pâtes, riz, sucre, fruits et légumes, fromage ou charcuterie –, il ajoutait celle d'articles de bazar : allumettes, bougies, pétrole, savon, ruban attrape-mouches, fly-tox, tapettes à souris, encaustique, blanc d'Espagne... Tout ce qui pouvait satisfaire un besoin urgent de première nécessité.

Le large sourire commercial qui animait son visage rubicond où les rides sculptaient l'outrage du temps ne devait pas faire illusion : derrière l'affichage d'une jovialité toute pagnolesque se cachait un bonhomme qui avait un sens inné des affaires et de la marge. La poignée de main dont il gratifiait ses clients était plus une invitation rituelle à acheter qu'un signe d'amitié. Lacoste ne terminait-il d'ailleurs pas la plupart de ses phrases par l'expression : « Et avec ça, qu'est-ce que je vous mets ? » Bien souvent, il profitait de sa tournée en campagne pour vendre les produits quelque peu défraîchis qu'il ne pouvait plus écouler dans sa boutique d'Oust ou pour majorer leur prix. Toutefois, il avait un art consommé d'envelopper les choses. Sa faconde toute méditerranéenne faisait oublier sa roublardise, d'autant que son passage rendait service à beaucoup de personnes âgées dépourvues de moyen de locomotion, pour qui Lacoste représentait un précieux lien social.

— Et d'où vient ce Castillo ?

— Personne n'en sait rien et il n'a pas l'accent du pays !

— Un Toulousain, peut-être ?

— Non, ce n'est pas un doryphore, ni même un type du Midi toulousain...

— Un Parisien, alors ?

— Il ne parle pas pointu... Ce type est d'une nature peu causante. Il ne fréquente guère les gens d'ici, vous savez...

— Et sa voiture, où est-elle immatriculée ?

— Il a une drôle de plaque, paraît-il... Elle est toute rouge.

— Dans ce cas, c'est un numéro en TT.

— TT ? Quèsaco ?

— Transit temporaire. Ce Castillo a acheté sa voiture à l'étranger, hors taxes et sans droits de douane, expliqua Champot.

— Ça doit être ça, répondit Julie qui n'était guère familière avec la réglementation administrative. D'après Lacoste, qui lui a livré deux ou trois grosses commandes, il a pas mal roulé sa bosse.

— Et ce bonhomme est là depuis longtemps ?

— Il est arrivé en voiture, un soir, à l'automne dernier. Il a loué une chambre au *Grand Hôtel* où il est resté quelques jours.

— Bof ! Un curiste comme bien d'autres, répondit Champot en haussant les épaules, peu convaincu par les révélations de Julie.

Depuis son installation en 1962 dans cette région du haut Couserans, le médecin avait eu le temps de découvrir les propriétés médicales des eaux de la petite station thermale nichée dans un vallon riant à seize kilomètres d'Oust. Baigné par le Garbet, le bourg d'Aulus-les-Bains avait été, bien avant l'époque romaine, un lieu de passage vers les mines de plomb argentifère de Castel-Minier. La découverte des sources thermales en 1823 par un jeune officier commandant un détachement de la garde de la frontière pyrénéenne en avait fait, au début du siècle, l'une des plus importantes stations thermales d'Ariège et des Pyrénées. Les thermes, alimentés par cinq sources, fournissant une eau limpide et douce entre 14 et 18 degrés, avaient été achevés en 1874, à l'époque du thermalisme triomphant. En boisson, bain ou douche, l'eau d'Aulus avait une action thérapeutique. Réputée pour ses vertus antisyphilitiques, elle convenait aussi bien pour l'anémie et les maladies de peau que pour les rhumatismes.

— Sauf que lui, il ne venait pas pour prendre les eaux à Aulus-les-Bains ! lâcha Julie Dedieu.

— Qu'en savez-vous ?

— D'abord, personne ne l'a jamais vu aux thermes, et puis il s'est mis de suite en quête d'une maison.

— Quoi de plus banal, s'il cherchait l'air pur de nos montagnes ? glosa Champot.

— Bref, poursuivit la vieille dame, quelques jours plus tard, il a acheté la maison de la veuve Tariol.

— La belle villa en pierre qui se cache derrière de hauts murs à la sortie du village ?

— Celle-là même… Les héritiers en exigeaient un prix exorbitant. Ils désespéraient de trouver un acquéreur. La maison, au fond de son parc, était quasi à l'abandon depuis la mort de Mme Tariol, il y a huit ans de ça.

— Une bonne affaire pour tout le monde !

— Les neveux Tariol ont dû se frotter les mains, c'est sûr ! Pensez donc, il a acheté les yeux fermés, sans discuter le prix. Il a payé comptant, rubis sur l'ongle.

— Il n'a pas cherché à obtenir un rabais ?

— Non. Il voulait une maison à l'écart du village et il a bien insisté, il voulait pouvoir sortir discrètement par-derrière. Moi, j'en conclus que ce type-là, il a quelque chose à cacher !

— C'est Lacoste qui vous a raconté tout ça ?

— Oui et il est souvent bien renseigné...

— Pour colporter les rumeurs, assurément ! Lacoste, c'est la radio Tam-tam de la vallée ! Bientôt, il va faire concurrence à *La Dépêche* !

— Vous êtes mauvaise langue !

— Pour écouter ces ragots de bonne femme, faut avoir du temps à perdre !

— Les commérages, docteur, c'est un peu comme les légendes populaires. Il y a toujours un fond de vérité dedans.

Champot esquissa une moue dubitative, l'incitant néanmoins à poursuivre le récit de sa conversation avec Lacoste. Julie ne se fit pas prier, trop heureuse de le voir suspendu à ses lèvres à son tour. Le portrait qu'elle lui traça de Thierry Castillo était éloquent. À l'écouter, Castillo était un type de sac et de corde, un bonhomme peu recommandable dont il convenait de se tenir à l'écart. Si Champot trouva la piste intéressante, il se voyait mal aller trouver Castillo. Un homme qui traîne une telle réputation, ça a souvent des choses à se reprocher ! Il n'y a pas de fumée sans feu. Bien souvent, il s'agit de peccadilles, parfois d'affaires plus sérieuses... Pas question de l'aborder à la hussarde ! De quel droit lui aurait-il posé des questions ?

Aux dires de Lacoste, Castillo devait être du genre à se tenir sur ses gardes. L'accueil qu'il lui réserverait serait probablement moins amical que celui de Pierre Roche. Avec l'ancien capitaine du 1er REP, il s'était découvert, contre toute attente, grâce à leurs expériences algériennes, une certaine connivence, celle des blessures de la vie, de quoi amorcer le dialogue. Avec ce Castillo, les choses risquaient d'être assez différentes. Il devrait faire preuve de diplomatie, y aller sur la pointe des pieds. Avant de rencontrer cet individu, il lui faudrait recueillir d'autres renseignements. Mais si le type était aussi peu liant que Julie le disait, ses voisins n'en sauraient guère davantage.

— Tu veux manger un morceau ? lui demanda la vieille dame avec l'affection d'une mère pour un fils. J'ai un reste de lapin en gibelotte... Tu m'en diras des nouvelles !

— Merci, Julie, mais ce soir, j'ai un malade à visiter, lui répondit Champot pour ne pas lui avouer qu'il avait tout simplement envie d'un peu de solitude, histoire de digérer ce qu'il avait appris aujourd'hui.

— Et Annie, tu vas aller la voir ?

— Je tâcherai de faire un saut à l'asile de Saint-Lizier demain. Je repasserai dès que j'aurai du nouveau.

Champot se leva, tapota l'épaule de Julie d'un geste affectueux pour prendre congé et sortit, le chien sur ses talons, prêt à lui nhaquer[1] le mollet au moment propice. Dépité de ne pas avoir pu déchirer le bas de son pantalon, le bâtard de labrit aboya rageusement quand il ouvrit la portière de sa voiture.

Rentré chez lui, installé à la table de la cuisine, Champot grignota un reste de viande froide assaisonnée d'une pointe de moutarde. Sans aucun doute, le lapin de Julie devait être bien meilleur, mais il éprouvait le besoin de se retrouver. Son

---

1. *Mordre.*

en-cas terminé, il alluma la radio, regrettant qu'on ne fût pas mardi soir pour écouter *L'Heure du mystère*, cette série produite par Pierre Billard et qui avait succédé en 1965 à la célèbre émission radiophonique *Les Maîtres du mystère*. En cherchant bien, après quelques grésillements, il finit par capter un concert de musique classique diffusé sur un poste étranger émettant en ondes courtes. Assis dans un fauteuil en osier fatigué que lui avait laissé Marguerite Lapouge, l'institutrice à qui il avait acheté la maison, Champot se laissa bercer par les accents de la *Symphonie n° 2* de Gustav Mahler, histoire de se changer les idées avant de tenter de trouver un sommeil réparateur.

Comme tous les matins depuis ce funeste jour de juillet 1962 où les siens avaient disparu, victimes d'un conflit qui ne voulait pas dire son nom, le docteur Champot se réveilla à l'aube. Passé cinq heures du matin, on eût dit que des aiguilles lui piquaient les fesses. Tournant et se retournant dans le lit, il avait fini, de guerre lasse, par se lever pour fuir les images qu'il ressassait. Le souvenir de sa femme et de ses enfants le rongeait aussi sûrement que les loirs qui faisaient la sarabande dans le grenier. Alors, autant écouter les coqs chanter et la nature s'éveiller. Une tasse de café rapidement avalée après un brin de toilette, et Champot s'assit à son bureau. Il aimait ces petits matins où, dans l'attente du jour, on pouvait cultiver les promesses de l'aube. Feuilletant la documentation que le visiteur médical lui avait complaisamment laissée lors de son dernier passage, il attendit ses clients.

Après avoir reçu les quatre premiers, arrivés en rang d'oignons, Champot contempla les Pyrénées par la fenêtre de son bureau. Le soleil d'avril baignait généreusement la vallée. La salle d'attente demeurait vide. Lassé d'attendre les autres patients potentiels, en fin de matinée, il avala à la hâte un sandwich au pâté et suspendit au bouton de cuivre jaune l'affichette dont il s'était déjà servi pour excuser son absence, modifiant juste d'un coup de marqueur son heure de retour. Puis Champot monta dans l'Ami 6 et prit la route de Saint-Lizier. À l'hôpital, le cerbère du secrétariat était à son poste, immuable statue glacée derrière sa machine à écrire Remington. Toujours vêtue d'un strict corsage gris, les lunettes sur le bout du nez, elle le dévisagea d'un œil sévère, exsudant autant de sympathie que les murs lépreux suintant d'humidité. Visiblement dérangée dans son travail, elle marmonna un vague : « Vous connaissez le chemin, docteur... » pour se débarrasser de lui.

Champot se contenta de hocher la tête. Le nez au vent, il tenta de se reconnaître dans le labyrinthe de cours et de couloirs sombres des vieux bâtiments. Un soignant et un malade le mirent sur la bonne voie. Parvenu devant la porte de la cellule d'Annie, le docteur prit une profonde respiration, le temps de se composer un sourire avenant et professionnel. Il la trouva assise sur le bat-flanc solidement scellé au sol qui lui servait de lit. Annie leva péniblement la tête quand la silhouette du docteur se découpa dans l'encadrement de la porte. Elle le dévisagea d'un œil rond et froid, lointain. Sans doute les médicaments qu'on avait dû lui faire prendre expliquaient-ils ce comportement. Il s'approchait d'elle lorsque, brusquement, elle se leva d'un bond et courut se jeter dans ses bras.

De surprise, Champot recula d'un pas. La jeune femme, les bras noués autour de son cou, sa tête nichée au creux de son épaule, éclata en longs sanglots. Il lui caressa longuement les cheveux pour tenter de l'apaiser. Accrochée à lui avec l'énergie du désespoir, il sentit ses larmes couler dans son cou et mouiller le col de sa chemise. Son corps tiède aux formes appétissantes ne faisait plus qu'un avec le sien. D'une voix douce, il tenta de la rassurer, mais elle demeurait étroitement collée à lui, comme un coquillage à son rocher à marée basse. Antoine Champot attendit patiemment que la tornade qui la secouait se calme. Il parvint au bout de longues minutes à la décoller de lui sans heurt. Son visage aux yeux de biche apeurée était ravagé de larmes. Il déposa un baiser sur son front. Annie leva alors un regard éperdu vers lui et, soudain, écrasa ses lèvres contre les siennes.

Embarrassé par cette manifestation d'affection spontanée qui donnait une dimension nouvelle à leur relation, il lui effleura tendrement la joue de l'index en esquissant un sourire. Rougissante, Annie baissa les yeux en signe d'assentiment. Profitant de cette complicité naissante, Champot l'interrogea sur le ton doucereux que le père André, le curé de la paroisse de Treignac, prenait dans son enfance pour lui faire avouer ses péchés lorsqu'il passait au confessionnal. Annie lui répondit par monosyllabes. Même si son discours était haché, confus et incohérent, Champot la sentit néanmoins sur les premières marches du chemin de la vérité et de la guérison. Oh, sans doute faudrait-il encore des jours et des jours avant qu'elle ne redevienne la jeune femme qu'elle avait été !

De cette deuxième visite à Saint-Lizier, Antoine Champot ressortit profondément troublé. Non par l'ambiance déprimante qui transpirait des murs lépreux de l'hôpital psychiatrique, pas plus que par le peu d'informations apprises de la bouche d'Annie. Ses réponses fragmentaires, tout autant que ses silences, n'avaient fait qu'accréditer son sentiment premier : la jeune femme n'avait pas pu passer plusieurs semaines dehors exposée aux rigueurs de la nature. Il était impossible, médicalement parlant, qu'elle eût pu survivre à la fraîcheur des nuits de ce début de printemps. Même si Annie avait trouvé refuge dans l'une de ces vieilles granges en ruine qui peuplaient les versants des estives abandonnées, témoignage de la dense occupation anthropique de la montagne au XIXe siècle, elle n'aurait pu supporter une aussi longue privation de nourriture. Champot en était maintenant convaincu : quelqu'un l'avait « hébergée », sans doute contre son gré. Pour lui donner les moyens de se reconstruire, il devait faire la lumière sur cette étrange disparition. Non… ce qui l'avait troublé plus que tout, sans qu'il ose se l'avouer, c'était le fougueux baiser qu'Annie lui avait donné !

Sur le chemin du retour, Champot, l'esprit ailleurs, s'arrêta à Saint-Girons. Il passa la fin de l'après-midi à y faire quelques emplettes. Il aimait bien les rues de cette petite ville qui lui rappelaient celles des bourgs de la Corrèze de son enfance. Le jour déclinait lorsqu'il parvint à Seix. Entré dans son bureau, il se débarrassa prestement de sa canadienne et s'assit pour consulter son répondeur téléphonique. Tout à l'écoute de ses messages, le docteur n'entendit pas l'estafette des gendarmes s'arrêter devant la porte de son cabinet. Après un bref coup de sonnette, le maréchal des logis Cayrol, sanglé dans son uniforme, le képi vissé sur la tête, suivi comme son ombre du gendarme Gabarrou, poussa sans hésiter la porte d'entrée. La salle d'attente était vide, comme bien souvent à cette heure. Les deux militaires s'assirent dans les fauteuils en osier. Devant eux, une table basse présentait une pile de magazines en désordre. Aucun bruit ne filtrait du cabinet. Le docteur était-il en consultation ? Les deux gendarmes patientèrent de longues minutes en feuilletant un vieil exemplaire du *Chasseur français* et un numéro jauni d'*Historia.* Lassé d'attendre, Cayrol, s'enhardissant, se leva. Le gendarme ouvrit doucement la porte du cabinet. Au léger grincement du battant sur ses gonds, Champot leva la tête.

— Ah, bonsoir, messieurs ! Je ne vous ai pas entendus arriver.

— Désolé de vous déranger, docteur…

— Mais non ! Quel bon vent vous amène ?

— Rien de spécial, docteur, fit Cayrol en lui tendant la main. On est comme vous… Nous aussi, on termine la tournée ! On s'arrête juste en passant…

— Asseyez-vous, répondit Champot en leur désignant les deux fauteuils où prenaient place d'ordinaire les patients. Que puis-je pour vous ?

— Vous avez à nouveau rendu visite à Annie Bergès, paraît-il ? demanda l'autre gendarme.

— Les nouvelles vont vite dans le pays ! Je l'ai vue cette après-midi même, en effet…

— Vous avez eu plus de chance que nous. Le directeur de l'asile à qui j'ai téléphoné nous a affirmé que, vu son état, il était toujours impossible de lui rendre visite.

— Le médecin chef ne vous a pas menti…

— Bien sûr, bien sûr… Elle vous a parlé cette fois ?

— Parlé ? Mon Dieu, non ! Cette jeune femme est profondément traumatisée. Annie Bergès est en état de prostration. Inutile de penser à l'interroger. Dites-moi, à ce propos, vous connaissez un certain Castillo ? s'enquit Champot.

— Castillo, dites-vous ?

— Oui, Thierry Castillo, un beau gars d'une quarantaine d'années qui habite dans le pays depuis l'automne dernier. Dans vos tournées, vous l'avez sûrement croisé en voiture. Il roule dans une Triumph décapotable. Vous voyez de qui je parle ?

— Une Triumph Spitfire rouge, c'est cela ? Ce n'est pas lui que vous avez verbalisé il y a un mois, chef ?

— Oui, c'est mon client ! Je lui ai collé un procès-verbal pour excès de vitesse. Sur la route d'Ercé, il roulait comme un fada, presque à tombeau ouvert !

— Un inconscient !

— Et qu'est-ce que vous lui voulez à ce Castillo ? demanda le maréchal des logis en lissant sa moustache.

— Lacoste, l'épicier, prétend qu'ils étaient en relation.

— En relation ?

— Annie se rendait chez lui de temps en temps, lâcha Champot.

— Vous voulez dire qu'ils couchaient ensemble, c'est ça ?

— Vous allez vite en besogne. Je n'ai pas tenu la chandelle !

— Sa réputation de fille légère permet de le supputer, avança Gabarrou.

— Les réputations sont bien souvent surfaites. Dans des contrées comme celle-ci, où les distractions sont rares, les gens passent leur temps à cancaner. Et vous connaissez comme moi les ravages des médisances…

— Il n'y a pas de fumée sans feu !

— Il ne s'agit sans doute que d'une rumeur, tempéra Champot qui s'en voulait de leur avoir mis la puce à l'oreille.

— Même si, en dehors de cette infraction routière, ce Castillo ne s'est pas fait remarquer, on va se renseigner sur ce type… Les honnêtes gens n'ont rien à cacher, c'est bien connu ! Et de votre côté, si vous apprenez quelque chose d'autre, n'hésitez pas à venir nous rendre une petite visite, fit Cayrol en se levant.

— Comptez sur moi ! acquiesça le docteur avec un sourire de circonstance en les raccompagnant à la porte d'entrée.

Le battant refermé sur les représentants de l'ordre, le docteur s'épongea le front avec son mouchoir. Il avait cru naïvement pouvoir leur soutirer des informations mais il n'avait rien à attendre d'eux. Fort heureusement, il ne leur avait pas soufflé mot de Pierre Roche. Une allusion aux liens qui unissaient l'ancien capitaine des parachutistes à Annie aurait ruiné son crédit auprès de lui. Champot avait confiance dans l'aide que pouvait lui apporter l'ex-officier, même s'il sentait sûrement le soufre aux narines du pouvoir gaullien. Demain, à la première heure, il irait à Aulus-les-Bains pour tenter de rencontrer ce mystérieux Castillo. Et tant pis s'il se faisait fermer la porte au nez ou, pire, jeter à la rue comme un malpropre. C'était un risque à courir, il ne pouvait faire l'impasse sur cette piste.

Réveillé à l'aube comme de coutume, il dut attendre néanmoins le début de la matinée pour se mettre en route. Inutile de donner à Castillo l'impression qu'on venait le cueillir au saut du lit. Si la journée promettait d'être belle, il faisait encore frisquet et il alluma le chauffage de la voiture. À Oust, Champot prit la départementale 32 pour remonter vers Aulus-les-Bains par la vallée du Garbet qui égrenait tout un parcellaire humanisé de prairies bordées de rideaux d'arbres. La route était belle, avec de larges portions de ligne droite. Elle traversait de minuscules hameaux où les constructions en pierre, traditionnellement couvertes de tuiles, voisinaient avec des hangars en bois pour lesquels la tôle ondulée s'imposait. De temps à autre, on pouvait apercevoir une petite chapelle ou un oratoire, ce qui avait valu à cette vallée l'appellation locale de « Terre Sainte ». Jalonnée de poteaux téléphoniques et de pylônes électriques, la chaussée longeait plus ou moins le Gave dont le gazouillis d'argent, sous le soleil d'avril, donnait à cette vallée un caractère riant et printanier. Ici, la vie prenait une dimension éternelle et paisible au charme intemporel.

Passé Ercé, un village jadis célèbre pour avoir été, au XIXe siècle, la capitale des « orsalhers », ces montreurs d'ours qui partaient faire fortune aux États-Unis, une cité peuplée aujourd'hui d'un petit millier d'habitants et durement frappée par l'exode rural, comme tout le haut Couserans, la vallée se resserrait, occupant le fond d'un talweg boisé d'un taillis dense pour conduire, huit kilomètres plus loin, à Aulus, petite station thermale assoupie à sept cent cinquante mètres d'altitude. À l'approche du bourg, l'Ami 6 du docteur ralentit. La route bordée de platanes bourgeonnants suivait benoîtement la rivière pour traverser la station. Ici, tout n'était que murmure d'eau cristalline et la chanson du ruisseau remplissait l'azur d'une fraîcheur si ravigotante qu'elle parvenait à faire oublier leurs douleurs aux curistes. Seul trouble-fête, des volées de moineaux en pleine période d'accouplement construisaient des nids dans les branches des platanes à grand renfort de piaillements sonores.

Près du pont, sur la place, le monument aux morts, inauguré le 17 août 1924 par le maire Pierre Galin en présence de monseigneur l'évêque, des deux sénateurs de l'Ariège et du député, égrenait en lettres dorées la longue litanie des enfants du pays morts pour la France. Ceint d'une petite grille de protection, entouré de buis, le socle de granit, extrait d'une carrière d'Ercé, avait été réalisé par les tailleurs de pierre chargés de construire la ligne de chemin de fer Saint-Girons-Seix. Rehaussé de plaques de marbre de Carrare, l'obélisque présentait un bas-relief sculpté par Georges Vivent, un artiste toulousain de renom, rendant hommage aux héros de ce qu'on avait cru naïvement être « la der des ders ». Aux vingt-cinq hommes tués entre 1914 et 1918, victimes de cette Grande Faucheuse qui avait massacré la génération du Grand Meaulnes, on avait ajouté plus tard une plaque pour trois soldats de la Seconde Guerre mondiale et pour y inscrire les noms des cent trente Juifs partis pour un voyage sans retour à Auschwitz.

Un peu plus loin, deux petits vieux bien propres, arborant des bleus de travail fanés, assis sur un banc de bois devant leurs maisons, les mains repliées sur leurs cannes, coiffés de leurs éternels bérets noirs, le regardèrent passer. Champot esquissa un geste de la main. Son Ami 6 n'était pas connue ici et, dans leurs yeux mi-clos, aussi délavés que le ciel, il vit la curiosité de ceux qui, abandonnés par leurs enfants partis vivre dans les HLM de la banlieue toulousaine, ne reçoivent plus guère de visites. En ce mois d'avril où le curiste se faisait rare, ils n'avaient pas fini de faire des supputations sur cet « étranger » qui les avait salués.

Sans être un familier des lieux, Champot trouva son chemin sans hésiter. Qui ne connaissait pas, en effet, la belle villa ayant jadis appartenu à la famille Tariol ? Discrètement niché au fond d'un parc, cet édifice cossu, bâti à la Belle Époque, témoignait de la richesse de l'âge d'or du thermalisme triomphant du siècle précédent. Forte de la recommandation des médecins d'alors qui trouvaient à ces eaux des propriétés laxatives, diurétiques, dépuratives et des vertus curatives pour le traitement de la syphilis, la station avait rapidement prospéré. Mais en ce milieu du mois d'avril 1969, on était loin de ces jours fastes où l'installation hydrothérapique de l'établissement thermal pouvait fournir mille deux cents bains par jour. Il n'y avait pas foule à Aulus-les-Bains. Transformé pendant la Seconde Guerre mondiale en centre de rétention, le bourg cherchait à oublier les heures sombres où hôtels et maisons meublées avaient été réquisitionnés par le gouvernement de Vichy pour servir de résidence forcée, d'avril 1942 à janvier 1943, à trois cents Juifs, prélude tragique à leur départ pour Auschwitz.

Champot gara sa voiture devant l'entrée de la propriété, évitant le fossé profond d'une quarantaine de centimètres. Ceinte de murs gentiment hérissés de tessons de bouteille, la maison avait tout d'une citadelle inexpugnable. L'immense portail en fer forgé, plus haut qu'un homme, était aussi lisse qu'une porte de prison. Surmonté de piques acérées, il décourageait toute tentative d'intrusion. Depuis la route, il ne permettait d'apercevoir que le toit de l'édifice, perdu au milieu des frondaisons du parc. Masquée par un buisson de houx envahissant qui couvrait l'un des piliers du portail, une ancienne plaque de marbre blanc aux lettres d'or à demi effacées laissait deviner le nom de *Villa Thérèse.*

Comment pénétrer dans une telle forteresse ? Champot avisa finalement, à droite du portail, une modeste entrée de service, une simple porte basse en bois massif, aux traverses cloutées. Ripolinée d'un marron qui s'écaillait par endroits, elle n'en paraissait pas moins solide. Il chercha en vain une poignée pour l'ouvrir, se heurtant à un judas hermétiquement clos et à la fente étroite d'une boîte aux lettres. Seul le discret bouton d'une sonnette semblait relier les habitants de la villa au monde extérieur. Il l'enfonça résolument de l'index mais nul carillon ne se fit entendre. Champot recommença sans plus de résultats. Castillo était peut-être sorti faire une course ? Un peu dépité, il s'apprêtait à partir quand le judas s'entrebâilla timidement. Dans l'étroit interstice, il distingua un regard noir qui le dévisageait sans aménité.

— Monsieur Castillo ? lança Champot par le judas.

— Qu'est-ce que vous lui voulez ? répondit une voix d'homme sur un ton renfrogné.

— Eh bien, j'aurais souhaité le rencontrer...

— M. Castillo n'est pas là.

— Je suis le docteur Champot. Je suis médecin à Seix...

— M. Castillo n'est pas là, je vous dis !

— J'aurais désiré lui parler du cas de Mlle Bergès, Annie Bergès, la serveuse du café Laborde...

— Pourquoi ?

— Cette jeune femme avait disparu, on l'a retrouvée errante, totalement hagarde, dans la montagne, il y a quelques jours. Vous voyez de qui je veux parler ? ajouta Champot.

— Vaguement...

— Je sais qu'elle est venue plusieurs fois ici, dans cette maison...

— Et alors ?

— Les gendarmes le savent aussi.

— Les gendarmes ? Mais qui s'est permis de...

— Lacoste, l'épicier… C'est lui qui le raconte partout, fit Champot. Ils vont sûrement monter ici…

— Mais pourquoi ?

— Ils fouinent pour trouver des témoignages pour leur enquête.

— Et vous, vous cherchez quoi ?

— Des informations pour permettre à Annie Bergès de retrouver ses esprits. Ma patiente sait à peine qui elle est. Elle est très perturbée. C'est pour cela que j'aurais désiré le voir.

— Qu'est-ce qui me prouve que vous êtes bien le docteur Champot ?

— Vous voulez une pièce d'identité ?

— Non, il y en a trop de fausses en circulation. Montrez-moi plutôt votre carte professionnelle de l'ordre des médecins !

Antoine Champot extirpa un vieux portefeuille en cuir fauve de la poche intérieure gauche de sa canadienne. À force de l'avoir transporté dans ses pérégrinations, les angles en étaient tout racornis. Les trois volets en plastique de la partie porte-cartes s'étaient opacifiés avec le temps, jusqu'à rendre illisibles les pièces d'identité qu'ils protégeaient de plus en plus mal. Bien que ce portefeuille fût à bout de souffle, indigne du statut social d'un médecin, Champot y tenait comme à la prunelle de ses yeux. Et peu lui importaient les railleries qu'il pouvait entendre à son sujet ! C'était le dernier cadeau que sa femme Michèle lui avait offert quelques semaines avant sa mort en 1962…

Champot ouvrit le porte-cartes. Faisant face à son permis de conduire, sur un rectangle de carton, un caducée rouge se détachait sur fond bleu pâle. Sans états d'âme, parce qu'il sentait que c'était nécessaire pour avancer dans son enquête, il tendit sa carte par l'ouverture du judas. Happée par une poigne invisible, elle disparut. Derrière la lourde porte cloutée, Champot devina que son vis-à-vis la retournait pour l'examiner sous toutes ses coutures, cherchant à détecter une éventuelle supercherie. Au bout d'une longue minute, le gros verrou coulissa. Dans l'entrebâillement, il distingua rapidement la silhouette d'un homme qui le dévisageait d'un air soupçonneux. Puis, brutalement, une main l'agrippa pour refermer aussitôt le lourd battant clouté.

— Merci de me recevoir, murmura Champot en s'efforçant de prendre un air aimable.

— Entrez et retournez-vous lentement, répondit le type sur un ton rogue qui n'admettait pas de discussion.

Champot obéit. Plaqué contre le mur où le lierre s'accrochait, il sentit une main aux doigts agiles lui palper rapidement les aisselles, l'entrejambe et les chevilles. Il s'apprêtait à protester quand une poigne de fer, le saisissant par l'épaule, le retourna brusquement. Le type qui lui faisait face avait une petite quarantaine. Les cheveux légèrement grisonnants, coupés en brosse, il était de taille moyenne, mais tout en muscles, nanti d'une stature bien charpentée qui imposait un respect naturel. Il le regardait d'un œil froid qui trahissait une détermination sans faille. Mais ce qui retint avant tout l'attention d'Antoine Champot, ce fut, dans le prolongement de sa main droite, la vision du museau noir d'un colt 1911, un calibre 11.43, dont le chien extérieur était relevé, prêt à tirer. Champot ouvrit la bouche, surpris de cet accueil brutal. Le type leva alors le canon de ce colt 45 pour désarmer le chien. Puis il baissa l'arme et la glissa à sa ceinture, le plus naturellement du monde.

— Vous vivez dangereusement, monsieur… ?

— Castillo, Thierry Castillo !

— Merci de me recevoir…

— Désolé. Depuis mon retour d'Afrique, il y a beaucoup de gens qui ne me veulent pas que du bien… Que voulez-vous savoir sur Annie Bergès ?

— Tout ce que vous pourrez m'en dire…

— Hum ! Inutile de rester là. Suivez-moi.

Champot emboîta le pas à son hôte. Une courte allée bordée de massifs de buis mal taillés conduisait à une habitation construite en blocs de granit, dont la terrasse, ceinte d'une balustrade en pierre, s'ombrageait de deux hêtres presque centenaires. L'ensemble respirait la bourgeoisie aisée pour laquelle il était de bon aloi de prendre les eaux à la saison, aux riches heures du thermalisme du XIXe siècle. Grimpant rapidement les marches du perron, Castillo jeta un bref coup d'œil par-dessus son épaule, comme pour s'assurer qu'il n'était pas suivi. Rassuré par la tranquillité immuable du parc, il introduisit son visiteur dans un vaste salon meublé de bric et de broc. Un sérieux rafraîchissement aurait été nécessaire dans cette pièce de réception ! Les fauteuils Napoléon III, avachis et au tissu fané, y voisinaient avec des sièges en châtaignier bon marché. Sur les murs où la peinture s'écaillait, des chromos d'une affligeante tristesse côtoyaient, dans leur cadre de pitchpin, des miroirs Belle Époque au tain piqué. Sur la cheminée de marbre noir, deux chandeliers en régule encadraient une pendulette sans charme aux aiguilles figées sur un temps à jamais révolu.

— Ne faites pas attention au désordre, docteur…

— C'est le défaut des hommes qui vivent seuls.

— Certes, mais ici l'ameublement manque d'un peu d'unité, n'est-ce pas ? Que voulez-vous, depuis mon arrivée il y a six mois, faute d'avoir pu récupérer mes meubles de famille, j'ai gardé les vieilleries des anciens propriétaires. Bref, je fais un peu de camping !

— Comme en Afrique…

— Vous connaissez ?

— L'Afrique du Nord, seulement. J'habitais en Algérie avant, précisa Champot.

— Ah, vous êtes pied-noir !

— Pas vraiment. Ma famille est corrézienne. je me suis installé à Oran juste avant le début des événements, en août 1954.

— Moi, je suis originaire des Pyrénées-Orientales, de la région de Perpignan. Un village écrasé de soleil, coincé entre la montagne et la mer, du nom de Sorède. C'est là que j'ai passé mon enfance. Mon père picolait sec. Le samedi soir, quand il rentrait de sa tournée des bistrots, il cognait. Bref, à dix-huit ans, j'ai foutu le camp ! Depuis, j'ai pas mal roulé ma bosse : cinq ans dans la Légion étrangère, trois ans passés au Sénégal à cultiver l'arachide, deux au Gabon, puis le Mali, la Mauritanie, le Niger, le Tchad… Dernièrement, j'étais au Botswana, un pays presque aussi grand que la France ou que Madagascar, un pays plat et désertique de six cent cinquante mille habitants, principalement des Tswanas et quelques Afrikaners.

— Vide d'hommes mais… riche de son sous-sol ?

— En 1966, à l'indépendance, le Botswana était l'un des vingt-cinq pays les plus pauvres du monde. Mais l'année suivante, on a découvert des mines de kimberlite dans le désert du Kalahari qui couvre soixante-dix pour cent du pays.

— Kimberlite ?

— De diamants, si vous préférez…

— C'est pour ça que vous êtes allé là-bas ?

— Oui… Au Congo belge, où j'avais traîné quelques mois, j'ai fait la connaissance de trois types, dans un bar, des gars qui, comme moi, étaient prêts à prendre quelques risques pour gagner du pognon. Jack était irlandais, aussi roux que catholique, une vraie force de la nature. Il vous broyait les doigts en vous serrant la main. Paul était belge, natif de Bruxelles où son oncle avait une bijouterie, et Jan, un Hollandais, avait ses entrées chez De Beers, paraît-il. Nous nous sommes associés et nous avons obtenu du gouvernement une petite concession minière dans la région du Tsabong, la plus riche du secteur.

— Une belle aventure…

— Oui, les premiers mois, tout allait bien, en effet. Oh, certes, le travail était rude et il fallait tenir les hommes, mais le gisement nous semblait prometteur. C'est quand on a commencé à trouver des pierres que les problèmes sont arrivés. D'abord, nous avons eu à faire face à une révolte, les mineurs trouvaient qu'on ne les payait pas assez, et puis, un soir, à la fin de la saison sèche, en rentrant de la mine à la nuit tombée, Jack, qui roulait toujours à tombeau ouvert, a eu un accident de voiture. Sa Land Rover 109 est allée s'encastrer dans un énorme bloc de pierre.

— En plein milieu de la route ?

— Oui, Jack a été tué sur le coup. Sans doute le bloc est-il tombé d'un camion qui travaillait à la construction d'un pont dans le village voisin.

— Un banal accident…

— Je l'ai cru, moi aussi, sur le moment.

— Ce n'était pas le cas ?

— Pas tout à fait, je pense !

— Qu'est-ce qui vous fait supposer que…

— Le règlement de la société minière que nous avions fondée précisait que, en l'absence d'héritier, la part du défunt serait partagée entre les survivants.

— Et Jack n'avait pas d'enfant ?

— Non. Oh, ce ne sont pas les femmes qui lui manquaient !

— Il n'avait jamais eu le temps de fonder un foyer ?

— Jack était un type trop pressé pour ça. Ce casse-cou qui avait arpenté toutes les pistes d'Afrique n'avait en rien l'âme d'un père de famille !

— Un baroudeur…

— Oui, mais son accident a pris un tout autre relief, deux mois plus tard, avec la mort de Paul. Une nuit, Shana, la fille qui partageait son lit depuis quelques semaines, a entendu du bruit sur la terrasse. Elle a réveillé Paul. En regardant par la fenêtre de la chambre, il a distingué une silhouette qui rasait les murs. Il a compris que c'était un cambrioleur qui essayait d'entrer chez lui. Paul a enfilé son pantalon et, se saisissant d'un pistolet dans la table de nuit, il est descendu, sans faire de bruit, pour surprendre son visiteur. Dans le salon, il a trouvé un type en train de fouiller la commode où il avait l'habitude de ranger les clés de son coffre-fort qui contenait la paye des ouvriers. L'arme au poing, fort de son expérience de mercenaire au Congo belge, Paul a tenté de l'arrêter, mais le complice du cambrioleur, resté dans l'ombre, l'a traîtreusement poignardé par-derrière. C'est du moins ce que Shana a raconté.

— Un vol qui a mal tourné, conclut Champot.

— Ce qui est curieux, c'est que cette fille, Shana, a mystérieusement disparu quelques heures plus tard, avant que les gendarmes n'aient pu l'interroger.

— Et il n'y avait personne d'autre dans la maison ?

— Non. Paul avait prêté son boy à Jan qui, ce soir-là, donnait une soirée.

— La part de Paul a été partagée entre vous et Jan ?

— Oui, nous n'étions plus que deux. C'est aussi à ce moment-là que mes problèmes ont commencé.

— Vos problèmes ?

— Oh, des broutilles. Une roue qui se dégonfle en roulant sur une piste à la nuit tombée, du sucre glissé dans le réservoir de la Jeep…

— Des types cherchaient à vous faire des misères ?

— Oui… Au début, j'ai cru à de petites vengeances de la part de quelques mineurs irascibles.

J'ai compris quand on m'a cisaillé les flexibles des freins…

— Un sabotage ?

— Une tentative de meurtre plutôt !

Champot acquiesça, pensif. Dans le business de Thierry Castillo, il était certain que les ennemis ne devaient pas manquer ! Fréquenter des types de sac et de corde était aussi dangereux que de se baigner dans les eaux glauques du fleuve pour les naïfs touristes, venus observer dans le crépuscule les oiseaux migrateurs, qui confondaient les crocodiles avec d'innocents troncs d'arbre. Que n'aurait-on pas fait pour une petite poignée de diamants bruts ? Assurément, certains de ces aventuriers sans foi ni loi, qui jouaient facilement du couteau ou du revolver, eussent bien tué père et mère. La vie n'avait pas, là-bas, sous le soleil des tropiques, la même valeur qu'ici, à l'ombre tutélaire du mont Valier… En écoutant Castillo lui narrer ses déboires, Antoine Champot commençait à cerner le personnage. Ce type rompu aux méandres des aventures africaines avait le profil de ces barbouzes que l'on rencontre dans nombre de coups tordus.

— Bref, j'ai préféré prendre le large… Mettre quelques milliers de kilomètres entre moi et ceux qui voulaient me faire la peau m'a paru judicieux et urgent. Ils ne rateraient pas leur coup éternellement.

— Et votre vie valait plus qu'une poignée de pierres précieuses…

— Oui… Mais avant de sauter dans le premier avion pour la France, j'ai raflé tout le stock de diamants bruts que l'on entreposait dans le coffre de la société avant de l'expédier chez De Beers.

— N'y avait-il pas là aussi la part de votre associé, Jan ?

— Oui, mais Jan trouvera d'autres diamants. Vous savez, le gisement était très prometteur, ricana Castillo.

Champot esquissa un demi-sourire. Il comprenait mieux pourquoi Thierry Castillo l'avait accueilli l'arme au poing. Comment ne pas se méfier des visites impromptues ? Bien des gens ne devaient pas le porter dans leur cœur ! Avec de telles pratiques, il avait toutes les raisons de se tenir sur ses gardes. Mais à qui la faute ? L'homme ne s'encombrait guère de scrupules. Sa moralité était élastique, fluctuante en fonction de ses intérêts. Même s'il savait se montrer avenant, il n'en restait pas moins redoutable. Être associé avec un aventurier de ce type, c'était courir le risque de se faire doubler. De toute évidence, Castillo avait un sens très personnel de l'honnêteté. Pas étonnant qu'une bande de tueurs cherchât à lui faire la peau ! Qui accepterait de se faire ainsi flouer ?

— Comment avez-vous rencontré Annie ? lui demanda Champot.

— Par pur hasard ! C'était un samedi matin, le jour du marché. Elle faisait des emplettes dans une pharmacie du centre de Saint-Girons. Moi, je cherchais à me procurer des comprimés de quinine pour soigner les crises de paludisme dont je souffre parfois. Le magasin était plein de monde et le préparateur était accaparé par une cliente flanquée d'un insupportable moutard à qui j'aurais bien mis une calotte. Annie m'a souri et nous avons bavardé en faisant la queue. Quand elle a su que j'avais vécu dans le désert du Kalahari, elle a ouvert de grands yeux.

— Elle connaissait ?

— Non… Annie ignorait presque tout de la géographie africaine mais ce continent la fascinait, m'a-t-elle dit.

— Pourquoi donc ?

— Le mythe des grands espaces, l'attrait d'une nature encore vierge, la liberté qu'on peut imaginer y trouver…

— Des clichés !

— Annie était à la recherche d'une certaine pureté. Elle avait le goût de l'authentique et manifestait beaucoup de curiosité pour les civilisations primitives. Bref, je l'ai invitée à boire un café dans le bistrot qui fait l'angle de la rue. Elle a accepté…

Le docteur Champot hocha la tête. Ce que ce gars lui racontait était sûrement exact mais le médecin n'était pas dupe. Si Annie Bergès n'avait pas été une jolie femme plutôt délurée, Castillo l'aurait-il invitée ? Pour cet aventurier qui cultivait la discrétion, l'occasion était trop belle ! Ce séducteur impénitent devait en effet s'ennuyer à mourir dans sa belle villa qui, avec ses hauts murs et son allure de forteresse, ressemblait à une prison dorée. Un bon moyen d'oublier pendant quelques heures les types lancés à ses trousses pour récupérer le magot qu'il s'était approprié. De quoi avaient-ils bien pu converser, sagement assis sur la banquette en moleskine de ce bar ? Des charmes mystérieux de l'Afrique profonde, de l'art primitif que ce berceau de l'humanité avait vu éclore ? Assurément, la prodigieuse imagination de l'homme africain et l'importance du magique dans ces sociétés avaient de quoi subjuguer la jeune femme !

Champot n'avait guère de doutes au sujet de Castillo. Ce type avait le charme des beaux parleurs experts dans l'art d'envelopper les banalités pour les rendre palpitantes. Attirer Annie chez lui avait dû être assez facile... La rumeur laissait supposer qu'elle était devenue sa maîtresse. Mais comment Castillo l'avait-il séduite ? L'avait-il fait asseoir sur ce canapé défraîchi pour passer négligemment son bras autour de ses épaules ? De quels artifices avait-il usé pour la faire tomber dans ses filets ? Lui avait-il servi de l'alcool pour tromper sa méfiance ? Avait-elle livré combat, manifesté des réticences ou, au contraire, succombé rapidement ? Assailli par une curieuse gêne, Champot baissa les yeux, n'osant lui poser franchement la question. Thierry Castillo perçut le trouble du médecin. Il en fut un peu surpris. Les toubibs que sa vie aventureuse en Afrique noire lui avait donné jusque-là l'occasion de fréquenter manifestaient d'ordinaire moins de pudeur ! À moins que le docteur eût nourri sans le formuler quelques sentiments à l'égard de la jeune femme, pensa-t-il.

— Après, vous l'avez amenée à l'hôtel ? bredouilla Champot.

— Elle est venue ici... Mais si vous voulez tout savoir, je n'ai pas couché avec elle.

— Elle n'a pas voulu ? demanda Champot en s'éclaircissant la gorge pour parler d'une voix assurée. Pas cette fois-là ?

— Jamais... Ça vous surprend ?

— Un peu... J'ai du mal à vous croire !

— C'est que je ne suis pas ce dont j'ai l'air...

— Que voulez-vous dire ?

— Je plais beaucoup aux dames mais je ne suis pas le tombeur que vous croyez...

— Les femmes ne vous intéressent pas ? fit Antoine Champot, effleuré par l'idée que ce séducteur puisse être homosexuel.

— Si... Disons que je les préfère plus jeunes.

— Plus jeunes ? Vous voulez dire tout juste pubères, style *Lolita* ?

— Les petites Africaines sont très précoces, confessa Thierry Castillo en rougissant jusqu'à la pointe des oreilles.

Il ajouta, comme pour se dédouaner :

— D'ailleurs, leurs familles les marient tôt !

— Annie Bergès était trop vieille pour vous ?

— Oui... Voilà pourquoi, entre elle et moi, il ne s'est rien passé, ni ce jour-là ni plus tard.

Antoine Champot tourna la tête, esquissant une grimace de profond dégoût. Il était écœuré par l'aveu du bonhomme. Ce comportement lui donnait presque envie de vomir. Quel beau salopard ! Pour un peu, il aurait préféré entendre le récit torride de ses amours avec Annie Bergès, mais il savait que Castillo lui disait la vérité. Sur ce continent où la justice et les lois sont moins strictes qu'en Europe, ce type avait pu laisser libre cours à ses perversions. En même temps, Champot comprenait que la confession de ses penchants pubertaires blanchissait Castillo de toute suspicion d'enlèvement et de séquestration vis-à-vis de la jeune femme. Sa franchise spontanée n'était pas gratuite. Sans doute n'avait-il pas envie qu'on lui colle cette sale histoire sur le dos.

Antoine Champot, dépité, prit congé de Thierry Castillo. Sa visite ne lui avait pas appris grand-chose. Leur relation, de nature purement amicale, s'était bornée à quelques après-midi de ménage dûment rémunérées qui avaient permis à Annie de s'offrir un joli tailleur d'hiver du couturier Cristobal Balenciaga, le même qu'arboraient désormais les hôtesses de la compagnie Air France. Porté avec un chemisier blanc, soulignant les courbes harmonieuses de la jeune femme, il était du plus bel effet. Castillo le lui avait certifié : depuis plusieurs semaines, Annie Bergès badait cet ensemble composé d'une jupe évasée, pourvue d'une poche kangourou sur le devant, et d'une veste courte cintrée à la taille, en vitrine d'une boutique chic du centre de Saint-Girons qui habillait à prix d'or les bourgeoises du pays, toujours soucieuses de se démarquer du peuple des campagnes.

L'hypothèse Castillo s'effondrant, il lui fallait explorer d'autres pistes. Mais lesquelles ? Dans quelle direction fallait-il mener les investigations ? Où trouver un témoin, une indication ? Autant chercher une aiguille dans une meule de foin ! Les gendarmes semblaient persuadés qu'un jour ou l'autre un détail les mettrait sur le chemin de la vérité. L'idée lui vint que le coupable n'était probablement pas bien loin… Il le côtoyait sans doute tous les jours. Ah, si seulement Annie lui livrait un indice ! Champot avait bien conscience que sa guérison devrait passer par la libération de sa parole. Hélas, toujours traumatisée par sa singulière aventure, la jeune femme demeurait en état de prostration, murée dans un lourd silence que le cadre lugubre et déprimant de l'hôpital psychiatrique de Saint-Lizier favorisait.

Quittant Aulus, le docteur Champot emprunta la D 32 en direction d'Ercé. Absorbé par une tornade d'interrogations, il ne prêtait guère attention au bucolique paysage qui défilait sous ses yeux. La nature printanière se parait des mille et une nuances d'une harmonie champêtre de vert tendre, mais Champot avait l'esprit ailleurs. Parvenu au village d'Oust, là où le Garbet se jette dans le Salat, il faillit rater l'embranchement pour Seix. Mettant son clignotant au dernier moment, Champot freina sec pour emprunter la D 3. Malmenée par un virage pris sur les chapeaux de roues, la voiture tangua et les suspensions de l'Ami 6 émirent une plainte lugubre. Le conducteur de la 404 qui le suivait, surpris par cette manœuvre brutale, lança un furieux coup de klaxon qui le rappela à la réalité.

8

Des relents de vieille histoire…

FAUTE DE SAVOIR comment orienter ses recherches, Champot avait renoué avec le rythme monotone du quotidien : consultations le matin et visites à domicile des malades l'après-midi. Il avait beau rester à l'affût d'un indice, aucune information ne filtrait des rencontres journalières que son métier lui laissait espérer. Au café Laborde, dans les rues de Seix, sur la place du village, personne ne parlait plus guère de l'étrange aventure d'Annie Bergès. Le sujet semblait avoir quitté les feux de l'actualité. À une semaine du référendum sur la régionalisation et la rénovation du Sénat, les gens de ce coin des Pyrénées, comme l'ensemble des Français, avaient le regard braqué sur la vie politique. Le général de Gaulle n'avait-il pas annoncé, pour forcer le destin, qu'en cas d'une victoire du « non », il quitterait aussitôt ses fonctions de chef de l'État ?

À Julie Dedieu qu'il avait visitée un soir de grand vent en fin de semaine, Champot avait relaté sa rencontre avec Thierry Castillo. Il l'avait trouvée assise au cantou sur son fauteuil en osier, les pieds bien au chaud dans des charentaises à semelles de feutre, écoutant la bise d'avril mugir dans les grands sapins noirs. Savourant les mots qui tombaient de ses lèvres, la vieille dame l'avait écouté sans l'interrompre. Les yeux mi-clos, elle semblait boire ses paroles, hochant parfois la tête imperceptiblement. Quand il s'était tu, arborant un sourire plein de malice qui ridait ses joues d'une jeunesse défunte, elle l'avait habilement questionné. Elle s'attachait à une intonation, à un geste. Julie voulait tout savoir sur Castillo. La vieille dame se montrait avide des moindres détails, se nourrissant de son récit pour mieux affronter les jours de solitude qui étaient les siens.

— Ce type est un aventurier. Il a un passé trouble, mais je suis sûr que ce n'est pas une bonne piste, avait conclu Champot. Pour lui, la montagne est un refuge. Il veut s'y faire oublier !

— Tu as sans doute raison… D'ailleurs, à force de retourner cette affaire dans ma tête, la nuit, en cherchant le sommeil, il m'est revenu à l'esprit une vieille histoire. Celle de deux filles d'ici qui, en leur temps, ont elles aussi mystérieusement disparu.

— Ici même, à Seix ?

— Non, sur la route de Couflens.

— Dans les mêmes circonstances ?

— Pas exactement… Elles ont quitté leur domicile et on ne les a jamais revues dans le pays.

— Il y a longtemps de ça ?

— Pendant la guerre, avait répondu Julie avant de préciser : Quelques jours après le débarquement des Alliés en Sicile.

— Vous avez bonne mémoire !

— Hélas, c'est bien tout ce qu'il me reste de mes vertes années !

— Et qui étaient ces filles ?

— La première s'appelait Angélique Duprat. Elle avait tout juste vingt-deux ans…

— Vous la connaissiez ?

— Pas plus que ça. Enfin, comme tout le monde, quoi ! Je la croisais dans la boutique de son père qui tenait une petite échoppe de cordonnier à Oust. Un bon ouvrier qui ne manquait pas d'habileté, du reste…

— Il lui en fallait ! En ces années-là, les Boches réquisitionnaient tout. Le cuir était si rare que j'avais des galoches avec semelles de bois, avait soupiré Champot qui ne se souvenait que trop de l'inconfort de ses chaussures qui meurtrissaient ses pieds d'adolescent.

— Quelle époque ! Chez le père Duprat, un jour, j'ai même vu une bourgeoise amener un vieux sac à main pour ressemeler ses bottines usées. Mes souliers en cuir, c'était pour aller à la messe le dimanche. Pour garder les vaches, je portais des sabots…

— Que savez-vous sur cette Angélique Duprat ?

— C'était une belle jeune femme, brune, bien faite de sa personne, avec de grands yeux noirs mystérieux…

— Jolie comme un cœur, que faisait-elle encore chez son père à son âge ?

— Duprat était veuf. Sa femme était morte en 1935, des suites d'une mauvaise grippe. Angélique était ce qu'il avait de plus cher au monde. Rien n'était assez beau pour elle ! Elle n'avait qu'à demander. Le pauvre homme n'osait pas lui dire non. Et, crois-moi, la garce savait y faire ! Bref, il l'avait élevée comme une petite princesse…

— Elle lui tenait son ménage, s'occupait de son linge ?

— Quand elle avait le temps. Angélique était loin d'être une jeune fille modèle ! Déjà, juste avant la guerre, elle passait pour plutôt délurée. Toujours bien habillée, faut voir dans les bals comment elle aguichait les hommes, même ceux qui étaient mariés ! Elle ne se gênait pas… Ah, la donzelle n'avait pas froid aux yeux, si tu vois ce que je veux dire !

— Un peu comme Annie Bergès ?

— Pire ! D'après ce qui se murmurait, elle était totalement dépravée. Comment te dire… amorale !

— Amorale ?

— Oui, Angélique Duprat aimait les hommes au point de passer d'un type à l'autre dans la même soirée ! Les mauvaises langues prétendaient que même les femmes l'intéressaient.

— Et son père ne disait rien ?

— Non. Elle aurait certes mérité une bonne paire de claques et quelques jours au pain sec, mais le pauvre homme l'admirait trop pour la remettre dans le droit chemin ! Quand les Allemands sont arrivés, en novembre 1942, Angélique a quitté la modeste maison de son père et n'a pas tardé à parader à leur côté.

— Elle est devenue une poule à Boches ?

— Oui… Oh, ça n'a surpris personne ! Cette traînée se comportait déjà aux yeux de beaucoup comme une pute… avait lâché Julie Dedieu.

— Elle aurait pu faire preuve de plus de patriotisme !

— Penses-tu ! On la voyait rouler sur les routes du Couserans à toute vitesse dans un cabriolet Traction Avant rouge et noir avec une autorisation de circuler sur le pare-brise !

— Les honnêtes gens du pays devaient l'éviter comme la peste !

— Tu ne crois pas si bien dire : j'en ai vu plus d'un changer de trottoir quand ils la croisaient dans les rues de Saint-Girons. Notamment lorsqu'elle se pavanait au bras d'un grand blond, un type au visage en lame de couteau, les cheveux gominés, bien plaqués en arrière, très séducteur…

— Qui était ce bonhomme ?

— Un agent de la Gestapo de sinistre réputation. On le connaissait ici sous le nom de Gunther Sirach. Il avait un bureau à la Kommandantur.

— Angélique Duprat était donc une collabo de la pire espèce.

— C'est ce que sa débauche pouvait laisser croire… En réalité, et on l'a su après-guerre, elle tirait habilement profit de la présence de l'occupant.

— Comment ça ?

— En ces années noires où le silence était la meilleure assurance sur la vie, je crois qu'Angélique joignait l'utile à l'agréable en jouant sur plusieurs tableaux, avait expliqué sobrement Julie Dedieu. Au dire des bonnes langues, elle fournissait des renseignements précieux aux passeurs d'un réseau, notamment sur les rondes des *Gebirgsjäger,* ces troupes de montagne qui patrouillaient à la frontière.

— Histoire de se dédouaner de ses fréquentations sulfureuses ?

— Probablement… Mais il n'en est pas moins vrai que les passages vers l'Espagne par le port de Salau ont été pendant plusieurs mois des plus faciles. Certains ont prétendu que c'était grâce à elle, qu'elle jouait double jeu, qu'elle travaillait pour l'Intelligence Service et les Anglais… Bref, un peu tout et n'importe quoi !

— Cette histoire me rappelle celle de cette femme que j'ai lue dans le livre de Raymond Escholier, *Maquis de Gascogne.* On l'appelait le Lapin Blanc, la Mata Hari de l'Ariège… Dites-moi, Julie, qu'est-il arrivé à cette Angélique Duprat ?

— Dieu seul le sait ! Elle a disparu par une chaude après-midi de juillet 1943. On a retrouvé son cabriolet garé sur le bas-côté de la route de Couflens, juste après le carrefour de Coumecaude.

— Que faisait sa voiture à cet endroit ? Elle allait chercher des champignons ?

— Hum… Angélique n'était pas du genre à aimer les balades bucoliques ! Sans doute avait-elle un rendez-vous galant… D'après ce qu'a raconté le facteur de Soueix qui passait par là, le moteur de sa voiture était encore tiède. Posé sur la banquette en cuir, son sac à main était ouvert…

— Un vol qui aurait mal tourné ?

— Non, tous ses papiers étaient là. Il y avait même son poudrier, son tube de rouge à lèvres et, choses précieuses en ces années de rationnement, ses tickets d'alimentation du mois.

— La gendarmerie n'a pas fait d'enquête ?

— Bien sûr que si ! Un avis de recherche a paru dans *La Dépêche* à l'époque, mais en vain…

— On n'a jamais su ce qu'il était advenu d'elle ?

— Personne n'a vraiment voulu savoir. Angélique sentait trop le soufre ! Dans les mois qui ont suivi la Libération, le bruit a couru que c'était la Résistance qui l'avait liquidée…

— Improbable, surtout si elle renseignait utilement les passeurs, non ?

— Sans doute. D'ailleurs, Gunther Sirach, son amant officiel, l'a fait chercher par ses sbires pendant quelques semaines. Nul n'a jamais retrouvé sa trace… Et puis, la paix revenue, le mystère de sa disparition s'est enveloppé du voile de l'oubli.

— Et son père, le cordonnier ?

— Duprat en est mort de chagrin en janvier 1945.

Champot avait opiné d'un hochement de tête. Pensif, il avait lentement décroisé ses jambes engourdies. Le chat, un matou de gouttière pure souche, en avait profité pour venir s'installer sur ses genoux où il s'était lové félinement. Dans les instants de silence qui avaient suivi, rythmés par le tic-tac familier de la comtoise, Antoine avait songé que, sans nul doute, les mauvaises fréquentations de cette Angélique ne devaient pas être étrangères au funeste destin que cette sulfureuse jeune femme avait dû connaître. Puisque l'argent ou une crapulerie quelconque ne semblaient pas être à l'origine de sa subite disparition, il y avait tout lieu de craindre que cette affaire ne fût liée à des causes plus inavouables dans une France plongée dans les troubles de l'Occupation. Et si d'aucuns avaient eu vent de quelque chose, ils s'étaient bien gardés de révéler quoi que ce soit. Comme pour ces secrets de famille enfouis au tréfonds des mémoires, malheur à ceux qui feraient éclater la vérité !

— Vous m'avez parlé d'une seconde fille, avait fait Champot.

— Celle-là, elle s'appelait Maria Esteban. Elle devait avoir vingt-cinq ou vingt-six ans. C'était une petite noiraude, assez courte sur pattes. Elle parlait un sabir pittoresque que peu de gens du pays comprenaient.

— Une Espagnole de la Retirada ?

— Oui. Elle et son père sont arrivés en février 1939, dans la foulée des ultimes débris de la division Durruti. C'était dans les derniers jours de la guerre civile… Avec un troupeau des réfugiés, ils avaient passé la frontière dans le dénuement le plus total, les pieds enveloppés dans des chiffons, faute de chaussures. En arrivant, les autorités françaises les avaient dépouillés de tout ce qu'ils pouvaient encore avoir de précieux sur eux.

— Vous la connaissiez ?

— Pendant quelques semaines, Maria et Alfonso, son père, ont travaillé à la Grande Borde, chez les Amiel. Ils curaient à la fourche les étables, pleines du fumier… L'hiver a été glacial cette année-là.

— Une tâche pénible…

— Un travail à vous casser les reins, oui ! Vêtus de misérables hardes, ils faisaient peine à voir… Maria était toute maigrichonne et son père, le nez en lame de couteau, les joues creuses et le poil gris, était sec comme une trique. Je le revois encore, crotté de la tête aux pieds, son pantalon retenu par une ficelle…

— La pauvresse n'était pas du même acabit que la belle Angélique.

— Mon Dieu, non ! Mais au moins, c'était une fille sérieuse que celle-là…

— Ils n'ont pas été internés, fin 1939, comme tous les étrangers considérés comme dangereux pour l'ordre public ?

— Maria et son père ont échappé par miracle au camp du Vernet d'Ariège. Dans les premiers mois qui ont suivi la déclaration de guerre, elle a trouvé du travail à l'usine de pâte à papier de Ledar, chez Matussière et Forest. Sans se plaindre ni rechigner, Maria poussait du matin au soir de lourds chariots de bobines de papier. Puis, elle a dégoté une bonne place. Elle était employée comme femme à tout faire chez un notaire de Saint-Girons. C'était une jeune femme vaillante et courageuse qui ne renâclait pas au travail. Stoïquement, elle acceptait les tâches les plus rebutantes.

— Et son père ?

— Le vieux était tâcheron à la scierie Piquemal. Il habitait une vieille masure vers Pont-de-la-Taule. Le lundi, Maria prenait l'autocar pour venir l'embrasser.

— Et un certain lundi, comme Annie Bergès, elle n'est jamais arrivée…

— Exactement ! Sauf qu'on ne l'a pas retrouvée quelques semaines plus tard errante dans la montagne.

— Elle avait pris le car, ce lundi-là ?

— Fourcade, le chauffeur de l'autobus Citroën, n'a pu l'affirmer avec certitude.

— C'est pourtant lui qui délivrait les billets aux voyageurs.

— Henri était rarement à jeun après le déjeuner…

— Et son père n'a pas été voir les gendarmes pour signaler sa disparition ?

— Alfonso, porter plainte ? Penses-tu ! C'était un réfugié politique. Dans la situation qui était la sienne, mieux valait faire preuve de discrétion. Il s'en est bien gardé.

— Quel point commun y a-t-il entre la disparition de ces deux jeunes femmes ?

— La date ! Curieusement, elles se sont évaporées dans la nature la même semaine.

— La même semaine, dites-vous ?

— Oui, à quatre jours d'intervalle. C'est bien ça qui est étrange…

— Ces deux jeunes femmes se connaissaient-elles ?

— Pas que je sache !

— Elles ne fréquentaient pas le même monde, bien sûr, avait soupiré Antoine Champot, un rien fataliste.

Julie Dedieu s'était alors péniblement extirpée de son fauteuil en osier, la faute aux rhumatismes. Sans un mot, elle avait sorti du buffet en bois fruitier deux petits verres à pied. Puis, saisissant une bouteille couenneuse à l'étiquette illisible, elle les avait remplis à ras bord d'un liquide que la lumière de l'ampoule de quarante watts tachetée de chiures de mouche qui pendait du plafond au bout d'un fil torsadé éveilla d'une couleur dorée aux reflets chatoyants. Avec précaution et malgré le léger tremblement qui depuis quelques mois affectait ses mains, elle en avait tendu un à Antoine Champot. L'œil presque égrillard, elle avait trinqué avec celui qui, pour elle, était plus que son médecin. Délicatement, avec tous les égards que requièrent les choses précieuses, Antoine l'avait porté à ses lèvres, un soupçon d'appréhension plissant son front d'une légère ride.

— Tu m'en diras des nouvelles ! avait lâché dans un souffle Julie Dedieu avant d'ajouter pour balayer ses dernières craintes : Ce n'est pas du poison, tu sais !

Un parfum de fruit lui avait d'abord taquiné les narines. Après avoir marqué un temps d'arrêt, Champot s'était jeté à l'eau et avait avalé une petite gorgée du liquide ambré. Passé la première sensation de brûlure, un goût de prune sauvage lui avait envahi instantanément le gosier, saturant ses papilles. Antoine avait fermé les yeux. Par la magie de l'alambic en cuivre du père Dumas, le distillateur patenté qui faisait alors étape chaque année dans un virage en bord de route, il se retrouvait propulsé en plein cœur d'un été défunt. Pour un peu, il aurait pu entendre le crissement exaspérant des élytres des insectes auquel se mélangeait de temps à autre dans un souffle de vent d'autan le bruit du vol d'un bourdon solitaire. Le palais irradié d'une douce chaleur, reprenant conscience de la réalité du monde qui l'entourait, Champot avait commenté avec un sourire complice :

— Diable, quel parfum ! Cette prune doit avoir une bonne vingtaine d'années…

— Un peu plus de trente ans d'âge. Mon père l'a distillée dans le courant de l'hiver 1937, avait précisé la vieille dame avant d'ajouter : Au fait, je ne t'ai pas demandé des nouvelles d'Annie Bergès. Comment va cette pauvre fille ? Toujours aussi paumée ?

— Ses progrès sont lents. Le chemin de sa renaissance sera long. Il faut qu'elle se sente en confiance, avait expliqué Champot.

— Elle n'a peut-être pas envie de révéler tout ce qu'elle sait.

— J'irai la voir demain, si mes malades m'en laissent le loisir.

Julie avait hoché la tête. Champot était resté un petit moment encore chez la vieille dame, savourant cette prune d'avant-guerre qui, par ces fraîches soirées printanières, faisait si chaud au cœur. Enveloppé dans une nuit aussi épaisse que la pénombre du cantou où la Julie Dedieu chauffait ses vieux os perclus de rhumatismes, Champot était reparti, veillant tout autant à ne pas trébucher sur les pierres aux arêtes polies par les cheminements quotidiens qui pavaient la cour qu'à ne pas se faire mordre le mollet par le chien qui l'avait suivi. Reprenant la route de Seix, le docteur ne pouvait s'empêcher de penser à ce que lui avait raconté la vieille dame. Bercé par le cahotement de l'Ami 6, les mots tournaient en boucle dans sa tête pour forger une évidence : bien qu'elles aient eu lieu en des temps troublés, les disparitions d'Angélique Duprat et de Maria Esteban étaient trop rapprochées pour qu'elles ne fussent pas liées. Et comme ces filles n'avaient aucun point commun apparent, le dénominateur de leur sombre destin ne résidait-il pas dans ce qu'elles avaient pu fortuitement voir ou entendre ? Personne ne le saurait jamais !

Champot était rentré chez lui, l'esprit occupé par d'improbables conjectures. À vingt-cinq ans d'intervalle, existait-il un lien autre que la proximité géographique entre ces deux affaires ? Si les deux premières jeunes femmes avaient connu un sort funeste, Annie avait réussi à y échapper. Comment ? Par quel miracle ? Il n'en savait rien… Mais le docteur Champot avait une certitude : elle était la seule à pouvoir le mettre sur une piste sérieuse. Certes, ces tentatives précédentes n'avaient guère été couronnées de succès, la faire parler ne serait pas facile. Face à ce petit animal effarouché, il lui faudrait faire preuve de psychologie. Mise en confiance, peut-être finirait-elle, au creux de son épaule, par lui livrer un indice, un nom, qui sait ? Champot s'était décidé à rendre de nouveau visite à la jeune femme dès le lendemain, quitte à la pousser dans ses derniers retranchements.

Débarrassé de sa vieille canadienne, il s'était assis à son bureau, histoire de mettre un peu d'ordre dans ses idées. Machinalement, il avait allumé son transistor, un moderne Telefunken tout noir, acheté quelques mois plus tôt lors d'une virée à Toulouse. Réglé sur France Culture, les notes de la *Symphonie n° 7 en la majeur, op. 92* de Ludwig van Beethoven remplirent la pièce. Du doigt, Champot avait cherché la fréquence d'Europe 1, cette radio que certains avaient surnommée en 1968 « Radio barricades », réputée à juste titre pour son indépendance vis-à-vis du pouvoir gaulliste. Entre deux pages de publicité, le journal du soir faisait la part belle à l'éviction d'Alexander Dubček en Tchécoslovaquie. Selon nombre de commentaires politiques, Gustav

Husák, son successeur, en annulant les réformes de l'éphémère Printemps de Prague, ouvrait de toute évidence la voie à la « normalisation » souhaitée par Moscou.

Tout en écoutant les informations d'une oreille distraite, Champot avait mis en route son répondeur téléphonique. La petite cassette se rembobina rapidement et il appuya sur la touche lecture. Trois correspondants avaient cherché à le joindre. Les deux premiers, n'avaient pas laissé leurs coordonnées, probablement impressionnés par le message d'accueil qu'il avait préenregistré. Machinalement, il passa au suivant. Il émanait de Pierre Roche. Champot pensa que, sans doute, il espérait avoir des nouvelles fraîches de celle qu'il considérait comme sa demi-sœur. Aussi fut-il quelque peu surpris d'entendre la voix de l'ex-capitaine annoncer laconiquement : « J'ai peut-être du nouveau. Faudrait qu'on se voie… » Habitué à faire sobre, l'ancien légionnaire n'en disait pas plus. Mais c'était bien suffisant pour piquer la curiosité de Champot qui se promit de passer le voir au retour de sa visite à Annie.

Comme par un fait exprès, le lendemain matin, les clients se succédèrent presque sans discontinuer. À croire qu'une connivence mystérieuse leur avait fait se donner le mot pour envahir sa salle d'attente à l'approche du déjeuner, heure à laquelle la fréquentation était d'ordinaire plus clairsemée. Dans sa hâte de prendre la route pour l'hôpital psychiatrique de Saint-Lizier, après une ultime rhino-pharyngite, Champot expédia une adepte des renouvellements d'ordonnance à répétition pour aller grignoter un bout de pain et un morceau de fromage de Moulis. Sans se l'avouer, par-delà la recherche d'une hypothétique vérité qui le blanchirait, Antoine Champot n'avait pas oublié le trouble ressenti au contact brûlant des lèvres de la jeune femme.

Une heure et demie sonnait au clocher de l'église quand Champot monta dans sa voiture. Bonne bête, l'Ami 6 démarra au quart de tour dans ce bruit si particulier de crécelle métallique du moteur bicylindre des Citroën. À cette heure du jour où les gens s'attardaient à table, la route de Saint-Girons était déserte. Pour discipliner l'excitation qu'il sentait poindre, Champot alluma l'autoradio. Dans les crachotements du haut-parleur, il capta le résumé d'un flash d'informations. La Tchécoslovaquie tenait toujours le haut du pavé. Le journaliste de France Inter s'étendait à loisir sur la démission du rédacteur en chef de *Rude Pravo,* l'organe du parti communiste, une étape de plus dans la reprise en main de l'appareil d'État par les sbires de Moscou.

Trente-cinq minutes plus tard, laissant la capitale du Couserans derrière lui, Champot parvenait aux portes de la cité épiscopale de Saint-Lizier. Sans trop de difficulté, il trouva une place pour se garer sur le parking de l'évêché. De là, il n'avait plus qu'à emprunter la majestueuse allée de marronniers centenaires pour parvenir au cœur du vétuste hôpital psychiatrique départemental. Champot jugea plus convenable de faire un détour par le bureau du docteur Gardel, histoire de signaler sa présence dans le service. L'inamovible secrétaire était à son poste, assise derrière sa machine à écrire Remington, toujours aussi austère et réfrigérée. Tout juste si elle leva les yeux en le voyant paraître. Sans se départir de son air pincé, elle lui jeta un vague « allez-y ! » avec la jovialité d'un croque-mort venant de procéder à une réduction de corps. Il la remercia d'un signe de tête et tira la porte sur cette orpheline du sourire, aussi aimable qu'une porte de prison.

De couloirs en préaux, Champot croisa l'habituelle foule des désorientés au regard étrangement vide des paumés du petit matin. Beaucoup d'hommes fumaient nerveusement, cherchant à calmer une agressivité que l'enfermement cultivait. La plupart de ces pensionnaires, inaptes au travail, déambulaient ainsi à longueur de journée, parfois affectés de répétitions chroniques qui en disaient long sur leur état mental. Travailler à l'HPD, c'était vraiment vivre sur une autre planète, pensa Champot en les voyant assis sur un banc ou une chaise, loin d'un monde qui n'était plus le leur. Que cette atmosphère était triste et lugubre ! Il préférait de loin sa clientèle de petits vieux souffreteux et rhumatismaux qui, même s'ils répétaient un peu toujours les mêmes rengaines, conservaient au fond de leurs yeux malicieux le souvenir des moments agréables du bon vieux temps de leur jeunesse.

Esquivant les malades qui erraient comme des âmes en peine, Champot hâta le pas vers le bâtiment où Annie Bergès était cloîtrée. Partout, la vétusté de l'édifice lui sautait aux yeux, blessures purulentes d'une historique bâtisse mal entretenue : sols usés, éclairage défaillant, gouttières percées, murs boursouflés par le salpêtre… Ce décor suintant la misère ne pouvait guère favoriser la guérison de ceux que les gens de l'extérieur appelaient encore familièrement les « fous ». Au fil des corridors, faute d'avoir rencontré son confrère, le docteur Gardel, pour échanger avec lui sur l'état clinique de sa patiente, une foule de questions se bousculaient dans son esprit. Comment allait-il trouver sa petite malade aujourd'hui ? Aurait-elle recouvré un peu de sérénité ou bien serait-elle rencognée dans l'angle du mur de sa loge comme lors de sa dernière visite ? Allait-elle, dans un élan naturel, se précipiter dans ses bras pour s'y blottir, telle une enfant perdue, ou, au contraire, observer une prudente réserve ?

Parvenu devant la lourde porte de bois qui faisait ressembler sa loge à une cellule de prison, Champot marqua un temps d'arrêt, tout autant pour reprendre sa respiration que pour se composer un visage empreint d'une imperturbable neutralité toute professionnelle. Il tourna la clé et, affichant un sourire courtois pour se donner bonne contenance, il ouvrit doucement la porte pour ne pas l'effrayer. D'un minuscule fenestrou haut placé et solidement grillagé, un rayon de lumière venait, en ce début d'après-midi d'avril, baigner la pièce d'une douceur presque angevine. Allongée sur le bat-flanc métallique, Annie semblait assoupie. Antoine la contempla quelques instants. Sa poitrine, qui n'avait rien perdu de sa superbe, se soulevait au rythme d'une respiration calme.

Champot fit deux pas dans sa direction. Il s'approcha d'elle à pas feutrés. Annie Bergès portait une robe bleu marine à manches longues et un cardigan gris. Sans être bien seyante, le vêtement était moins sinistre que la chemise de nuit grège qu'elle arborait le jour de sa première visite. Percevant une présence étrangère, la jeune femme se redressa brusquement. L'espace d'un instant, un éclair d'angoisse traversa son regard, déformant l'harmonie des traits de son visage. Puis, reconnaissant son visiteur, la panique s'estompa et sa frimousse mutine se détendit, esquissant un timide sourire. Repliant ses jambes, dans un réflexe de femme pudique, elle rabattit sagement sa robe sur ses genoux, les entourant de l'ovale de ses bras.

— Bonjour, Annie !

— Bon... bon... bonjour..., articula-t-elle péniblement.

— Comment allez-vous aujourd'hui ?

— Bi... bie... bien...

— Vous me reconnaissez, Annie ?

— Ou... ou... ouiiiii, répondit la jeune femme en hochant la tête à plusieurs reprises.

— Qui suis-je ? Dites-moi...

— Vous... vous... vous êtes... le...

— Dites-le-moi...

— Ma tête... Oh, ma tête !

— Et votre nom, Annie ? Vous vous en souvenez ? lui demanda Champot.

— Je... je... je ne sais plus ! répondit-elle en éclatant en sanglots avant de cacher son visage entre ses mains.

Il posa affectueusement sa main sur son épaule, accomplissant le même geste protecteur que sa grand-mère en Corrèze pour apaiser, jadis, ses chagrins d'enfant. La jeune femme leva alors vers lui de grands yeux embués de larmes. Elle prononça quelques syllabes décousues. Champot tendit l'oreille. Annie voulait lui dire quelque chose, sans doute quelque chose d'important à ses yeux. Pas question de l'interrompre au moment où elle commençait à parler. Même si beaucoup de confusion l'habitait encore, le médecin observait qu'elle sortait peu à peu de son état de prostration, dominant le traumatisme qui l'avait réduite à l'état de bête. Qu'importe si ces premières phrases étaient incohérentes, ce début était encourageant. Mais évacuer ce passé douloureux allait prendre du temps. Antoine savait qu'en ce domaine, il fallait être patient.

— La re… re… mise… C'est… là… La re… mise…

— De quoi me parlez-vous, Annie ?

— La vieille re… mise… en ruine, articula la jeune femme en faisant visiblement un effort sur elle-même.

— Quelle remise ?

— Remise… en… plan… ches… Milieu des… bois…

— Où ça ?

— Ne sais… pas bien.

— C'est là que vous étiez ?

— Oui… Des… jours… et… des nuits ! Attendre…

D'une voix empreinte d'émotion, si faible qu'elle en était parfois presque inaudible, Annie Bergès lui raconta alors son étrange mésaventure. Son récit, haché, ne laissait pas planer de doutes sur sa véracité. Aveuglée par le phare puissant d'une moto surgie dans la nuit épaisse, la jeune femme n'avait pas vu le visage de son agresseur. Elle n'avait guère eu le temps de se poser de questions. Un vigoureux coup de trique l'avait à moitié assommée, lui laissant un sale goût dans la bouche. Les bras et les jambes entravés par une solide cordelette de Nylon, on l'avait jetée comme un vulgaire sac de patates sur le porte-bagages. À demi-inconsciente, Annie se souvenait des efforts désespérés qu'elle avait faits pour que sa tête ne traîne pas sur le sol enneigé.

Son regard pétillant de bonté, Champot l'écoutait, tous ses sens en éveil. Il se gardait bien de l'interroger pour ne pas l'interrompre. Parfois, la jeune femme se taisait quelques secondes. Cherchait-elle un mot ou l'évocation de certains détails lui était-elle encore trop douloureuse ? En ces moments où chaque instant de silence faisait du bruit, la mansuétude naturelle que la jeune femme pouvait lire dans les yeux de Champot constituait le meilleur des encouragements. Libérer sa parole, n'était-ce pas lui donner le moyen de se reconstruire ? Et, bribe par bribe, mot par mot, le docteur Champot découvrit, à travers son récit syncopé, la rocambolesque mésaventure dont Annie Bergès avait été la victime.

Déposée sans grands ménagements sur un tas de planches vermoulues qui s'étaient à moitié effondrées sous son poids, Annie n'avait repris que très lentement ses esprits. Une odeur putride de moisi rendait l'air nauséabond, lui donnant envie de vomir. Le cœur au bord des lèvres, une douleur lancinante lui avait envahi le crâne. Les bras et les jambes saucissonnés, un bandeau sur les yeux, la bouche fermée d'un large morceau de ruban adhésif pour éviter que ses cris ne donnent l'alerte, elle avait eu beau gigoter en tous sens, elle s'était trouvée réduite à l'impuissance. Une foule de questions sans réponses l'avaient assaillie. Que faisait-elle là ? Qui l'avait agressée ? Assurément un homme aux bras assez solides pour la trimbaler comme un vulgaire ballot ! Elle avait senti son souffle sur son visage. Une haleine fétide qui puait le tabac et le gros rouge. Mais que lui voulait-on ? Pourquoi l'avoir enlevée ? L'appétit sexuel qu'elle éveillait d'ordinaire chez les hommes n'en était pas la cause. D'ailleurs, son ravisseur n'avait même pas cherché à s'en prendre à sa vertu…

La jeune femme avait d'abord été détenue dans ce qu'elle pensait être un appentis en ruine perdu au milieu de la forêt. Cette première nuit avait été atroce. Le corps tétanisé de courbatures sur son inconfortable bat-flanc, Annie avait grelotté de froid de longues heures durant. Peu à peu, elle avait fini par perdre toute notion du temps. Submergée de désespoir, elle avait pleuré toutes les larmes de son corps. Elle avait beau rester attentive au moindre bruit du dehors, seul un pesant silence était venu répondre à ses angoisses. La panique la gagnait par crise. C'était peut-être ça, la mort, cette solitude infinie et glacée, ce néant cosmique dans lequel elle s'enfonçait comme dans un puits sans fond. Personne ne viendrait jamais la chercher dans cette remise dont le toit en planches à demi effondré disparaissait sous les ronces qui l'engloutissaient un peu plus chaque printemps. Et dans quelques mois ou quelques années, un chercheur de champignons plus téméraire que les autres retrouverait son squelette blanchi…

La jeune femme parlait d'une voix blanche. Les mots étaient parfois à peine compréhensibles. Combien d'heures était-elle restée là ? Annie n'en avait nulle idée. Par moments, elle s'assoupissait, vaincue par l'épuisement, pour se réveiller, frissonnante, saisie d'une peur incontrôlable. Et puis, au fil des heures, la soif, prélude à la faim, avait commencé insidieusement à la tenailler. Sa bouche était devenue sèche. À demi hagarde, éreintée, sans avoir conscience du temps qui s'était écoulé depuis son rapt, Annie avait enfin perçu un bruit. Tendant l'oreille, elle avait compris que quelque chose s'approchait d'elle. Était-ce une bête, un de ces sangliers qui pullulaient dans la forêt, fouissant du groin le sol à la recherche de vers, de tubercules ou de rhizomes ? Une sueur glacée avait nimbé son front d'un voile de peur. Non, pas de doute... C'était le bruit d'un pas. Un homme ou une femme ! Et, l'espace d'un instant, l'espoir était revenu. Enfin, on allait la délivrer... Son calvaire allait prendre fin ! Son cœur avait follement battu la chamade. Et comme un ver de terre, elle s'était tortillée pour attirer l'attention.

— Et c'est à ce moment-là que vous avez réussi à vous échapper ? lui demanda Champot.

— Non... Plus tard...

Son espérance avait été, hélas, vite déçue ! Retournée sans ménagements sur son bat-flanc de planches vermoulues, elle n'avait senti qu'un souffle court et aviné se pencher sur elle. On s'assurait de la solidité des liens qui l'entravaient. Puis, hissée sans un mot sur une épaule vigoureuse, extraite de ce hangar en ruine dans l'air glacé du petit matin, elle avait été promptement jetée sur une surface métallique froide, sans doute le plateau d'une remorque ou d'une camionnette. Annie n'avait guère eu le loisir de réfléchir à sa nouvelle situation. Au bruit du démarrage de l'engin, elle avait identifié un moteur Diesel. Le véhicule s'était ébranlé dans le cahotement d'un mauvais chemin creusé d'ornières profondes. Régulièrement, elle sentait sa tête cogner contre la ridelle de fer du véhicule. Où allait-elle ? Vers la liberté ? Vers une nouvelle prison ? Annie avait tenté de desserrer la cordelette qui lui enserrait les poignets. En vain ! Impossible pour elle de sauter en marche comme elle l'avait vu faire au cinéma. S'arc-boutant sur les pieds pour se caler tant bien que mal dans une inconfortable position, elle avait pris son mal en patience, s'astreignant à compter les secondes pour tenter de mesurer le temps.

Le trajet avait duré vingt bonnes minutes au moins. Il s'était achevé par l'emprunt d'un autre mauvais chemin. À nouveau portée sur l'épaule, elle avait essayé de se rasséréner comme elle pouvait. Son ravisseur n'avait pas l'intention de la tuer. Enfin, pas tout de suite... Sinon, il l'aurait déjà fait. Mais de qui était-elle l'otage ? Et pourquoi ? La jeune femme ne se connaissait pas d'ennemi... Aux hommes, elle n'avait apporté jusque-là que des nuits de bonheur où la joie de posséder sans retenue un corps aux formes divines s'exaltait dans des étreintes passionnées. Mais à sentir cette poigne puissante la saisir sans ménagement par les bras et les jambes, celui-là n'avait visiblement aucun désir charnel. La courbe harmonieuse de ses seins, le galbe de ses hanches ne l'inspiraient pas ! Sa grosse main pourtant posée sur la cambrure de ses reins, son ravisseur ne prêtait nulle attention à ses charmes. Il la maintenait fermement sur son épaule, simplement guidé par un souci d'efficacité.

Puis, brusquement, son ravisseur s'était arrêté. Cherchait-il à reprendre son souffle ? Non, car malgré l'effort, sa respiration était calme. Annie avait perçu le bruit métallique d'une serrure, puis un raclement, évoquant une porte qui s'ouvre. Elle avait senti qu'ils descendaient quelques marches. Une odeur fade de moisissure lui soulevait le cœur. Ils avaient dû pénétrer dans un sous-sol ou dans une cave salpêtreuse. À plusieurs reprises, sa tête et ses fesses avaient touché une voûte de pierre. Sans doute le plafond de sa nouvelle geôle était-il bas. Son ravisseur lui-même avançait courbé. Puis, d'un coup d'épaule, l'homme l'avait jetée sans un mot sur une paillasse à demi pourrie. Après lui avoir sèchement collé deux magistrales gifles, histoire de ne pas lui faire oublier qui était le maître de ces lieux immondes, son kidnappeur avait tranché ses liens qui la saucissonnaient telle une momie.

Meurtrie et terrifiée, sans même oser enlever le sac qui lui couvrait la tête, Annie, tremblante de peur, s'était carapatée dans un coin de la pièce, préférant de loin la compagnie des araignées à celle de ce brutal geôlier. Sans un mot, son ravisseur avait tourné les talons, l'abandonnant à son triste sort. La lourde porte s'était refermée sur les pas de son bourreau et le bruit sinistre du verrou avait sonné le glas de toutes ses espérances. Son destin semblait scellé. Elle pouvait toujours crier, qui viendrait la chercher ici ? Elle allait mourir lentement, crever comme une bête, loin de tous. Mais qui était ce type ? Un fou, un malade mental, un psychopathe, un pervers ? En un geste rageur, elle avait rejeté le sac de jute qui l'étouffait. Dans un maigre rai de lumière grise filtrant entre deux pierres disjointes au ras du plafond, elle avait découvert sa nouvelle prison.

— Dites-moi, Annie… Où étiez-vous ?

— Dans une jaça…

— Une jaça ! Perdue en pleine montagne ?

— Oui…

Grâce à ses randonnées effectuées à la belle saison, Champot connaissait bien les jaças, ces traditionnelles cabanes d'estive utilisées par les bergers du haut Couserans, l'été, pour garder le troupeau et faire les fromages, pendant que le reste de la famille demeurait dans la vallée, occupé aux travaux de la ferme. Ces édifices que l'on nomme « orri » en Vicdessos, « cujalà » en Béarn, « cayolar » au Pays basque, semblables aux burons du Cantal ou de l'Aubrac où l'on élabore la tomme, avaient été progressivement abandonnés au milieu du siècle. Témoignages d'un temps où les montagnes étaient densément peuplées, la plupart tombaient désormais en ruine, offrant le triste spectacle de leurs voûtes de pierre décharnées, s'effondrant au fil des saisons et des jours. Dans un sursaut de désespoir, Annie avait voulu se lever mais, avec à peine un mètre quarante de hauteur, on ne pouvait tenir debout dans la jaça. Ici, on vivait à genoux. Le mobilier de sa prison était réduit à sa plus simple expression : un bat-flanc en lauze, un jas, recouvert d'une brassée de fougères moisies qui servait de lit. Sur une grande pierre plate, sans doute à usage de table, une casserole en fer-blanc contenait un bon litre d'un brouet aigre et froid qui tenait plus de la soupe donnée aux cochons que du potage de légumes.

Annie s'était précipitée dessus avec avidité. Mal lui en avait pris ! Elle n'avait pas digéré l'infect breuvage. Toute la nuit, de violentes coliques lui avaient tordu le ventre. Pliée en deux sur sa couche putride, elle avait enduré le martyre, jurant ses grands dieux qu'elle préférerait affronter les affres de la faim que ceux de la dysenterie. Au petit matin, dans la lueur glacée du rai de lumière qui la raccrochait à la vie, l'abdomen encore perclus de contractures, elle avait minutieusement examiné les moindres recoins de sa prison. L'anfractuosité des pierres, les fenestroles, ces niches où les bergers de jadis rangeaient les ustensiles pour fabriquer le fromage, n'avaient bientôt plus eu de secret pour elle. À force d'explorer la jaça, autant avec les doigts qu'avec les yeux, elle avait fini par découvrir, aux trois quarts enfouie dans le sol, ce qui lui était apparu comme un véritable trésor : une vieille cuillère à demi rouillée. Nantie de cet outil, l'espoir insensé lui était revenu de recouvrer la liberté…

Prisonnière de cette pénombre humide, elle en était pourtant encore loin ! Les minutes lui paraissaient des heures, les heures des jours et les jours des semaines… Champot lui avait demandé combien de temps elle était restée dans cette jaça. Cinq ou six semaines ? Annie n'en avait qu'une vague idée. Elle, d'ordinaire si coquette, avait désormais abandonné toute prétention esthétique. Qu'importe si son pantalon noir tout déchiré et son pull-over rouge en lambeaux la faisaient ressembler à un maraudeur depuis plusieurs mois sur le trimard ! Elle n'en avait cure… Une seule obsession occupait ses pensées : s'enfuir. Les jours passant, la jeune femme avait cru devenir folle… Une âme charitable finirait-elle par lui porter secours ? Écrasée par le silence, elle guettait vainement les bruits extérieurs. Pour ne pas perdre complètement la raison, Annie avait essayé au début de compter les jours. À son réveil, elle s'astreignait à creuser du manche de sa cuillère une marque sur un morceau de calcaire tendre. Mais peu à peu, elle avait décroché… Pour lutter contre le découragement et l'abandon qui la minaient, elle avait inlassablement récité à haute voix les bribes des quatre ou cinq poésies qu'elle avait laborieusement apprises à l'école primaire sous la férule d'un maître autoritaire.

Hélas, ce remède n'était pas suffisant pour lui redonner l'espérance. Peu à peu, elle perdait le sens des mots et l'incohérence la gagnait. Alors, elle, pourtant si peu croyante jusque-là, avait fini par se remémorer des phrases de ce Notre Père jadis ânonné sur les bancs du catéchisme en Lot-et-Garonne. Des heures entières, elle les avait répétées, mécaniquement, mêlant en une foi naïve rituel et spirituel. De même, pour entretenir son corps afin de mieux dominer son esprit, elle s'était attachée à pratiquer des exercices de gymnastique rudimentaires. En vain. Elle sentait que, jour après jour, la démence s'emparait d'elle, insidieusement. Si elle perdait conscience, elle ne s'en rendrait même pas compte ! Dans cette jaça qui devenait son tombeau, Annie, quand il ne lui restait plus d'eau, se surprenait, telle une bête, à lécher la pierre humide des murs salpêtreux pour trouver de quoi apaiser sa soif.

Tous les cinq ou six jours, la porte de la jaça s'ouvrait et son geôlier lui jetait une boule de pain moisi sur laquelle elle fondait en un instinct animal. À plusieurs reprises, Annie avait essayé de profiter de l'occasion, de bousculer son ravisseur et de prendre la tangente. Mais une rude bourrade l'avait chaque fois repoussée à terre sans qu'elle ne puisse voir le visage de son bourreau. Alors, avec pour seul outil le manche de sa cuillère en fer-blanc, la jeune femme avait entrepris de retrouver autrement le chemin de la liberté. Opiniâtre, elle avait passé des heures à travailler sur le minuscule rai de lumière qui filtrait de la toiture gazonnée de la jaça. Annie raconta à Champot comment, l'oreille toujours aux aguets, elle s'était acharnée patiemment à dessertir les blocs de pierre mal équarris. Au moindre bruit suspect, le cœur haletant, elle remettait les pierres en place, se collant le dos au mur pour dissimuler son travail de fourmi.

Il lui avait fallu presque trois jours pour réaliser une minuscule ouverture sur le ciel gris d'une après-midi d'avril. La bouffée d'air glacé qu'elle avait alors goulûment respirée l'avait galvanisée. Frénétiquement, avec l'énergie du désespoir, mais toujours dans la crainte de voir surgir son ravisseur, elle avait redoublé d'efforts pour dégager bientôt un passage assez large pour y glisser son corps amaigri par des jours d'un régime frugal. Dans la lumière déclinante d'un printemps humide, elle s'était ainsi retrouvée dans un pré de fauche, abandonné des hommes comme de Dieu. Et telle une bête libérée d'un piège, elle avait fui droit devant elle, sans prendre garde aux ronces et aux ajoncs qui lacéraient ses bras et ses jambes dans sa course folle. Dix fois, elle était tombée par terre et, dix fois, elle s'était relevée, les genoux en sang. Épuisée, le souffle haletant, la bouche sèche, elle avait fini par trouver refuge au cœur d'un épais massif de buis. Et là, à l'abri des regards, elle avait pleuré nerveusement toutes les larmes de son corps.

Comme ces biches aux abois poursuivies par une meute hurlante de chiens rendus féroces par la perspective de la curée, ne sachant où aller, dans la crainte permanente de croiser son bourreau au détour d'un chemin, la jeune femme avait mené une existence de bête sauvage. Elle dormait le jour d'un sommeil léger, ne sortait qu'à la nuit, dans l'espoir de trouver à manger. Elle s'était nourrie de feuilles, de racines, creusant le sol de ses ongles pour déterrer des glands pourris de l'automne défunt. Elle buvait l'eau claire du ruisseau, évitant de croiser son reflet, digne d'une brèicho, ces sorcières des temps anciens. Couverte d'ecchymoses et de plaies purulentes, le corps martyrisé par les branches, son errance avait duré deux bonnes semaines. Seule la faim l'avait poussée à quitter en plein jour la matte de buis dont elle avait fait sa retraite. C'est ainsi que les deux pêcheurs l'avaient découverte, le long du ruisseau.

Champot l'écoutait, sans oser l'interrompre, mesurant l'effort qu'elle faisait sur elle-même pour assembler ses phrases. Peu à peu, Annie retrouvait une syntaxe plus souple, plus naturelle. Mais parfois, à l'évocation d'un détail, sous le coup de l'émotion, les mots s'étranglaient dans sa gorge en un borborygme étouffé. La bouche ouverte, la jeune femme cherchait alors péniblement sa respiration. Ses yeux s'arrondissaient et elle finissait par ressembler aux truites de sa jeunesse, qui battaient désespérément des ouïes lorsqu'il les péchait à la main dans les eaux vives de la Vézère, près de Treignac. Le souffle court, le regard inquiet, elle essuyait une larme d'un revers de main. Alors, Antoine lui tapotait affectueusement l'épaule du bout des doigts pour lui témoigner sa compassion et l'inciter à poursuivre son récit, le plus court chemin vers sa reconstruction.

Il fallut un long moment à Annie pour venir à bout de sa terrible confession. Quand elle se tut, la jeune femme fondit en une cascade ininterrompue de pleurs sur son épaule. Champot la laissa faire, conscient que les larmes tièdes qui coulaient dans son cou contribueraient à sa rémission. Il en avait ainsi plus appris en trois heures que les gendarmes en plusieurs jours d'enquête. Mais au final, l'identité de son kidnappeur et le mobile de son rapt demeuraient mystérieux. La jugeant épuisée, à bout de nerfs, il la fit s'allonger sur le lit, lui caressa la joue, comme jadis il le faisait avec ses enfants, en Algérie. Annie ferma les yeux et, apaisée, elle s'endormit. Champot en profita pour se retirer sur la pointe des pieds. Avant de quitter l'hôpital psychiatrique, il tint à voir son collègue, le docteur Gardel.

— Alors, mon cher confrère, comment avez-vous trouvé notre patiente aujourd'hui ? lui demanda Gardel.

— Mieux... Beaucoup mieux !

— Les soignants m'ont rapporté qu'elle était en effet moins agitée, moins agressive.

— Vous avez cessé de lui administrer du Largactil ?

— Oui, depuis trois jours…

— La matraque liquide n'était plus nécessaire ?

— Les pathologies dont elle souffre le laissaient penser. Son évolution comportementale le confirme. Votre patiente est sortie de son état de prostration. Vous avez même pu observer qu'elle recommence à parler.

— Elle m'a longuement raconté son aventure. Les souvenirs reviennent assez bien, même s'ils sont encore douloureux.

— Il lui faudra du temps pour dépasser son traumatisme, mais sa guérison me semble en bonne voie. Demain, je la ferai transférer dans un quartier plus ouvert. On pourra lui confier des petits travaux, de la couture ou du jardinage, un moyen de se resocialiser.

Prenant congé, Champot le remercia chaleureusement pour le soin qu'il prenait d'elle. Gardel esquissa alors un petit sourire, jugeant que son confrère manifestait, lui semblait-il, un peu plus que de l'attention professionnelle vis-à-vis de sa jolie patiente. Mais qui aurait pu lui en vouloir ? La jeune femme, malgré son attifement sans grâce de pensionnaire de l'HPD, conservait assez de charme pour séduire un quadragénaire, fût-il son propre médecin. Il le regarda s'éloigner, pensif, songeant à la sévérité glaciale de Mlle Duran qui, empreinte d'une consciencieuse rigueur tout administrative, lui servait de secrétaire depuis tant d'années. Si la perception d'un confortable salaire mensuel était l'un des avantages de sa fonction, la médecine libérale avait aussi de bons côtés !

Engagé dans l'allée des Marronniers qui conduisait à la sortie de l'hôpital psychiatrique départemental, Antoine Champot jeta un rapide coup d'œil à sa montre-bracelet. Sa visite à Annie avait été plus longue que prévue. Il n'était pas loin de cinq heures et, déjà, la lumière du jour déclinait par-dessus l'écrin des crêtes toutes proches. Dans un peu plus de deux heures, le soir napperait la vallée d'une chape de fraîcheur. Alors autant se dépêcher car la route qui conduisait à la métairie de Sarrat, cette borde perdue à l'ombre tutélaire du mont Valier, n'était pas des plus aisées à emprunter à la nuit tombée. Raide et à peine carrossable, la carretière tenait plus des pistes des pays du tiers-monde que d'un paisible chemin de la France profonde. Fallait-il qu'il eût besoin de solitude pour mieux faire la paix avec lui-même et avec l'histoire pour que l'ex-capitaine des parachutistes ait élu domicile dans ce bout du monde, oublié des hommes et de Dieu ! Voir la fumée s'enfuir en volutes dispersées au vent d'avril le rassura : Roche était là. Champot gravit les marches usées de l'escalier de pierre, frappa du poing à la porte couturée de clous rouillés et poussa le lourd battant.

— Ah, docteur... Entrez donc ! fit Pierre Roche, assis au coin du feu dans un vieux fauteuil, en voyant la silhouette de Champot se découper dans l'encadrement de la porte.

— J'ai eu votre message. Vous avez du nouveau, paraît-il.

— Oui… J'ai repensé à tout ce que vous m'aviez raconté sur les circonstances de la disparition d'Annie. Sachant qu'on ne s'évapore pas comme ça d'un coup de baguette magique, je suis retourné sur place.

— Dans l'espoir de trouver de nouvelles traces ? Votre premier ratissage avait pourtant été infructueux…

— Non, juste pour essayer de comprendre. L'ancien coureur de djebel que je suis a donc fait un nouveau quadrillage très serré des environs.

— Et alors ?

— Eh bien, figurez-vous qu'à moitié caché sous une grosse matte de ronces, j'ai découvert les ruines d'un vieux hangar en bois. Oh, il faut vraiment tomber dessus !

— Il est loin de l'embranchement de Borderouge ?

— À peine à quelques centaines de mètres à droite de l'endroit où Annie a disparu…

— Et les gendarmes ne l'ont pas remarqué lors de leurs investigations ?

— Probablement pas. Ils n'étaient sûrement pas très nombreux pour fouiller le coin et puis ce hangar est au creux d'une minuscule déclivité presque invisible au milieu de la végétation ambiante. Le toit est passablement effondré et les planches, rongées d'humidité, sont couvertes de mousse et de lichen.

— Bref, un camouflage parfait…

— Oui, on peut passer à deux mètres sans le voir, comme moi la première fois.

— Vous êtes entré dedans ?

— Non sans mal ! La porte est à moitié obstruée par des ronces aussi grosses que mon pouce... À l'intérieur, tout est en ruine, mais Annie a séjourné quelques jours ou quelques heures dans cette cahute.

— Qu'est-ce qui vous permet de l'affirmer ? Vous l'avez fouillée ? Vous avez trouvé quelque chose ?

— Oui. Il y a une sorte de mauvais bat-flanc fait d'un vieux tas de planches vermoulues. J'ai tout retourné et, entre deux bardeaux, j'ai trouvé ceci... dit Pierre Roche en montrant au médecin un bracelet artisanal en cuir brun comme ceux que les hippies achetaient au marché de Saint-Girons.

— C'est le sien ?

— Il est gravé à son nom.

— Ce que vous me dites correspond au récit d'Annie, lui répondit Champot en hochant la tête.

— Vous l'avez vue ? Elle va bien ? demanda Roche, la voix cassée.

— Oui. Je rentre tout juste de l'hôpital psychiatrique de Saint-Lizier... Son état s'améliore de jour en jour, mais patientez quelque temps avant de lui rendre visite. Elle est encore très fragile...

— On le serait à moins après une telle aventure ! Rendez-vous compte, elle a passé presque six semaines dans cet immonde appentis !

— Elle n'a fait qu'y transiter...

— En tout cas, ce hangar a déjà servi de planque par le passé. Sans doute les maquisards devaient-ils y entreposer des armes ou des munitions. En fouillant, j'ai trouvé un clip de cartouches pour Mas 36 et des tickets d'alimentation de la dernière guerre. Tenez, regardez... Il y a même une carte de travailleur étranger de 1943, sans doute celle de son ancien propriétaire, ajouta Roche en tendant à Champot un petit paquet passablement jauni dont les bordures étaient dentelées de moisissure.

Soigneusement plié, il y avait là un ensemble de tickets de pain, de lait, de sucre, de viande, de pommes de terre, tout ce qui permettait dans ces années noires d'Occupation de se procurer de quoi ne pas crever de faim. Tous portaient la lettre A, identifiant des rations pour adultes. Un lot de précieux points textile figurait même dans la liasse. Champot effeuilla les documents sans éprouver aucune nostalgie. Lui aussi avait souffert des carences du ravitaillement dans ces années-là. Lycéen, puis jeune étudiant en médecine à Limoges, appartenant à la catégorie des J 3, il avait pourtant bénéficié de rations légèrement supérieures à celles des adultes, qui ne recevaient, eux, que deux cent soixante-quinze grammes de pain, vingt-cinq grammes de viande et dix-sept grammes de sucre journellement. Bien sûr, il y avait le marché noir. Le trafic remplissait les poches des commerçants peu scrupuleux, ces « BOF » – beurre-œufs-fromage – qui vendaient à prix d'or les marchandises introuvables, n'hésitant pas à conclure de juteux marchés avec l'occupant. Hélas, ses modestes ressources financières tout autant que son éthique morale ne lui permettaient guère d'y recourir. Sans avoir vraiment faim, il avait enduré les privations. De quoi vous ôter toute envie de gaspillage pour le restant de votre vie !

Champot compulsait les feuillets rongés d'humidité quand le nom porté d'une écriture délavée sur la carte d'identité de couleur vert bouteille du Groupement des travailleurs étrangers attira son attention. Il fronça les sourcils et lut : Maria Esteban. Celui de la jeune femme qui avait mystérieusement disparu en 1943 ! Champot esquissa un petit rictus. Il retourna le document avec la précaution d'un paléontologue devant un os de dinosaure du crétacé. Une ride d'interrogation lui barra le front. De toute évidence, il y avait un rapport entre les deux affaires. Sa formation scientifique l'incitait peu à croire au hasard. L'histoire bégaye rarement… Mais quel lien, à plus de vingt-cinq ans d'intervalle, pouvait-il y avoir entre ces deux disparitions ?

9

Le clan des Bonnefont

POUR CHASSER la perplexité qu'il lisait sur son visage, l'ex-capitaine avait invité le médecin à déguster un doigt de muscat de Rivesaltes, une manière aussi de fêter la progression de leurs investigations et d'asseoir la convergence de leurs intérêts. Assis au coin du feu sur un fauteuil aux ressorts fatigués, un verre à la main, Antoine Champot avait expliqué à Roche l'étrange concomitance que ce document d'identité faisait surgir de la nuit de l'oubli. La découverte du lieu où Annie Bergès avait été brièvement séquestrée remettait en lumière la mystérieuse disparition de Maria Esteban. Si aucun élément ne permettait de relier ces deux affaires à celle de la sulfureuse Angélique Duprat, l'un comme l'autre partageaient le même sentiment : il y avait fort à parier que ce hangar ait accueilli des activités moins bucoliques qu'il n'y paraissait. En silence, presque religieusement, Roche l'avait écouté avec beaucoup d'attention. En bon praticien attentif aux signes cliniques de ses patients, Champot avait observé que, lorsqu'il parlait d'Annie, le cynisme moqueur de son regard cédait la place à une expression de tendresse. Derrière le masque du soldat désabusé, il y avait un homme sensible dont les épreuves de la vie avaient fait un écorché vif.

— Bref, vous voyez, conclut Champot, nous ne sommes pas au bout de nos peines...

Ces découvertes fortuites ouvraient la porte à une foule de questions qui restaient sans réponse. Cette cahute, tombant aujourd'hui en ruine, avait-elle été le théâtre d'autres drames ? En retrait de la route, le site était assez isolé pour avoir servi, dans les temps troublés de l'Occupation, de planque, de refuge, voire de lieu d'exécution. Même aujourd'hui, les chasseurs de sangliers, tout comme les bûcherons ou les chercheurs de champignons à la saison des cèpes, des girolles et des rousilhous, ne semblaient guère fréquenter le coin... Qui pouvait donc en être le propriétaire ? Depuis que la Révolution française avait aboli le droit d'aînesse, les nombreux partages successoraux avaient contribué à l'émiettement des parcelles forestières. L'identification de l'ayant droit leur fournirait-elle des indications ? Rien n'était moins sûr... Pierre Roche, n'ayant aucune contrainte professionnelle, proposa au docteur d'aller, le lundi ou le mardi suivants, consulter les services du cadastre à Foix.

— Découvrir le numéro exact de ce terrain, sans point de repère, ne sera pas chose aisée, objecta Champot en esquissant une moue dubitative.

— On pourrait essayer de se renseigner à la mairie ou parmi les bûcherons qui fréquentent le café Laborde.

— Inutile d'ébruiter nos recherches... Il vaut mieux s'adresser à Julie Dedieu. Elle connaît le pays comme sa poche ! J'irai la voir. Ce serait bien le diable si je ne glane pas quelques informations, fit Champot en se levant pour prendre congé.

Pierre Roche lui serra chaleureusement la main et le raccompagna sur le perron de la vieille demeure. Dehors, la nuit était tombée. Un petit vent glacial balayait les crêtes, rendant les montagnes plus proches. En descendant l'escalier de pierre aux marches usées par les générations de forçats de la terre qui s'étaient succédé dans cette borde perdue, Champot releva frileusement le col de sa canadienne. Il monta dans sa voiture et, précautionneusement, l'Ami 6 s'engagea sur le chemin en pente pour rejoindre la petite départementale. Sur le perron, les mains enfoncées dans les poches de son pantalon de velours côtelé, Roche regarda la Citroën s'éloigner. Ce type-là est plein d'une bonté humaine rare en cette époque où l'individualisme travaille de concert avec le consumérisme galopant, pensa-t-il. Réconforté par la conviction intime qu'au-delà de toute considération médicale l'intérêt que Champot portait à Annie n'était pas guidé par des motifs équivoques, le médecin lui apparaissait plein d'une générosité lumineuse.

Contrairement à nombre de ces quadragénaires en quête des restes de leur jeunesse passée qui, au milieu du gué, affichaient, plus que de l'épicurisme, la farouche volonté de jouir des plaisirs de l'existence, Champot n'était motivé que par la soif de justice et de vérité. Autant de valeurs qui allaient droit au cœur de l'ex-capitaine en rupture de ban avec un ordre institutionnel qui l'avait trahi en abandonnant l'Algérie, parjurant la parole donnée. Pour lui, cette attitude ne pouvait qu'être respectable à l'heure où la France, déjà révolutionnée par la génération *Salut les copains* des « yé-yé », selon l'expression du sociologue Edgard Morin, entrait, en cette fin des années soixante, dans l'âge de la pop music et du rock, symboles décadents d'une chienlit que les événements de Mai 1968 avaient illustrée quelques mois plus tôt sur le plan politique. Ainsi, la personnalité charismatique du docteur le réconciliait un peu avec cette société qu'il avait voulu fuir en venant s'installer ici, dans cette montagne pyrénéenne, à ses yeux, terre de pureté et d'honneur.

Après un samedi maussade où la salle d'attente de son cabinet n'avait pas désempli, épidémies de rhino-pharyngites et de bronchites obligent, l'estomac lesté d'un copieux fricot de haricots, Champot profita de sa traditionnelle promenade dominicale pour aller voir le hangar découvert par Roche. Non sans mal, dans la lumière rasante d'avril qui plongeait, en cette fin d'après-midi, derrière les crêtes sombres des montagnes, il parvint à dénicher la cabane. Perdu au milieu des bois, loin de toute sente, l'endroit, un léger talweg encombré de ronces et de bois mort, était lugubre à souhait. Comme Roche, il fouilla méticuleusement les ruines, mais en vain. En dehors des planches vermoulues et désagrégées par l'humidité, d'une vieille lame de passe-partout rouillée et d'un rouleau de quelques mètres de fil de fer, il n'y avait rien. Un peu dépité par l'absence d'autres indices, il en conclut que le séjour d'Annie en ce lieu sinistre avait dû être bref. Même si le coin était désert, son ravisseur ne pouvait en effet prendre le risque qu'elle se libère de ses liens ou qu'elle soit découverte par un promeneur égaré.

Champot attendit trois jours avant d'aller voir Julie Dedieu. Il ne voulait pas avoir l'air de se précipiter. En fin de matinée, le jeudi 24 avril, les clients étant plus rares, il décida de monter à la ferme. Dans sa voiture, il tourna par habitude le bouton de l'autoradio de l'Ami 6. Dans un crachotement, la voix ensoleillée du journaliste Georges Lourier laissa place à celle du speaker pour le journal parlé. Tandis que le haut du pavé de l'actualité internationale était tenu par le réquisitoire enflammé que Bernadette Devlin avait prononcé à la Chambre des communes à Londres contre le comportement de la police britannique en Irlande, par les violents combats au Biafra en Afrique et par la clôture du 9e Congrès du Parti communiste chinois mettant fin à la Révolution culturelle, la France, à quelques jours d'un référendum incertain pour le pouvoir gaulliste, retenait sa respiration.

Vingt minutes plus tard, il parvenait à Fabas. Profitant d'un maigre rayon de soleil, Julie était dehors, en train d'étendre son linge sur un fil de fer qui courait entre un frêne que le vent d'hiver avait effeuillé et le hangar couvert de planches bitumées où une antique charrue achevait de rouiller. Malgré ses rhumatismes et les engelures qui crevassaient ses doigts déformés, elle avait tenu tant bien que mal à rincer la lessive de ses draps en fil à l'eau claire et glaciale du ruisseau. À peine était-il descendu de voiture que Pipo surgit, les babines retroussées, avec la ferme envie de goûter à son mollet ou, à défaut, au bas de son pantalon. Champot l'écarta de la pointe de la chaussure et les mâchoires du cerbère se refermèrent dans le vide.

Hargneux, il se repositionna aussitôt pour chercher un angle d'attaque plus propice.

— Caio té ! glapit Julie Dedieu d'une voix étranglée en se retournant.

— Putain de chien ! Il a bien failli me niaquer…

— Laisse-moi finir d'étendre mon linge. Entre, il est assez vicieux, ce con-là, pour te choper !

Champot ne se le fit pas dire deux fois, lucide sur la roublardise du labrit. Peu désireux de laisser les crocs du clébard apprécier la chair tendre de sa cheville, il recula prudemment jusqu'à la porte d'entrée, ne quittant pas du regard le chien qui guettait l'opportunité de le mordre. Une fois à l'intérieur, écartant le rideau de la fenêtre de la cuisine, il vit le cerbère, la queue en trompette, tourner autour de sa maîtresse, fier d'avoir obligé l'adversaire à battre en retraite. Il posa sa canadienne sur le dossier d'une chaise et promena un regard circulaire dans la pièce. Depuis l'avant-guerre, rien n'avait dû changer ici. La cuisinière, une Chappée noire, un solide modèle en fonte des années trente, ronronnait doucement, diffusant une douce chaleur. Sur le dessus du foyer, bien astiqué au papier de verre, à côté d'une casserole où bouillaient des pommes de terre épluchées et coupées en morceaux, un faitout mijotait à petit feu.

Sa curiosité mise en appétit, Champot ne put s'empêcher d'en soulever doucement le couvercle. Dans une volute de vapeur, il laissa échapper une suave odeur de ragoût où la viande de mouton se mélangeait à l'oignon et au vin blanc pour constituer une sauce aux arômes puissants qui napperait à merveille les taihous, comme on nomme ici les pommes de terre séchées à la vapeur. Empreinte de tout le talent culinaire de Julie, la sauce avait une véritable épaisseur humaine, un parfum d'histoire, celui de l'expérience séculaire accumulée par des générations de femmes qui, avec les produits de leur terroir, avaient dû nourrir les ventres affamés de leurs maris et de leurs enfants. Entendant le pas de Julie dans le couloir, il reposa précipitamment le couvercle, manquant de le faire tomber.

— Ça sent bien bon, hein ! lui lança-t-elle en ôtant le gilet de laine bleue qu'elle portait par-dessus son tablier en Nylon. Tu veux goûter ?

— Je ne dis pas non, mais ce n'est pas encore l'heure de passer à table, répondit Champot, penaud comme un collégien pris la main dans le sac.

— Eh bien, taille-toi une tranche de pain et fais-toi un salçat…

— La miche est dans la panetière ? demanda Champot.

— Oui, mais dis-moi, quel bon vent t'amène, docteur ?

— Je passais par là…

— Garde tes mensonges pour la Marie-Louise Amiel !

— Je viens voir comment vont vos rhumatismes…

— C'est déjà un meilleur prétexte. Mais comment veux-tu qu'ils aillent ? Aussi mal que d'habitude ! Bon, inutile de tourner autour du pot… Si tu montes me voir, c'est que tu as du nouveau. Alors je t'écoute, fit la vieille dame en l'invitant à s'asseoir.

— J'ai identifié l'endroit où Annie Bergès a été séquestrée, lâcha-t-il tout de go. Un vieux hangar en ruine au milieu des bois…

— Qu'est-ce qui te permet d'en être certain ?

— Un bracelet en cuir gravé à son nom trouvé sur place.

— Et où est-il, ton hangar ?

— À une centaine de mètres de là où j'avais déposé Annie le soir de sa disparition.

— Près du chemin de Borderouge, donc…

— Oui. Situé dans un repli de terrain, il est quasi invisible de la route… Savez-vous à qui il peut appartenir ?

— Il y a bien longtemps que je n'ai pas traîné dans ce coin-là, dit-elle avant d'ajouter : Ça doit être celui des Bonnefont.

— Les Bonnefont de la Pomarède ? Ceux qui font le bois ?

— Oui, tu les connais ?

— De nom… Comme tout le monde, sur la route, je croise de temps en temps leurs camions de grumes. Vous êtes sûre que cette cahute leur appartient ?

— Dans le secteur, je n'en vois pas d'autres… Je crois me souvenir que, pendant la guerre, les Bonnefont avaient installé là une petite scierie mobile pour exploiter une coupe qu'ils avaient achetée.

— Pourquoi s'établir en plein bois et non pas en bord de route ?

— Va savoir ! Sans doute avaient-ils peur qu'on leur fauche quelques cannes.

— C'est vrai qu'à l'époque, avec la pénurie chronique d'essence, nombre de voitures roulaient au gazogène…

— Aujourd'hui, dans la société de consommation dans laquelle on vit, tout le monde a oublié que le bois était alors une denrée précieuse, soupira la vieille dame.

— Mais, Julie, vous qui connaissez bien le pays, que savez-vous de ces Bonnefont ?

— Ce que les gens en disent…

— C'est-à-dire ? insista Champot.

— Ils sont deux frères, Edmond et Charles. Leur affaire est florissante. Seul Edmond, l'aîné, s'est marié. C'est lui le vrai patron. En mai 1927, une semaine après la traversée de l'Atlantique par Lindbergh, il a épousé Lucille Robert, la fille unique d'un maquignon de Castillon. Une grande plante toute maigrichonne au visage sans grâce mais avec une jolie dot en propriété forestière.

— Un beau mariage ?

— Surtout un bon arrangement !

— La fortune n'est pas toujours l'adversaire du bonheur…

— En tout cas, Edmond et Lucille n'ont pas fait grande noce ! Juste la famille proche… De cette union, l'année suivante, en février 1928, est né un fils, Hervé, puis, en janvier 1929, une fille, Camille. Quant à Lucille Bonnefont, j'ai dû la croiser cinq ou six fois à l'épicerie ou chez le boulanger. Elle ne sortait que rarement de la Pomarède. Elle est morte d'une congestion pulmonaire au printemps 1939. Les mauvaises langues prétendent qu'Edmond Bonnefont, qui est aussi riche qu'avare, a appelé le docteur beaucoup trop tard pour la sauver.

— Les deux frères s'entendent bien ?

— Je n'ai jamais entendu parler de dispute, si c'est ce que tu veux savoir. Edmond dirige la boîte d'une main de fer. Charles a un caractère plus effacé. Style costume-cravate, bien habillé. Pas le genre à salir ses souliers vernis dans une tire boueuse ! On ne le voit jamais sur une coupe ou au milieu des machines.

— Quel est son rôle dans l'entreprise ?

— Il prospecte. C'est lui qui s'occupe de la partie commerciale.

— Et qu'est-ce qu'on raconte d'autre sur eux ?

— Tu sais, la plupart des gens évitent de les fréquenter, répondit la vieille dame, évasive.

— Les Bonnefont sont-ils donc si peu respectables ?

— On voit bien que tu n'as jamais eu affaire à eux ! Ce sont des margoulins !

Julie affichait une moue de dégoût qui en disait long sur la considération qu'elle leur portait. Champot la dévisagea, pensif. Certes, les Bonnefont n'étaient pas de son monde. Que pouvait-il y avoir de commun entre l'existence de paysanne qu'elle avait toujours menée, économisant sur tout pour faire face aux inévitables imprévus du destin, et la vie confortable des propriétaires de cette prospère entreprise ? Mais la différence de statut social n'expliquait pas tout. Julie Dedieu n'aimait visiblement pas ces gens-là. Il y avait, dans l'intonation de sa voix, plus que de la rancœur. Champot connaissait bien la vieille dame. Ses jugements à l'emporte-pièce, les costards qu'elle taillait à ses concitoyens n'étaient pas pour le surprendre. Il savait que, depuis longtemps, Julie Dedieu avait perdu ses illusions sur ses compatriotes. Mais derrière les foucades dont elle était coutumière, il devinait un mépris souverain et une aversion profonde qui le poussèrent à insister. D'une voix douce, presque suppliante, il lui demanda :

— Que leur reprochez-vous, Julie ?

— Ce sont des pourris ! lâcha-t-elle d'un ton rogue.

— Il y en a toujours eu...

— Ils sont connus dans le pays pour rémunérer très mal leurs ouvriers. Avec eux, ça ne sert à rien de s'user la couenne !

— Leurs coupeurs, ils sont payés à la tâche, non ?

— Oui, mais une vraie misère... Malheur à celui qui, le matin, aurait oublié de prendre son casse-croûte, car ils ne se gêneraient pas pour lui facturer le pain, le pâté et le litre de rouge au prix d'un repas gastronomique ! Les Bonnefont, vois-tu, ils sont riches comme Crésus grâce à la sueur de ceux qu'ils ont exploités. Crois-moi, leur réputation de négriers n'est plus à faire !

— Ils ne sont malheureusement pas les seuls...

— Certes, mais heureusement que les types qui travaillent à la scierie ou sur leurs coupes ont conservé les terres de leurs parents, sinon ils crèveraient tous de faim.

— Avec les accords de Grenelle, pourtant, les Bonnefont ont bien été obligés d'augmenter les salaires de dix pour cent l'an dernier.

— À peine huit cents francs et pas un sou de plus...

— Les Bonnefont ont toujours été près de leurs sous ?

— De père en fils, ils sont connus pour être durs en affaires et âpres au gain. Leur fortune remonte à la Première Guerre mondiale. À l'époque, le grand-père Bonnefont, Adolphe, avait conclu de juteux marchés avec l'armée qui avait besoin de madriers pour étayer les tranchées sur le front. En 1919, il a su habilement profiter de la reconstruction en s'associant avec un entrepreneur de Saint-Gaudens qui fabriquait des baraquements en planches pour les zones les plus sinistrées.

— La crise des années trente ne les a pas affectés ?

— Pas longtemps ! Avec la montée en puissance des dictatures, la guerre civile en Espagne, il fallait du bois pour monter les camps de réfugiés, comme celui du Vernet d'Ariège. Pendant la Seconde Guerre, leurs affaires ont continué de prospérer. Les mauvaises langues prétendent qu'ils ont fait beaucoup de marché noir avec les Allemands. Paraît qu'ils s'en seraient mis plein les poches…

Champot esquissa un sourire désabusé. Ici comme ailleurs, de scandaleuses fortunes s'étaient édifiées en marge des circuits du commerce ordinaire, profitant de la rapacité de l'occupant allemand. Les Bonnefont n'étaient pas les seuls à avoir spéculé sur l'indigence de leurs concitoyens. Combien de notables, de commerçants avaient profité de l'Occupation pour s'enrichir ? Le marché noir, fruit d'une pénurie orchestrée par l'occupant, n'avait pas plus épargné l'Ariège que le Lot-et-Garonne. Le J3 Antoine Champot se souvenait parfaitement que, dans la France de Vichy de sa jeunesse, les œufs, le fromage, le sucre, l'huile se vendaient sous le manteau à prix d'or. En 1944, à la veille du débarquement allié en Normandie, le prix du beurre, quand on en trouvait, n'était-il pas plus de cinq fois supérieur à celui du marché officiel ? Quant aux matières comme le tissu et le cuir, elles étaient si rares que les femmes avaient inventé mille astuces pour réutiliser ce qui était défraîchi ou fané.

— Bref, aujourd'hui, on dit qu'ils contrôlent une grande partie du marché du bois du Couserans.

— Les gens sont souvent jaloux de la réussite des autres.

— Leur mauvaise réputation a aussi d'autres causes...

— Ah ?

— Edmond Bonnefont, c'est un culbuteur !

— Il ne s'est jamais remarié ?

— Non, mais ça ne l'a pas empêché de courir la gueuse et de fréquenter toutes les particulières girondes du pays ! Aujourd'hui, il ne doit pas avoir loin de soixante-cinq ans, mais il est encore vert pour son âge. Il y a une quinzaine d'années, le bonhomme a été impliqué dans une sale histoire...

— Une histoire de quoi ?

— Une histoire de fesses ! lâcha Julie, gênée. Une jeune fille de Saint-Girons qu'il avait prise en stop à la sortie du lycée.

— Une mineure ?

— Oui, une certaine Pauline Mandrou, une belle plante de tout juste dix-sept ans. La gosse a raconté à sa tante qu'Edmond avait eu des gestes déplacés. La rumeur a vite couru dans la vallée qu'il avait fait plus que la peloter !

— C'était vrai ?

— Allez savoir ! Aujourd'hui, les gamines sont capables des pires mensonges pour se rendre intéressantes !

— Pas toutes ! Nombre de victimes n'osent pas se plaindre, tempéra Champot qui avait eu connaissance de quelques cas d'agression au cours de sa carrière.

— En tout cas, celle-là n'avait pas, semble-t-il, froid aux yeux !

— À cet âge, les filles jouent parfois les allumeuses pour tester leurs charmes, répondit Champot, un rien fataliste.

— Certains ont prétendu qu'elle avait le feu au cul...

— Et les parents n'ont pas porté plainte ?

— Si, mais ils l'ont retirée très vite ! Paraît qu'Edmond Bonnefont les aurait grassement payés pour étouffer le scandale.

— Il a été poursuivi par la justice ?

— Non... Sans doute a-t-il dû faire jouer ses relations car l'affaire a été classée sans suite...

— Il connaît du beau monde ?

— Je ne veux pas passer pour une médisante, comme cette langue de vipère de Marie-Louise ! Demande donc à Jeannine Laborde. Elle t'en dira plus long que moi sur le compte de ces escogriffes.

La vieille dame s'était tue. Julie n'avait pas l'intention de poursuivre cette conversation. Elle se leva pour aller tisonner la cuisinière et rajouter deux bûches de bois dans le foyer qui ne tarda pas à ronronner. Champot demeurait pensif. Cet Edmond Bonnefont devait avoir des appuis bien placés pour avoir pu stopper la procédure. Un conseiller général, un député, un sénateur ? Ça paraissait peu probable au vu des relations qu'il pouvait nouer en tant que chef d'entreprise. La justice étant par principe indépendante, qui avait-il pu corrompre pour le persuader d'intervenir ? Plus sûrement, songea Champot, avait-il réussi, en usant de chantage ou de cadeaux, à faire pression sur un modeste gratte-papier qui avait consciencieusement enterré le dossier pour jouer la forclusion, avant d'y faire apposer par un juge surchargé de travail la mention qui le libérait de toute poursuite ?

— Et les enfants Bonnefont ?

— Hervé ? Il a la quarantaine aujourd'hui. Depuis son plus jeune âge, il travaille à la scierie avec son père et son oncle.

— Qu'est devenue Camille ?

— Ah, Camille ! soupira Julie. Sa naissance s'est mal passée. On a dû recourir aux forceps pour délivrer la pauvre Lucille. Sans doute ont-ils alors touché le cerveau de cette malheureuse gamine… Bref, toute petite, Camille avait un comportement bizarre, ce n'était pas tout à fait une enfant comme les autres.

— Elle était asociale ?

— Asociale ? répéta la vieille dame avec une moue dubitative. Hum… Je ne sais pas trop ce que ça veut dire. Impolie et grossière, ça, oui ! Elle ne supportait pas d'avoir un vêtement sur elle.

— Elle souffrait de désinhibition ?

— Disons surtout qu'elle passait son temps à se déshabiller en public. Paraît que sa mère lui cousait le tablier et la robe ! Et parfois, de rage, elle déchirait tout… En 1935 ou en 1936, je ne me souviens plus, au juste, ses parents ont dû la retirer de l'école. Après la mort de Lucille, quand Camille a commencé à avoir les seins qui poussent, ce n'était plus tolérable. Tu imagines une gosse de treize ans, en pleine puberté, se foutre à poil devant tout le monde et se caresser ? jeta la vieille dame, outrée. Les Bonnefont l'ont fait interner en 1942. Depuis, plus personne ne l'a jamais revue…

— Et Hervé ?

— Dans l'entreprise, c'est lui qui s'occupe des expéditions. Et les gars peuvent pas le blairer !

— Pourquoi ?

— Il est toujours sur leur dos à chercher la petite bête. Tiens, par exemple, le soir, quand les chauffeurs chargent leurs camions avec le Manitou, malheur à celui qui aura mal positionné une grume ! Il l'oblige à tout refaire, même si la journée de travail est finie. Bref, le genre d'emmerdeur qu'on n'aime pas avoir dans les pattes.

— Personne ne l'a jamais remis à sa place ?

— Oh, non ! Il n'y a pas de risques. Physiquement, Hervé est fort comme un Turc, mais il a l'intelligence d'un pois chiche et il est méchant comme une teigne.

— Une brute épaisse ?

— Oui. Il vaut mieux se tenir à distance, conclut Julie.

— Merci du conseil. Demain après-midi, je monterai néanmoins à la Pomarède pour tirer cette affaire au clair.

— Méfie-toi d'eux ! Ils ne vont pas apprécier cette histoire de bracelet.

— Sans doute ne seront-ils pas très coopératifs, en effet.

— Pire ! Ils vont sentir que tu les soupçonnes et te foutrons dehors comme un malpropre... Tu n'en tireras rien. Ce sont des durs à cuire...

— Qui se sent morveux se mouche ! Peut-être pourront-ils m'expliquer pourquoi j'ai aussi retrouvé dans la cahute une carte d'alimentation appartenant à Maria Esteban.

— À Maria Esteban ? Tu... tu en es sûr ? répondit Julie, le front barré d'une ride interrogative.

— Tenez, regardez vous-même ! fit Champot en lui tendant le document défraîchi par les années écoulées.

Julie Dedieu prit les feuillets et les tourna lentement entre ses doigts perclus de rhumatismes. À compulser les imprimés jaunis, une foule de souvenirs remontait à sa mémoire. Que cette époque avait été cruelle ! Mêlant l'héroïsme et la lâcheté, ces années grises avaient bien souvent placé les hommes aux carrefours de leur destin, abandonnant le cortège des vaincus aux souffrances d'une occupation que la faim avait conduit aux pires bassesses pour se grandir du sacrifice de quelques-uns. Comme souvent en pareilles circonstances, les fanfarons ne s'étaient-ils pas révélés les plus timorés ? Ces piliers de bistrot des jours « sans », qui se félicitaient au zinc de la courtoisie de l'occupant, n'avaient-ils pas été les premiers à brailler comme des chiens de ferme, en août 1944, pour réclamer une épuration exemplaire ? La vieille dame hocha la tête, avant de lui rendre la liasse de feuillets et de conclure, l'air soucieux :

— Sois prudent. Ils sont capables de tout…

Nanti de cette recommandation presque maternelle, Antoine Champot déclina poliment l'invitation de Julie. La curiosité piquée par les renseignements glanés sur les Bonnefont, il repartit à son cabinet vers midi passé. Là, assis dans sa cuisine, devant une mélancolique tranche de jambon d'York agrémentée d'une fade macédoine de légumes en boîte, il regretta le ragoût de mouton qui avait émoustillé ses papilles. Qu'importe, il ne voulait pas jouer les pique-assiette. Il n'était pas à l'aise à l'idée de mélanger vie professionnelle et vie privée. Un bon morceau de moulis, ce fromage affiné pendant huit semaines sur des planches de sapin, le consola de la simplicité de son déjeuner. En dégustant l'odorante pâte pressée non cuite, il songea un instant à aller faire un tour le soir même au bistrot de Jeannine Laborde.

Champot achevait juste son repas quand la sonnette de la salle d'attente résonna dans le silence glacé du couloir, aussi lugubre que celle qui, lancinante, marquait le début des cours dans le lycée Bernard-Palissy de sa jeunesse à Agen. Son premier client de l'après-midi n'était pas en retard ! Sans qu'il sût pourquoi, ce jeudi après-midi, le cabinet ne désemplissait pas. Chaque malade introduit était aussitôt remplacé par un autre dans la salle d'attente. À croire qu'ils s'étaient donné le mot. La nuit était tombée depuis longtemps quand le dernier fut expédié. Tirant enfin la porte, fatigué de ce défilé de rhumatismaux, d'arthrosiques et de bronchiteux, Champot n'avait plus guère envie de sortir et de musarder. Enfilant une paire de charentaises, il se contenta d'ingurgiter sur un coin de table une assiette de soupe et une pomme arrosées d'un demi-verre de vin rouge. Allongé sur son lit, bercé par la retransmission d'un concert sur France Musique, l'esprit résonnant encore de tout ce qu'il avait appris sur les Bonnefont, il ne tarda pas à sombrer dans un profond sommeil réparateur.

Antoine Champot se réveilla vers sept heures. Lavé, rasé, frais et dispo, il avala un bol de café chaud et, pris d'une envie d'action, il rangea le sympathique désordre carabin qui régnait dans le cabinet, manière d'attendre le premier patient. Peut-être parce que la météo annonçait une radieuse journée de printemps, ils ne furent pas légion à pousser la porte de la salle d'attente ce matin-là. Entre deux cacochymes qui s'accrochaient à la vie avec la persévérance du lierre à grimper à l'assaut des murs des vieilles demeures, il n'avait reçu qu'une jeune mère de famille dont le mouflet s'était généreusement entaillé la paume de la main avec un couteau de cuisine. Cela lui donna l'occasion de pratiquer quelques gestes de petite chirurgie, actes que ses confrères rechignaient de plus en plus à accomplir, préférant adresser les blessés aux services de l'hôpital de Saint-Girons. Vers onze heures, supputant que personne ne viendrait plus, Champot enfila sa canadienne, coiffa son chapeau de feutre et prit en voiture la direction de la Pomarède.

Passé l'embranchement du lieu-dit de Pont-de-la-Taule, la route suivait la vallée, irriguée par le ruisseau d'Alet qui descend des étangs de Mette et de la Croujette. Elle montait vers Ustou pour rejoindre le col de Latrape et Aulus-les-Bains.

Champot connaissait bien le chemin mais il n'avait jamais fait que passer devant le modeste hameau de la Pomarède. Ces quelques feux, discrètement agglomérés au bout d'une voie empierrée, avaient la dimension d'un bout du monde. Ici, les hommes se retrouvaient face à l'univers mystérieux et sublime de la forêt, face à Dieu. Au milieu des pentes couvertes de sapins, trois cheminées fumaient, marquant le paysage d'une empreinte anthropique qui remontait aux années glorieuses des espérances des défricheurs du Moyen Âge. À cinquante mètres à droite de la route, un chemin de terre, passablement défoncé par le passage régulier des camions de grumes, conduisait à un grand bâtiment moderne, construit en bois et couvert de ces chutes de troncs nommés costiers. La scierie Bonnefont.

Champot s'y engagea, louant la légèreté du châssis de l'Ami 6 qui sautillait comme une sauterelle au milieu des ornières sur la piste boueuse, là où un lourd quatre-quatre aurait patiné. Alors qu'il parvenait au cœur de la scierie, un gros porteur chargé de troncs d'arbres bruts venant du parc à grumes lui coupa brusquement la route, l'obligeant à dévier de sa trajectoire d'un coup de volant désespéré. Antoine laissa échapper un juron tandis que l'énorme remorque de billes de bois qui avait failli l'envoyer dans le décor stoppait devant le banc de sciage. Champot gara l'Ami 6 près d'un tas de madriers fraîchement découpés. Il descendit de voiture, prenant soin d'éviter les flaques d'eau qui imprégnaient le sol. Une odeur de bois frais embaumait l'air printanier. Avisant un ouvrier qui passait, une tronçonneuse à la main, il lui demanda où il pouvait trouver Edmond Bonnefont. Le hurlement strident des lames déchirant le bois était tel qu'on s'entendait à peine parler. D'un geste, le bûcheron lui désigna, à gauche, une petite maisonnette en pierre à toit pentu qui portait en lettres majuscules la mention *Bureaux*.

Champot slaloma entre les ornières remplies d'une fange boueuse pour atteindre le perron. Il gravit les trois marches en béton qui préservaient l'édifice de l'océan de gadoue. Il poussa une porte ripolinée d'une peinture verte largement écaillée. Dans un bureau surchauffé par un antique poêle à bois alimenté par une profusion de souches de sapin, un homme d'âge mûr, assez charpenté pour imposer le respect, le crâne dégarni, remplissait méthodiquement de chiffres un grand cahier de comptabilité. Tel un écolier modèle, armé d'un porte-plume, concentré sur les colonnes qu'il alignait avec une rigueur toute mathématique, il ne prêta guère attention à celui qui, en poussant la porte, avait fait entrer dans la pièce une bouffée d'air porteuse de la fraîcheur d'avril.

— Monsieur Bonnefont ?

— Oui…

— Je suis le docteur Champot. Antoine Champot…

— Quelqu'un de chez nous vous a appelé ? Il n'y a personne de malade que je sache… À moins que ce ne soit pour une commande ?

— Pas exactement…

— Que puis-je pour vous dans ce cas ? lâcha-t-il, retranché derrière son bureau, du ton rogue du type qui n'aime pas être dérangé dans son travail de calligraphie.

— Je suis venu vous parler d'Annie Bergès. Vous vous rappelez, la jeune femme qui avait disparu dans la montagne, il y a quelques semaines ?

— Vaguement…

— Vous ne lisez pas les journaux ?

— Si… mais en ce moment, c'est plus le référendum de dimanche prochain qui fait les gros titres.

— Certes ! Néanmoins, sans doute avez-vous appris par *La Dépêche* qu'on l'avait retrouvée errante en bordure du ruisseau d'Esbints.

— Où voulez-vous en venir ?

— Annie Bergès recouvre peu à peu ses esprits.

— Très bien, mais ce n'est pas pour me donner le bulletin de santé de cette fille que vous êtes venu me voir.

— Non… J'ai récupéré son bracelet dans un vieux hangar en ruine sur la route de Borderouge.

— Qu'est-ce que vous voulez que ça me fasse ?

— Ça devrait pourtant vous intéresser…

— Et en quoi ?

— Ce hangar vous appartient à ce qu'on m'a dit, poursuivit Champot en se jetant à l'eau.

— Qu'est-ce que vous insinuez ? Que je suis responsable de ce qui est arrivé à cette pauvre fille ?

— Je ne fais que rapporter des faits…

— Je n'ai rien à voir là-dedans !

— Annie Bergès a été séquestrée.

— Vous m'accusez ?

— Non, je cherche juste.

— Moi, je n'ai pas de temps à perdre !

— Je ne voudrais pas…

— Ici, c'est une maison honnête ! Allez donc au café si vous voulez colporter des ragots.

— Ce bracelet prouve qu'elle a été détenue là-bas…

— Ça suffit, docteur ! Depuis trois générations, nous sommes entrepreneurs en bois de charpente et de chauffage et personne ne nous a jamais fait un tel affront.

— La gendarmerie enquête…

— Dehors ! Dehors, monsieur ! rugit Edmond Bonnefont au mot de « gendarmerie », rouge d'une fureur qui éclata comme un orage soudain dans le ciel d'été.

— Il faudra pourtant vous expliquer…

— Foutez-moi le camp, salopard ! hurla-t-il en se dressant, tel un coq sur ses ergots. Foutez-moi le camp !

À ses sourcils broussailleux, à son visage contracté dont les traits se déformaient en un rictus haineux, aux articulations de ses mains qui blanchissaient de rage, Champot identifia un sanguin capable des pires brutalités. Ce type avait du mal à maîtriser ses nerfs. Inutile de le titiller davantage ! Prudemment, Champot battit en retraite, laissant le bonhomme éructer injures, noms d'oiseaux et tout un florilège de menaces aussi variées que terrifiantes. Son opinion était faite : travailler à la scierie Bonnefont ne devait pas être de tout repos ! Médiocrement rétribués pour un travail physiquement harassant effectué par tout temps dans un environnement bruyant, les ouvriers devaient aussi supporter les sautes d'humeur d'un patron colérique. Champot comprenait mieux pourquoi Edmond Bonnefont n'avait pas bonne presse.

Sur les marches, en sortant du bureau, Champot croisa un homme à l'impressionnante carrure d'armoire normande. Nanti d'une mâchoire proéminente et d'un front fuyant, de petits yeux porcins enfoncés dans les orbites, le type témoignait indubitablement de la miscégénation de l'homme de Néandertal avec l'*Homo sapiens*. L'individu, qui aurait pu servir de doublure à King Kong dans le film tourné en 1933 par Cooper et Schoedsack, lui jeta un regard suspicieux. À voir la malveillance naturelle qui suintait du fond de ses yeux, le plus idiot de tous les pauvres bougres aurait flairé qu'il n'y avait pas une once de bonté à attendre de lui. Tout juste, d'ailleurs, si le bonhomme, indifférent aux règles de la courtoisie et de la bienséance les plus élémentaires, ne le bouscula pas. Champot sentit ses yeux le suivre sans aménité. Redressant la tête, il s'efforça de l'ignorer et regagna l'abri de sa voiture en évitant de mettre le pied dans une de ces immondes flaques d'eau que le ballet des camions chargés de grumes entretenait.

Avant de quitter la scierie, Antoine Champot jeta un coup d'œil à sa montre-bracelet. Il n'était pas loin de midi et demi. Au cabinet, ses premiers patients ne tarderaient pas à arriver. Plutôt que de grignoter, comme bien souvent, un banal sandwich froid sur un coin de table, il décida de s'arrêter au café Laborde. Il savait que Jeannine, la patronne, mijotait certains jours un solide plat garni pour caler l'estomac des travailleurs de passage. Autant en profiter, car le vendredi, elle préparait du poisson, tradition chrétienne oblige. Lorsqu'il poussa la porte du bistrot pour rejoindre les aficionados du Ricard tomate et des demis pression, une sublime odeur de brandade de morue vint lui chatouiller les narines. Accoudé au juke-box, un trentenaire en combinaison de mécanicien battait négligemment la mesure du pied en écoutant la voix chaude de Dalida chanter *Le Temps des fleurs.*

— Té, toubib ! Vous revenez de vos visites ? lui lança Étienne Lagorce en l'apercevant.

— Non, je suis allé faire un tour à la scierie de la Pomarède...

— Vous vouliez leur acheter du bois ?

— Non, j'avais des questions à poser à M. Bonnefont.

— Il vous a bien reçu, j'espère ? demanda avec un brin d'amusement Jérôme Rouzaud qui n'ignorait rien de la réputation des Bonnefont.

— Il m'a jeté dehors comme un malpropre, vous voulez dire !

— Ça ne m'étonne pas ! Tout le monde sait que c'est un mauvais coucheur. Je me demande comment il trouve encore des gens pour travailler avec lui.

— Sur le perron, j'ai rencontré un drôle de type. Un hercule qui ressemblait à un ours mal léché...

— Hervé, le fils Bonnefont... Vous ne le connaissez pas ?

— Non...

— Oh, vous avez bien dû le croiser, répondit Jeannine Laborde. Il circule toujours en Mobylette...

— En Mobylette, dites-vous ? fit Antoine Champot, fronçant les sourcils au souvenir de la trace de pneu dans la neige.

— Pas une Mobylette, ajouta Marcel Sentenac en haussant les épaules. Un BB3 K !

— Quelle différence ? s'enquit naïvement Champot.

— Un vrai kick, un moteur vitaminé, un gros carbu, pas de pédales mais de vrais repose-pieds. La classe, quoi ! expliqua Marcel avec un rien de condescendance.

Antoine Champot opina, amusé et convaincu de son expertise. Il serra quelques mains à la cantonade et alla s'asseoir à une table rectangulaire de marbre rose veiné de blanc. Un peu à l'écart de l'ambiance bon enfant qui animait le zinc, il attendit sagement que Jeannine Laborde vienne prendre sa commande. Pour Champot, ce détail confortait l'hypothèse de la piste Bonnefont. Pourtant nombre de questions demeuraient sans réponse. S'il paraissait probable que le fils, Hervé, soit impliqué dans la disparition d'Annie, quel rôle son père avait-il joué dans cette affaire ? Pourquoi enlever et séquestrer cette jeune femme ? Sa réputation de fille facile ne suffisait pas à expliquer le rapt. Quels liens pouvait-on faire avec la disparition de la pauvre Maria Esteban et de la sulfureuse Angélique Duprat ? Champot avait un peu l'impression d'être face à ces puzzles qui avaient occupé les longues soirées d'hiver de son enfance corrézienne. Il sentait que la solution était à portée de sa main, même si les Bonnefont s'étaient montrés peu coopérants. Les pièces s'emboîtaient les unes avec les autres, mais de là à se transformer en preuve irréfutable, il savait que le chemin serait long, sauf si le destin, par un raccourci chanceux, lui donnait un coup de pouce…

Son déjeuner terminé, un café avalé, Champot regagna son cabinet. La salle d'attente était vide. Un client, sans doute pressé, avait déposé une ordonnance à renouveler sur la table basse. En attendant ses patients, il sacrifia aux tâches paperassières qu'il répugnait trop souvent à accomplir. D'ordinaire, remplir les formulaires autocopiants de l'administration n'avait rien de bien passionnant, mais aujourd'hui, l'esprit ailleurs, il accumulait les erreurs, ce qui l'obligeait à gommer les liasses, au risque de faire un vilain trou dans le papier. L'après-midi fut plutôt calme, ponctuée par quatre visiteurs. Vers cinq heures, le docteur Champot ferma les consultations. Il enfila sa canadienne et prit sa sacoche pour effectuer sa tournée. Rentré à Seix vers neuf heures, il se hâta de souper avant d'aller se coucher. Inutile, en effet, de compter sur le dimanche pour se reposer. Il était de garde ce week-end.

Dans les nombreuses maisons que Champot visita ce jour-là, chez les jeunes comme chez les plus vieux, au coin du lit ou devant la table de la cuisine, un sujet revenait au détour des conversations : le référendum. Annoncé dans la foulée des événements de 1968, plusieurs fois différé, portant sur la régionalisation et la réforme du Sénat, ce scrutin était dans toutes les têtes. Tandis que seule l'UNR faisait campagne pour le « oui », Valéry Giscard d'Estaing, l'ancien ministre des Finances et des Affaires économiques du Général, à la tête des Républicains indépendants, avait annoncé qu'il voterait contre, rejoignant dans l'opposition centriste socialistes et communistes. Bien au-delà des projets politiques « nécessaires à la mutation de la société française » que contenait ce référendum, cette consultation passionnait les électeurs en raison des enjeux qu'elle induisait. Face à ceux qui se liguaient contre lui, le général de Gaulle n'avait-il pas averti les Français qu'il se retirerait en cas de victoire du « non » ? Très logiquement, dans ce pays qui votait traditionnellement à gauche, dans ce département au caractère bien trempé, dans ces montagnes où, au XIXe siècle, on avait livré la fameuse guerre des Demoiselles contre les agents de l'État, beaucoup y voyaient un bon moyen de se débarrasser enfin du pouvoir gaulliste.

Était-ce la perspective du référendum qui faisait grimper la tension des petits vieux ou s'étaient-ils tous donné le mot pour qu'il soit sur la brèche du matin au soir ce dimanche-là ? Toujours est-il que le docteur Champot enchaîna les visites sans discontinuer. Tout juste eut-il le temps de faire un saut à la mairie pour accomplir son devoir de citoyen et glisser son bulletin dans l'urne après le passage réglementaire dans l'isoloir ! À dix-huit heures trente, passablement épuisé par ce marathon médical, il téléphona à un confrère d'Oust pour lui passer le relais pour la nuit. Libéré de son service de garde, Champot, pendant quelques minutes, erra comme une âme en peine entre la chambre et la salle de séjour, cherchant à se ressourcer dans les petits gestes banals du quotidien. Il se sentait si las qu'il succomba à la tentation d'ouvrir une boîte de conserve, se « régalant » d'un petit salé aux lentilles. Heureusement qu'il lui restait un fond de bouteille d'un honnête coteaux-du-languedoc pour le faire passer, car la préparation avait un goût industriel qui lui fit regretter les petits plats mijotés de Julie.

Un peu avant vingt heures, comme nombre de Français, Champot prit place devant la télévision pour suivre la soirée électorale. L'achat d'un téléviseur chez Gabarre à Saint-Girons lui avait permis, quelques mois plus tôt, de meubler plus douillettement la solitude de ses soirées. Certes, il n'avait pas pour autant abandonné l'écoute régulière de la radio, goûtant particulièrement les concerts de musique classique de France Culture. Mais ce soir-là, événement oblige, la petite lucarne en noir et blanc avait sa préférence. Champot tourna le bouton de l'appareil. L'écran de cinquante-neuf centimètres s'alluma au bout d'une minute. Sur la première chaîne de télévision de l'ORTF, le journaliste Bernard Volker, qui présentait *Télé-Soir* depuis août 1968, annonçait les chiffres de la participation. Avec quatre-vingts pour cent de votants, les Français avaient vu, dans ce scrutin aux allures de plébiscite, une revanche aux élections législatives de juin 1968. Quelques minutes plus tard, les premières estimations officielles tombaient : cinquante-trois pour cent de « non ».

Champot, comme beaucoup de Français devant leur petit écran, retenait son souffle. Quel crédit pouvait-on donner à ces chiffres ? Ces instants étaient historiques : la victoire du « non » signait la défaite du sauveur de la France. Les journalistes ne rapportaient aucune manifestation d'allégresse ou de dépit dans les rues. Les commentateurs qui se succédaient sur le plateau observaient que le pays restait étrangement calme. Confortablement installé au creux de son fauteuil, les jambes allongées sur un pouf, Antoine Champot suivait les interventions des hommes politiques les plus en vue. À voir la mine réjouie que beaucoup affichaient sans vergogne, le général de Gaulle avait fait son temps ! Mais le scénario du jour d'après restait inconnu. Personne encore à cette heure, dans cette France profonde si loin du pouvoir parisien, ne savait que le Général avait ordonné à vingt-deux heures trente à Bernard Tricot, secrétaire général de l'Élysée, de transmettre l'annonce de sa démission à l'agence France Presse.

Champot éteignit son poste de télévision vers vingt-trois heures. Pour lui, la cause était entendue : fidèle à ses principes, à l'instar du 20 janvier 1946 où il avait renoncé à la direction du GPRF, de Gaulle allait sûrement quitter le pouvoir. C'était la fin d'un monde, celui de l'après-guerre. Les politologues du futur, jouant les psychologues, auraient beau jeu de justifier le résultat du scrutin en expliquant que, comme dans un classique conflit œdipien, on avait voulu tuer le père de la nation. L'annonce de la démission du Général ne tomberait en effet que le lendemain, le lundi 28 avril, à minuit onze. « Je cesse d'exercer mes fonctions de président de la République. Cette décision prend effet aujourd'hui à midi. » Constitution oblige, le président du Sénat, Alain Poher, assurait l'intérim. Ainsi, comme tous les Français, c'est devant son bol de café au lait qu'Antoine Champot apprit par la radio qu'une page de l'histoire de France venait de se tourner.

En avalant sa tartine de beurre qu'il avait agrémentée d'une généreuse cuillerée de confiture de myrtilles – un sympathique cadeau de Julie Dedieu –, Champot, ce matin-là, prenait son temps. Après son dimanche de garde, il avait sa matinée pour récupérer et sacrifier à quelques tâches ménagères. Les manches de sa chemise relevées sur ses avant-bras, Champot achevait de laver la vaisselle qu'il avait laissée s'accumuler dans l'évier depuis plusieurs jours lorsqu'il entendit le téléphone sonner. Le temps de rincer ses mains plongées dans une bassine remplie d'une eau grasse et savonneuse, d'atteindre l'appareil, le répondeur automatique du cabinet médical s'était enclenché. Champot s'essuya soigneusement à un torchon acheté au moment du blanc en janvier à Monoprix et descendit à son bureau. Il appuya sur la touche de rembobinage du magnétophone.

En reconnaissant la voix du docteur Gardel, Antoine fronça les sourcils. Que pouvait bien lui vouloir le médecin psychiatre de Saint-Lizier ? Le message était court et concis. D'une voix calme et mesurée, Gardel lui expliquait qu'il souhaitait le voir le plus rapidement possible. « Le cas de votre patiente, Annie Bergès, a évolué », précisait-il. Faisant preuve d'une discrétion en conformité avec le secret médical, il ne voulait pas en dire plus au téléphone. L'esprit aiguisé par le ton mystérieux de ce message, Antoine Champot consulta sa montre. Il était dix heures et demie passées au cadran de son chrono Oméga. Son confrère n'ayant rien d'un hurluberlu, s'il considérait que leur rencontre était aussi urgente, c'était sûrement important. En ce milieu de matinée, Antoine Champot jugea qu'il avait encore le temps de faire le déplacement avant d'ouvrir le cabinet l'après-midi.

Abandonnant ses projets de rangement, il gagna l'étage pour enfiler un pull-over, sachant par expérience qu'ici, en avril, il ne fallait pas se découvrir d'un fil. Puis, décrochant sa bonne vieille canadienne de la patère de l'entrée, il tira la porte derrière lui et accrocha à la poignée un carton préparé par avance portant en grosses majuscules noires la mention laconique : *Je reviens bientôt.* En ce début de semaine, la route de Saint-Girons était quasi déserte. Tout au plus croisa-t-il trois ou quatre voitures, la 404 plateau d'un artisan maçon et le fourgon HY d'un marchand de moutons. Une heure plus tard, d'un pas alerte, Champot franchissait le seuil de l'hôpital psychiatrique départemental, passait sous la poterne et grimpait les quelques marches conduisant au bureau du docteur Gardel. L'histoire d'Annie Bergès occupait bien souvent ses pensées et il avait hâte de savoir pourquoi Gardel voulait le voir.

Immuable, comme un élément du décor lépreux de l'institution, la secrétaire était à son poste, derrière son bureau en bois. Tout au plus avait-elle troqué sa robe grise boutonnée jusqu'au ras du cou pour sa sœur jumelle, de couleur marron, tout aussi sévère et peu affriolante. La vieille fille le fusilla des yeux. Elle jeta ostensiblement un regard appuyé à la pendule murale pour lui signifier sa réprobation de le voir arriver juste au moment où elle s'apprêtait à déjeuner. La présence de cet importun allait l'obliger à différer le tour de clé qu'elle donnait chaque jour à la porte vitrée. Elle qui pensait se restaurer d'un reste de lentilles cuisinées qu'elle se promettait de déguster en salade, assaisonnées d'un filet de vinaigre...

— Le docteur m'a téléphoné. Il m'attend, avança Champot en guise d'excuse pour amadouer le dragon.

— Eh bien, allez-y ! répliqua l'acariâtre secrétaire, avant d'ajouter pour elle-même d'un ton sarcastique, entre ses dents, les lèvres pincées : C'est ça, ne vous pressez pas surtout ! Peu importe que j'aie le temps de manger, prenez votre temps !

Sans se préoccuper davantage du cerbère, Champot franchit en deux pas l'espace le séparant de la porte du cabinet du docteur Gardel. Au passage, sa massive silhouette manqua de renverser la plante verte à laquelle l'austère secrétaire accordait tous ses soins, provoquant une réaction offusquée. Il posa la main sur la poignée en cuivre de la porte puis, comme par défi, il tourna lentement la tête pour décrocher le plus naïvement du monde à la gardienne du lieu saint un sourire à faire fondre un iceberg de l'Antarctique. Sur le coup, il crut que la secrétaire allait s'étrangler de dépit. Il vit la vieille bique rougir jusqu'à la pointe des oreilles et esquisser un haut-le-cœur sous l'outrage. Sûr de son petit effet, Champot poussa la porte, laissant la psychorigide employée déglutir péniblement.

10

Rattrapé par le passé

Dans la douce tiédeur diffusée par le poêle à charbon, le docteur Pierre Gardel était assis à son bureau, des lunettes à monture d'écaille au bout du nez. Absorbé par la rédaction de son rapport mensuel à son autorité de tutelle, il ne prêta pas attention à la porte qui s'était ouverte sans bruit. L'ombre d'Antoine Champot, en entrant dans son champ de vision, attira son attention et lui fit lever la tête de son rébarbatif ouvrage. Gardel afficha alors une bienveillance aimable qui contrastait avec la sécheresse du langage administratif qu'il employait, quelques instants plus tôt, pour relater par le menu le fonctionnement de l'établissement qu'il dirigeait depuis de longues années. Sans précipitation, Pierre Gardel posa son stylo-plume, se leva de son fauteuil et lui tendit la main. Champot la serra en esquissant un sourire. Entre les deux hommes, le courant passait bien.

— Ah, mon cher confrère, je vous attendais !

— J'ai eu votre message…

— Comme je suis heureux que votre clientèle vous ait laissé le loisir de venir me voir aussi vite ! lâcha le psychiatre avec des accents de sincérité dignes d'un camelot faisant l'article devant son parapluie rempli de cravates. J'espère que je ne vous ai pas dérangé...

— Pas le moins du monde ! J'étais de repos après mon dimanche de garde. Qu'y a-t-il donc de nouveau ?

— Si je me suis permis de vous téléphoner, ce n'est pas pour vous parler du départ du général de Gaulle qui fait la une de l'actualité ! J'ai cru comprendre que votre intérêt pour Annie Bergès allait un plus loin qu'une simple curiosité pour son cas clinique...

— Je suis le dernier, vous savez, à l'avoir vue avant sa mystérieuse « évaporation »... Autant dire qu'aux yeux des gendarmes, je suis un témoin clé, pour ne pas dire un suspect potentiel ! répondit Champot, qui ne voulait pas laisser deviner le penchant qu'il sentait poindre pour la jeune femme.

— Les erreurs judiciaires ne sont pas toutes des légendes. Heureusement pour vous que Mlle Bergès a refait surface !

— Sa disparition comporte néanmoins beaucoup de zones d'ombre.

— C'est bien pour les éclaircir que je désirais vous rencontrer...

— Son comportement a évolué ces jours derniers, me disiez-vous dans votre message ? Dois-je comprendre qu'elle a retrouvé davantage de repères ?

— Oui... Elle était déjà en bonne voie lors de votre dernière visite. Comme nous l'avions envisagé, elle a quitté le quartier des agités pour celui des femmes tranquilles.

— Voilà un transfert qui a dû favoriser sa guérison, n'est-ce pas ?

— Son épanouissement a été rapide, en effet. Même si elle demeurait fragile et apeurée, on la sentait ravie de déserter sa loge. Toutefois, le surlendemain de son installation dans le dortoir, les soignants m'ont prévenu qu'elle avait été victime d'une crise de panique. Sur le moment, je n'y ai pas prêté attention, mettant cet accès d'angoisse sur le compte des craintes qu'elle pouvait éprouver à l'idée d'affronter le monde extérieur. Elle s'était réfugiée dans un coin du préau. Elle tremblait comme si elle avait croisé le diable en personne, m'a rapporté un infirmier.

— Je suppose que ce genre de rechute n'est pas rare. Comment l'avez-vous traitée ?

— Elle a été transférée à l'infirmerie. Là, nous lui avons apporté le réconfort nécessaire et administré un léger sédatif pour la détendre. Le lendemain, la crise passée, je lui ai rendu visite.

— Elle avait retrouvé sa sérénité ?

— Oui. Au cours de notre entretien, elle m'a confié qu'elle avait cru croiser son ravisseur. Ce qui, étant hospitalisée dans le pavillon des femmes tranquilles, paraît peu probable, vous en conviendrez !

— Sans doute n'est-elle pas encore remise de son traumatisme…

— Certes, notre malade est fragile, mais il n'y a pas de fumée sans feu. J'ai donc cherché quelle malade avait pu lui inspirer une telle terreur. Et par recoupements, j'ai fini par trouver… C'est ce qui a motivé mon coup de téléphone.

— Qui est cette femme ?

— C'est l'une de nos plus anciennes pensionnaires. Elle est internée depuis vingt-sept ans.

— Son ancienneté exclut toute rencontre directe avec Annie Bergès avant sa disparition.

— En effet... Mais son dossier médical m'a toutefois éclairé. Cette pensionnaire est native de la vallée d'Ustou où sa famille possède une importante scierie. Elle s'appelle Camille... Camille... Attendez, j'ai noté son nom sur un papier...

— Camille Bonnefont ?

— Oui, c'est ça. Ah, je vois que cette famille ne vous est pas inconnue... Bien sûr, cette pauvre fille n'est pour rien dans toute cette histoire, toutefois un de mes infirmiers m'a affirmé que cette malade est, paraît-il, le portrait craché de son frère aîné. Cela m'incite à penser qu'il faut orienter les recherches de ce côté-là.

— Avez-vous prévenu les gendarmes ?

— Pas encore... Je voulais d'abord avoir votre avis. Ne croyez-vous pas qu'il faudrait se rapprocher de cette famille pour tirer au clair cette histoire ?

— Non ! Les Bonnefont ont une sale réputation. J'en ai fait moi-même l'expérience, il y a quelques jours. Le mieux, c'est de joindre le maréchal des logis Cayrol de la brigade d'Oust. C'est lui qui est en charge de l'enquête.

— Vous avez raison, opina Gardel. À chacun son métier. Il saura mieux que nous comment s'y prendre. Je lui téléphone immédiatement.

— Je vais profiter de mon passage pour aller rendre une petite visite à notre malade, si vous n'y voyez pas d'inconvénient, lui répondit Champot en prenant congé.

— Mais bien sûr, mon cher confrère…

Antoine Champot se dirigea vers l'infirmerie. Dans les couloirs, il croisa la foule habituelle des désorientés, des épileptiques et des schizophrènes, souvent des jeunes. Neuroleptiques et antidépresseurs avaient fait cesser l'agitation, les cris et les hurlements dont les murs résonnaient une quinzaine d'années auparavant, installant un calme favorable à une meilleure prise en charge des patients. Au terme d'un périple laborieux, Champot poussa une porte vitrée qui couina sur ses charnières, émettant un son lugubre. L'infirmerie était à l'image de l'établissement, vétusté. Le matériel médical semblait y dater de la guerre de 14. Le mobilier, laqué d'un blanc pisseux, subissait le harcèlement insidieux de la rouille. Quelques lits de fer, sagement bordés de couvertures de bure, donnaient au petit dortoir attenant une allure de pensionnat digne du *Petit Chose.*

Assise à une table de bois ripolinée d'une peinture passablement écaillée, Annie achevait de déjeuner en face d'une autre compagne de misère, âgée d'une cinquantaine d'années, le regard absent. Mais à voir les restes de l'estoufat de mounjo, un plat de haricots secs, où les fayots baignaient tristement dans leur jus au bord de l'assiette, il fallait avoir l'estomac bien vide pour faire honneur au menu du jour. Reconnaissant son visiteur, Annie se leva dans un élan spontané, bousculant au passage son couvert. Le verre Duralex en tressauta sur la table, manquant d'atterrir par terre. Elle se précipita dans les bras de Champot comme dans ceux d'un sauveur. Nichée contre son épaule, respirant son odeur d'homme, elle demeura un long moment immobile avant de reprendre contenance et de lui offrir un sourire rayonnant du bonheur sincère de le retrouver.

— Je vous ai souvent espéré, doc... docteur, bafouilla-t-elle d'une voix blanche qui trahissait une émotion contenue.

— Ne vous ai-je pas promis de revenir, Annie ?

— Le temps m'a paru long...

Le docteur Gardel avait raison. Annie faisait des progrès quotidiens. Son élocution était plus fluide, moins hachée. Bientôt, le traumatisme de sa rencontre fortuite avec Camille Bonnefont ne serait plus qu'un mauvais souvenir. Pour ne pas déranger l'autre malade qui, le nez dans son assiette, finissait son repas sans se soucier de l'insipidité de ce qu'elle avalait, Antoine Champot entraîna Annie vers le petit dortoir attenant à la salle de soins. Huit lits y alignaient leurs montants métalliques laqués d'une peinture blanche ternie. Ils s'assirent sagement côte à côte, sur le bord de la première couchette, tels ces adolescents boutonneux qui, à Saint-Girons, passent leurs mercredis après-midi à la belle saison sur les bancs publics de la promenade, à rêvasser au soleil, face aux murmures du Salat, courant comme une onde d'argent entre les pierres moussues.

Avec autant de douceur que de tact, faisant preuve d'habileté, tant pour éclaircir certains aspects de sa disparition que pour lui permettre d'évacuer les reliquats d'un vécu douloureux, Champot orienta leur conversation sur les Bonnefont. À écouter les réponses hésitantes d'Annie, il se rendait compte que la jeune femme ne les connaissait pas plus que ça : juste quelques bonjour-bonsoir… Hervé était venu une ou deux fois au café pour rencontrer un client. Elle se rappelait aussi avoir croisé Charles Bonnefont, un samedi matin à Saint-Girons sur le marché, au détour d'un étal d'odorants fromages du pays. Mais il n'y avait dans ces brèves rencontres rien qui puisse expliquer le rapt dont elle avait été la victime. Champot l'incita à fouiller au plus profond de sa mémoire. N'avait-elle pas été témoin de quelque chose, même d'anodin ? Le moindre détail pouvait avoir son importance. Assise sur le rebord du lit, Annie secouait la tête. Non, elle ne se souvenait plus de rien…

Malgré ses dénégations, Champot avait la certitude que les Bonnefont étaient au cœur de l'affaire. Il se fit plus insistant, la pressant de questions. La voix de la jeune femme devenait blanche. Peu à peu, elle perdait pied. Poussée dans ses derniers retranchements, au bord des larmes, un souvenir lui revint. Elle avait vu Edmond par une froide après-midi de janvier. C'était au *Modem Bar,* dans le centre-ville de Saint-Girons, un estaminet au look très Formica du début des années soixante où elle avait ses habitudes les jours de lèche-vitrines. Elle y était entrée pour boire un thé afin de se réchauffer du vent glacial qui balayait les rives du Salat. Edmond Bonnefont avait pris place derrière elle, sans quelle y prête attention. Quelques minutes plus tard, un grand type d'une cinquantaine d'années, le cheveu blond qui se faisait rare, l'avait rejoint. Entre les deux hommes, la conversation, feutrée au départ, s'était animée au point de la faire se retourner. Elle avait alors reconnu Edmond Bonnefont.

— Et qui était l'autre type ? demanda Champot.

— Je ne sais pas. Je ne l'avais jamais vu auparavant.

— Il n'était pas d'ici ?

— Non…

— Un Toulousain ?

— Plutôt un étranger… Il parlait le français avec un léger accent germanique, m'a-t-il semblé.

— Comment était-il physiquement ?

— Il était bien mis, portait un costume-cravate avec élégance.

— Vous seriez capable de le reconnaître ?

— Bien sûr ! Ce n'est pas le genre de type qu'une femme oublie.

— Pourquoi ?

— Il était d'une beauté glacée.

— Décrivez-le-moi…

— Un visage en lame de couteau, hautain. Ce qui m'a frappée, c'est la couleur de ses yeux. Ils étaient d'un bleu baltique, ce qui lui donnait un air particulièrement dur. Quand il a levé la tête vers moi, j'ai eu l'impression qu'il me déshabillait du regard.

— Un séducteur ?

— Plutôt un inquiétant prédateur !

— Les deux hommes vous ont-ils adressé la parole ? lui demanda Champot sans rien laisser paraître des suppositions que son esprit échafaudait.

— Non, mais instinctivement, j'ai tendu l'oreille. Ma curiosité féminine, sans doute…

— Qu'ont-ils dit ?

— Je ne me souviens pas exactement…

— Faites un effort, Annie. C'est important !
— Je crois qu'il était question d'une femme...
— Angélique Duprat ? Maria Esteban ?
— Ils n'ont pas prononcé de nom. Voyant que j'écoutais leur conversation, Edmond Bonnefont m'a longuement dévisagée. Il avait l'œil mauvais... J'ai préféré tourner la tête et regarder le fond de ma tasse de thé.
— Il vous a reconnue ?
— Sûrement ! Il lui a fait signe de parler plus bas.
Antoine Champot avait compris. L'homme qu'Annie avait vu discuter avec Bonnefont était probablement le sinistre Gunther Sirach dont lui avait parlé Julie Dedieu. Ainsi, le nazi avait survécu à la défaite... Mais pourquoi était-il revenu dans la région, sur les lieux de ses crimes de naguère ? Cherchait-il toujours à retrouver la trace d'Angélique, cette fille disparue sur un bord de route en 1943, ou bien avait-il des comptes à régler ? Si le mystère demeurait entier, une chose lui paraissait certaine : en s'intéressant de trop près à leur conversation, Annie Bergès avait, cette après-midi-là, scellé son destin. Son indiscrétion faisait d'elle un témoin gênant. Elle devait disparaître... Sans doute Edmond avait-il chargé son fils Hervé de cette basse besogne, comme il l'avait probablement fait jadis pour Angélique Duprat et Maria Esteban. Reste que, cette fois, Hervé n'avait pu se résoudre à commettre l'irréparable...
Se remémorer ses souvenirs enfouis, vaincre la douleur de leur évocation avaient fatigué Annie. En même temps, la jeune femme paraissait apaisée. Elle semblait avoir retrouvé la sérénité qui lui faisait

défaut depuis de longues semaines. Mettant fin à son calvaire, Champot cessa de la persécuter avec ses questions. Il en savait assez pour comprendre qu'Annie avait été victime de sa curiosité. Pour son malheur, elle avait perçu les bribes d'une histoire qu'il ne fallait pas entendre ! Réconfortant la jeune femme d'une affectueuse tape sur le genou, Antoine Champot se leva pour prendre congé. Le voyant sur le point de partir, la jeune femme, s'enhardissant, vint se lover dans ses bras. Elle n'avait rien perdu d'un charme naturel dont elle savait jouer à merveille. Champot n'osa la repousser, confortant chez elle l'idée qu'elle l'attirait.

— Dites-moi, docteur... je vais bientôt sortir ? lui demanda-t-elle d'un air suppliant en plongeant ses yeux de biche apeurée dans le tréfonds des siens.

— Ne vous inquiétez pas. Soyez patiente. Je m'en occupe ! répondit-il dans un sourire qu'il voulait apaisant.

Sans trop réfléchir, sans doute parce qu'Annie lui était déjà proche, Champot lui plaqua un amical baiser sur le front, officialisant la relation particulière qui s'était créée entre eux au fil de ses visites. En sortant de l'infirmerie, Antoine repassa voir le docteur Gardel. Le médecin chef avait prévenu la maréchaussée de Saint-Lizier. Champot s'en félicita. Ces Bonnefont lui apparaissaient de plus en plus comme des gens dangereux. Toutefois, il ne nourrissait pas de craintes pour Annie. Tant qu'elle restait pensionnaire de l'hôpital psychiatrique, à l'abri de ses hauts murs, elle était en sécurité. Néanmoins, se doutant des lenteurs administratives que les nouveaux développements de l'affaire pouvaient entraîner, Champot décida de passer à la brigade de gendarmerie d'Oust pour rencontrer le maréchal des logis Cayrol. Et tant pis pour le déjeuner, le jeûne n'était pas mortel. Ce n'était pas la première fois qu'il raterait un repas !

En poussant la porte de la gendarmerie, Champot trouva le maréchal des logis en train de taper à la machine, avec deux doigts, un de ces fastidieux rapports d'activité bimensuels comme seules les administrations savent les exiger de leurs subordonnés, histoire de contrôler par le menu leur travail quotidien. Le document, dactylographié en triple exemplaire à destination du groupement à Foix, avait la sécheresse littéraire d'une feuille d'impôt, obéissant aux normes de présentation militaire. L'irruption du médecin dans le bureau de la brigade arracha le gendarme à son travail. Sans le laisser paraître, Cayrol n'était pas mécontent de voir quelqu'un arriver pour le distraire de son aride labeur. Il se leva, contourna le comptoir en bois qui séparait la pièce en deux pour venir serrer la main du médecin en esquissant un sourire de bienvenue.

— Vos collègues de Saint-Lizier ne vous ont pas prévenus ? demanda Champot.

— Prévenus de quoi ?

— Le docteur Gardel leur a téléphoné. Annie Bergès est sortie de sa torpeur. Elle commence à parler…

— Très bien ! Voilà qui éclaircira peut-être les zones d'ombre de cette curieuse histoire !

— Et de mon côté, ajouta Champot, j'ai découvert quelques petites choses…

— Eh bien, docteur, vous avez bien fait de passer nous voir ! lui répondit Cayrol sans oser avouer que son enquête était au point mort. Vous allez nous raconter tout ça… Asseyez-vous ! Nous allons enregistrer votre déposition, si vous permettez. Hé, Gabarrou ! Tu peux venir ? Il y a un PV d'audition à taper…

Assis sur une inconfortable chaise métallique, Champot relata posément aux enquêteurs tout ce qu'il avait pu glaner depuis leur dernière visite à son cabinet. Il leur parla de Pierre Roche, glissant sur son passé chaotique pour insister sur ses liens avec Annie. Il les informa de la découverte du bracelet en cuir dans le hangar en ruine des Bonnefont, leur révéla y avoir trouvé des documents sur Maria Esteban, cette autre jeune femme disparue. Il leur rapporta ce qu'Annie lui avait raconté à l'hôpital mais il ne les orienta pas vers le sulfureux Castillo. L'aventurier était hors du coup. Du mieux qu'il put, il répondit aux questions que Cayrol lui posait. La conversation était rythmée par le staccato irrégulier de la machine à écrire dont Gabarrou avait une meilleure maîtrise que le maréchal des logis. Le jeune gendarme tapait vite, sans regarder ses doigts, relançant mécaniquement le chariot de la Remington en fin de ligne. Par moments, Champot s'interrompait, cherchant ses mots pour mieux préciser un détail, faisant la distinction entre les faits patents et ses impressions personnelles. Cayrol le laissait faire, attentif à ne pas influencer ses déclarations par les déductions qui, au fil de son écoute, germaient dans son esprit.

— Voilà, maintenant, vous savez tout, conclut Champot.

— Très bien, docteur. Vous n'avez plus qu'à signer le PV et je vous rends à vos malades.

— À vous de jouer ! Si vous interrogez Annie, souvenez-vous qu'elle est encore fragile. Il faut la mettre en confiance, ne pas l'accabler de questions, conseilla Champot. Pour le reste, Gardel et Roche vous confirmeront mes dires. Et si vous avez besoin de moi...

— Ne craignez rien, on sait où vous trouver, plaisanta Cayrol, tandis que Gabarrou lui tendait un stylo Bic pour parapher le procès-verbal.

Forts de ces précieuses informations, les gendarmes ne traînèrent pas, fidèles à l'adage populaire qui préconise de battre le fer quand il est chaud. Avec l'assentiment de leur adjudant, Cayrol et Gabarrou se rendirent le soir même à la métairie de Sarrat pour entendre Roche. Le soleil venait juste de passer derrière les crêtes lorsque l'estafette Renault des gendarmes atteignit la borde du bout du monde. Ils trouvèrent Pierre Roche en train de fendre du bois à grands coups de merlin dans la cour de la ferme. Méfiant envers la maréchaussée depuis son incarcération, il les invita néanmoins à entrer dans la grande salle où deux tisons de hêtre agonisaient dans la cheminée en volutes évanescentes. Dans la demi-clarté du jour qui se mourait, assis autour de la table, dans un silence lourd seulement troublé par le tic-tac de l'antique comtoise, Roche, le visage fermé, les écouta poser leurs questions.

Cayrol, usant de son physique avenant et de sa ressemblance avec Michel Galabru, fit ouvertement abstraction du passé de taulard de l'ex-capitaine. Il sut rapidement établir un climat de confiance pour que Roche se livre, corroborant les déclarations de Champot. L'audition d'Annie Bergès, effectuée en présence du docteur Gardel, le lendemain en fin de matinée, fut plus délicate. La jeune femme avait encore tout d'un oiseau effarouché. Même si elle affirmait n'avoir subi aucune violence sexuelle durant sa séquestration, l'évocation de certains points lui était toujours douloureuse. Comment aurait-elle pu oublier les moments de désespoir qu'elle avait traversés quand le froid glacial de la nuit lui faisait claquer les dents ? Cayrol avait dû faire preuve d'une grande patience et d'une bonne dose de compassion pour parvenir à recueillir son témoignage. Sans nul doute, sa guérison prendrait du temps, à la hauteur du traumatisme qu'elle avait subi !

Grâce aux indications qu'Annie Bergès et le docteur Champot avaient pu leur fournir, la jaça où la jeune femme avait été détenue par son geôlier durant plusieurs semaines fut rapidement localisée. Sur place, les militaires y trouvèrent une foule d'indices accréditant la véracité du récit d'Annie Bergès. Des traces de chaussures d'homme parsemaient les ornières boueuses du chemin d'accès et la porte fourmillait d'empreintes faciles à relever... En cette saison, en l'absence des chasseurs de sangliers, ces éléments les orientaient vers les Bonnefont, propriétaires de ces lieux isolés. Pour les entendre, au lieu de leur envoyer une convocation en bonne et due forme, les gendarmes se rendirent directement à la scierie. Cela permettrait de recueillir des éléments d'ambiance et d'enrichir leur enquête du témoignage de leurs ouvriers.

Connaissant la légendaire réputation de mauvais coucheurs des Bonnefont, l'adjudant qui commandait la brigade d'Oust décida que deux équipages ne seraient pas de trop. Il n'avait pas tort. Debout sur le perron des bureaux de la scierie, suivant le ballet des ouvriers d'un impitoyable regard scrutateur, Edmond Bonnefont fronça les sourcils en voyant les véhicules de la gendarmerie se frayer un chemin dans les ornières profondes du parc à grumes. Que venaient faire ces oiseaux de malheur en son domaine ? N'y avait-il pas assez d'automobilistes à verbaliser sur les routes du pays ? N'y avait-il pas assez de pêcheurs à emmerder sur la taille de leurs truites capturées dans le murmure des eaux argentées du Salat ou des petits ruisseaux de montagne descendant des Pyrénées toutes proches ? Venir à deux véhicules en plus ! Ce n'était pas une visite de courtoisie... Non, Edmond Bonnefont en était certain... À coup sûr, cette arrivée en force n'était pas étrangère à la démarche de ce docteur Champot.

— Bonjour, messieurs ! C'est pour une commande de bois que vous êtes venus aussi nombreux ?

— Pas exactement, monsieur Bonnefont, soupira Cayrol, l'air plus professionnel que jamais.

— Eh bien, que puis-je pour vous ?

— Répondre à nos questions...

— Soit ! Entrez...

La suite fut moins cordiale. Si Charles Bonnefont, assis dans un coin de la pièce, les avait salués d'un vague signe de tête pour demeurer, l'air absent, la tête plongée dans son épais cahier de comptabilité, son frère aîné, Edmond, debout, les bras croisés, faisait face aux quatre gendarmes avec une froide détermination. Michel Gabarrou, qui connaissait peu l'entrepreneur, jugea qu'il y avait chez ce type quelque chose d'éminemment haïssable. Hautain et méprisant, il suintait la méchanceté naturelle comme d'autres respirent le bonheur et la joie de vivre. On le sentait autoritaire, calculateur, veule avec les forts et impitoyable avec les faibles. Fallait-il qu'il y eût peu de boulot dans ce magnifique pays de montagne pour accepter de travailler pour un tel patron !

Sans rien manifester de l'antipathie que lui inspirait le personnage, il écouta le chef Cayrol qui conduisait l'interrogatoire. Répondant par monosyllabes, Edmond Bonnefont ne faisait guère preuve de bonne volonté. Quand l'un des pandores fit mine d'ouvrir un classeur à rideau, sa main se posa sur son avant-bras, tandis qu'avec un regard mauvais, il lançait : « J'espère au moins que vous avez un ordre de perquisition… » Face à l'hésitation du gendarme qui cherchait l'approbation de son chef, il donna un tour de clé au meuble pour bien montrer qui était le maître des lieux et que rien dans cette pièce ne serait fouillé sans son consentement. Tout juste consentit-il à appeler son fils Hervé comme Cayrol le lui demandait. D'un mouvement de tête, il fit signe à son frère d'aller le chercher alors qu'un pesant silence s'installait.

Lorsque Michel Gabarrou vit entrer Hervé Bonnefont, il comprit que ce type n'avait rien d'un enfant de chœur. L'homme exhalait la force brute. Surnommé le Mammouth par les ouvriers de la scierie en raison de sa forte carrure, il déplaçait son double quintal de viande en dansant d'un pied sur l'autre, avec une légèreté qui contrastait avec son allure pachydermique. Ses mains, aussi puissantes et larges que des battoirs de lavandière, soulevaient des tronçonneuses de plus de dix kilos comme de vulgaires fétus de paille. Coiffé, hiver comme été, d'un immonde béret crasseux culotté de fines particules de sciure, affublé d'une vieille veste militaire portée sur un pull-over difforme, Hervé Bonnefont présentait tous les attributs de la corporation des rudes hommes des bois. Sans doute était-il mécontent d'être dérangé dans son travail car, en entrant dans le bureau, le forestier émit juste un grognement en guise de salut.

Aux questions du maréchal des logis Cayrol, Hervé Bonnefont opposa d'emblée un mutisme que son regard bovin venait teinter d'une agressivité latente. L'homme n'avait rien de plaisant et Gabarrou ne s'étonna pas qu'il fût, à la quarantaine bien sonnée, encore célibataire. Quelle jeune femme aurait accepté de partager la vie et la couche d'un bonhomme qui tenait plus du néandertalien que de l'*Homo sapiens* ? Le jeune gendarme imaginait mal un tel orang-outang, en ces années où les bals populaires des villages de la France profonde avaient disparu, aller en boîte de nuit et s'agiter comme un pantin désarticulé sur une piste de danse pour un jerk endiablé afin de séduire une quelconque dulcinée ! Face au silence buté d'Hervé

Bonnefont, la patience de Cayrol avait fini par trouver ses limites.

— Puisque votre fils ne veut rien nous dire, lança le maréchal des logis, on va le mettre au frais…

— Au frais ? releva Edmond Bonnefont, le sourcil interrogateur.

— En cellule, si vous préférez…

— Pourquoi ?

— Histoire de l'attendrir… Au bout de quelques heures de garde à vue, il retrouvera peut-être la parole !

— Mon fils n'a rien fait. Vous n'avez pas le droit de le mettre en taule !

— Vous voulez l'accompagner ?

— Hervé ne vous suivra pas !

— Monsieur Bonnefont, soyez raisonnable ! De lourdes charges pèsent sur votre fils. Nous devons l'entendre pour tirer cette affaire au clair.

— Je vous l'interdis ! gronda Edmond en se plaçant ostensiblement en travers de la porte.

— Écartez-vous et laissez-nous passer…

— Ici, c'est moi qui commande ! glapit Bonnefont, hors de lui. Hervé restera là !

— Tentative de rébellion ? répondit le maréchal des logis en haussant la voix.

Alors pour que force reste à la loi, Cayrol se saisit d'autorité du bras d'Hervé Bonnefont et s'avança d'un pas en direction de la porte. Les deux hommes se faisaient face, se jaugeant sans aménité. Il y eut quelques secondes de flottement. Finalement, Edmond Bonnefont estima que le rapport de force n'était pas en sa faveur. Il s'effaça en leur jetant un regard meurtrier. Durant l'affrontement, son frère n'avait pas bougé. L'aîné des Bonnefont n'en était pas surpris. Il savait bien que, si Charles était un bon comptable, la bagarre n'avait jamais été son fort. Il ne supportait pas le conflit. Pas question de compter sur lui pour faire le coup de poing ! Ce n'était pas son genre... Déjà, à l'école communale, Charles se tenait toujours à l'écart des échauffourées qui naissaient dans un coin de la cour de récréation, souvent pour un rien, et s'achevaient au piquet ou par des paires de taloches généreusement distribuées par les maîtres.

Edmond suivit son fils du regard. Le Mammouth était calme. Les gendarmes lui avaient épargné les menottes. Escorté par deux militaires jusqu'à l'estafette Renault, Hervé Bonnefont ne chercha pas à s'échapper. Certes, il aurait pu, à la faveur d'une bousculade, tenter de leur fausser compagnie. Il connaissait la montagne et les forêts du pays comme sa poche. C'était son monde à lui, ces alignements de douglas ou d'épicéas qui se métissaient parfois, dans un talweg, de quelques mélèzes. Il lui aurait été facile d'y trouver refuge. Mais cette fuite aurait signé sa culpabilité. Dans la scierie, les ouvriers s'étaient arrêtés de travailler. Figés, ils contemplaient le ballet des voitures des pandores qui manœuvraient au milieu des grumes. Tous ignoraient le détail de ce qui venait de se produire, mais leur curiosité était piquée. Edmond, qui imaginait leurs commentaires, sentit monter en lui une colère froide.

— Oh, bandes de fainéants ! Vous croyez que je vais vous payer à rien foutre ? brailla-t-il, les mains en porte-voix pour se faire entendre de tous, par-delà le bruit des machines. Allez, au boulot, bordel de merde !

Puis, son coup de gueule donné, sans être vraiment soulagé de l'ire qui bouillait toujours en lui, Edmond Bonnefont tourna les talons pour vérifier une commande de madriers et de bastaings qui devait être livrée l'après-midi à un entrepreneur en bâtiment de Saint-Girons. Charles, qui connaissait le caractère soupe au lait de son frère, s'était bien gardé de proférer une parole. Le calme revenu, il avait simplement fermé la porte du bureau, s'isolant de l'agitation de la scierie qui avait repris dans le bruit strident des lames. Cette affaire ne le concernait pas. Charles, d'un tempérament plus calme et posé que son frère, savait par expérience qu'intervenir dans ce conflit n'aurait eu pour résultat que de jeter de l'huile sur le feu et aboutir à concentrer sur lui toutes les récriminations qu'Edmond pouvait nourrir.

Peu désireux de servir de parafoudre, Charles retourna à l'alignement méthodique de ses colonnes de chiffres. Le cadet des Bonnefont, qui vivait à l'écart, habitant une maison construite avec la loi Loucheur à Saint-Girons, avait appris à ne pas se mêler de la vie de son aîné. Depuis plus de trente ans, fuyant les vociférations hargneuses d'Edmond, Charles ne montait à la scierie qu'un jour par semaine, juste pour tenir à jour la comptabilité. Bien que les intérêts financiers des deux frères soient liés, leur relation se cantonnait à assurer la bonne marche quotidienne de l'entreprise. Ainsi, depuis belle lurette, Edmond ne l'avait invité à partager le repas dominical et Charles s'en satisfaisait pleinement. D'ailleurs, n'avait-il pas songé un temps à vendre ses parts de l'affaire pour tenter sa chance à Toulouse ? Et s'il avait renoncé à ce projet, c'est parce qu'il avait pris conscience de la rentabilité de l'entreprise. Poussant un profond soupir, Charles Bonnefont se concentra sur un calcul qu'il était en train d'effectuer à l'aide de la calculatrice Divisumma-14 d'Olivetti qu'ils avaient achetée l'an passé à la foire de Saint-Girons.

Parvenu dans les locaux de la brigade de gendarmerie d'Oust, Hervé avait été introduit dans un bureau exigu où les gendarmes se relayaient pour l'interroger. Assis sur une chaise en fer, il affrontait un feu roulant de questions auxquelles il opposait le même visage fermé qu'à la scierie, les yeux perdus dans un ailleurs insondable. Edmond le lui avait assez seriné : le silence est la meilleure des armes. « Si tu commences à parler, tu es perdu… » Les flics finiraient bien par se lasser ! Il savait que les gendarmes ne pourraient le garder bien longtemps. Il lui suffisait donc de tenir. Prenant ostensiblement un air absent, Hervé Bonnefont semblait sourd à toutes leurs sollicitations. Personne ne pourrait lui tirer un mot. Apercevoir, par la fenêtre barreaudée pour prévenir toute tentative d'évasion, la pente boisée de la montagne lui servait d'exutoire pour prendre son mal en patience.

En quelques heures, la nouvelle de l'interpellation d'Hervé Bonnefont s'était répandue comme une traînée de poudre dans toute la vallée. Dès le lendemain, le 30 avril, les rumeurs les plus folles couraient à son sujet. Le bouche-à-oreille altérait la vérité pour accréditer l'invraisemblable. L'histoire d'Annie Bergès, passablement déformée, alimentait bien des conversations. À la pause casse-croûte de la scierie Bonnefont, tous les ouvriers ne parlaient que de ça. Chacun avait son idée, souvent appuyée par les racontars de sa femme, cancans glanés à l'épicerie du village, au zinc du café Laborde en passant par le lavoir ou la fontaine. Mais, point commun à toutes ces médisances, la brutalité légendaire d'Hervé ne lui valait que peu de commisération.

— Moi, je te dis que les cognes ne vont pas le lâcher tant qu'il n'aura pas craché le morceau !

— Tant mieux. Il n'a que ce qu'il mérite, cet enfoiré ! On ne va quand même pas le plaindre, jeta Marcel Sentenac, accoudé au comptoir du café Laborde.

— Toi, répliqua Roger Massat, t'as toujours en travers de la gorge l'entourloupe de la coupe de chênes d'il y a deux ans…

— Hé, j'attends qu'ils me la payent !

— C'est vrai qu'ils en prennent à leur aise… Tu risques d'attendre longtemps !

— Ouais, pas étonnant qu'ils soient riches comme Crésus ! Les Bonnefont, je vais te dire, c'est fripons et compagnie…

— Heureusement qu'il n'a pas tué notre Annie…

— Celle-là, non ! Mais… paraît qu'il aurait d'autres meurtres sur la conscience !

— Des racontars… Et qui te l'a dit, d'abord ?

— Ernest de la Palanque…

— Qu'est-ce qu'il en sait, ce grand escogriffe ?

— Sa femme fait le ménage à la gendarmerie.

En fin de soirée, vers vingt-trois heures trente, alors que l'interrogatoire d'Hervé Bonnefont n'avait pas avancé d'un iota, les gendarmes commencèrent à désespérer. Avait-on jamais vu type s'enfermer dans un pareil mutisme ? Ni la persuasion ni les menaces ne semblaient entamer sa détermination à se taire. Ordinairement, ceux qu'on mettait sur le gril se hâtaient de se confesser ! Comment arracher, à défaut d'aveux, une parole à un type qui était plus fermé qu'un coquillage pêché à marée basse ? Lassé, Gabarrou bâillait à s'en décrocher la mâchoire derrière le chariot de sa machine à écrire Remington. L'œil fixé sur la pendule murale du bureau, il attendait l'heure fatidique où, de guerre lasse, l'adjudant allait expédier le suspect dans sa cellule, ce qui les libérerait enfin des obligations du service de jour.

Cayrol avait beau varier les questions, il se heurtait à un mur. Hervé avait cet air idiot que la consanguinité conférait jadis dans les villages de montagne aux dégénérés. Rien ne semblait l'émouvoir. Tout juste s'il avait accepté le verre d'eau qu'on avait posé devant lui. Ce bonhomme devait pourtant avoir une faille ! Tout individu a ses faiblesses… Mais comment faire craquer ce type ? C'était un roc ! Comment le déstabiliser pour le pousser sur la pente des aveux ? Pour en avoir confessé plus d'un au cours de sa carrière, Cayrol savait que les premiers mots sont les plus difficiles à formuler. Le maréchal des logis, sans l'avouer, commençait à regretter d'avoir abandonné sa femme devant la rediffusion d'une émission de variété de Maritie et

Gilbert Carpentier. Et puis, soudain, sans y avoir réfléchi, Cayrol lança *ex abrupto* à Hervé Bonnefont :

— C'est vrai que vous ressemblez à votre sœur…

À ces mots, pour la première fois depuis son entrée dans les locaux de la brigade, Hervé Bonnefont leva vers Cayrol un regard interrogateur. Le gendarme vit son œil s'allumer d'une étrange lueur, un mélange d'angoisse, d'inquiétude et d'affection. Il eut l'impression que la petite phrase qu'il venait de prononcer avait actionné un de ces mécanismes secrets qui, dans les châteaux forts, ouvrent les portes dérobées donnant accès au monde mystérieux des souterrains. Hervé Bonnefont ouvrit la bouche comme s'il voulait parler, mais aucun son n'en sortit. Derrière le chariot de la machine à écrire, Gabarrou perçut son changement d'attitude et comprit que quelque chose d'important se passait. Un instant, il redouta un mouvement de colère ou de révolte. Mais non… Le suspect, toujours assis sur sa chaise en fer, restait calme. Gabarrou se détendit. Pas besoin d'intervenir pour le menotter, il n'y avait rien à craindre. Puis, comme s'il avait été frappé d'une décharge électrique, le colosse se mit à trembler comme une feuille. Avec une maîtrise confirmée des situations difficiles, Cayrol posa sa main sur son épaule en un geste apaisant.

— Vous… vous… vous l'avez… vue ? balbutia-t-il en déglutissant péniblement.

— Bien sûr, mentit ouvertement Cayrol, comprenant en cet instant que le mur de silence et d'hostilité opposé par le Mammouth venait de se fissurer.

— Elle… elle vous a parlé ?

— Oui, fit sans plus de précisions le gendarme pour laisser la porte du dialogue entrouverte.

— Comment… comment va-t-elle ? parvint à articuler Hervé, faisant un effort surhumain sur lui-même pour dominer la tornade intérieure qui le secouait tel un cocotier des îles sous le vent d'une tempête tropicale.

— Aussi bien qu'on peut aller, lui répondit banalement Cayrol avant d'ajouter d'un ton presque amical : Il y a longtemps que vous ne l'avez pas vue, n'est-ce pas ?

— Vingt-sept ans, murmura Hervé Bonnefont en se prenant la tête dans les mains pour cacher l'émotion qui l'étreignait.

— Racontez-moi…

Et Hervé commença à parler. D'une voix hésitante, cherchant ses mots, il raconta aux gendarmes, sans les regarder, la face noire de la réussite des Bonnefont. Sa confession fut longue, hachée de soupirs. Cayrol se garda bien de l'interrompre. Tout juste le relançait-il quand les mots mouraient sur ses lèvres. Il avait trop peur que, pris de remords, Hervé ne s'arrête soudain pour replonger dans son mutisme. Bien au-delà des magouilles classiques pour payer moins d'impôts en faisant travailler les bûcherons au noir ou en achetant des coupes sans les déclarer, si Edmond Bonnefont avait fait fortune pendant la guerre, il le devait aux trafics en tous genres auxquels il s'était livré avec Vichy comme avec les Allemands, mettant son patriotisme entre parenthèses. L'argent n'a pas d'odeur, c'est bien connu !

— Tout ce qui est arrivé, avait avoué Hervé Bonnefont, c'est la faute de ce putain de Boche ! Ah, un beau fumier que ce Gunther Sirach ! Ce nazi est revenu au pays, il y a trois mois. Il a attendu qu'il y ait prescription pour ses crimes. La vie était dure pour lui en RFA et il avait besoin d'argent, paraît-il. Il a téléphoné à mon père et a insisté pour le rencontrer. Rendez-vous a été pris dans un café de Saint-Girons. Sirach n'y a pas été par quatre chemins. Il a menacé Edmond de révéler tout ce que nous avions fait pendant la guerre, toutes nos combines... Bref, il aurait coulé l'entreprise ! Pour prix de son silence, Sirach demandait une grosse somme d'argent.

— Il n'y avait pas de quoi fouetter un chat, tempéra Cayrol qui le laissait parler sans faire état de ce que Champot lui avait révélé. Beaucoup de gens, vous savez, ont fait du marché noir...

— C'était plus grave que ça. Gunther Sirach avait une maîtresse, une certaine Angélique Duprat. Une fille superbe qui roulait dans un beau cabriolet... mais une vraie allumeuse qui jouait sur tous les tableaux. Elle renseignait aussi bien les résistants que les Schleus ! Cette belle salope savait que mon père trafiquait avec les Boches pour des livraisons de bois. Elle a menacé de le révéler au maquis si Edmond ne lui filait pas du pognon. Il fallait la faire taire sans que Sirach s'en aperçoive. Edmond, en lui promettant une grosse enveloppe, l'a attirée dans un guet-apens. D'un bon coup de bûche, il a résolu le problème... C'est moi qui ai creusé le trou. Elle est dans le hangar, sous les planches...

— Et Maria Esteban ? demanda Cayrol.

— Ah, celle-là… soupira Hervé sans s'étonner que le gendarme fût au courant. Cette bougresse ramassait des champignons pour son père, une racaille de républicain espagnol qui travaillait dans les bois. Elle avait tout vu pour Angélique Duprat… Elle devait disparaître.

— Qu'est-ce qu'Annie est venue faire dans cette histoire ?

— Elle a entendu la conversation entre Sirach et mon père. Qu'a-t-elle compris au juste, je n'en sais rien… Mais mon père a pris peur. Il m'a demandé de les liquider tous les deux, comme il avait fait jadis pour les autres. C'était le seul moyen de s'assurer de leur silence définitif et de sauver la scierie.

— C'est ce que vous avez fait ?

— Pour Sirach, ça a été facile… Je lui ai donné rendez-vous et un coup de pelle derrière les oreilles a suffi à régler son compte à ce salaud. Je l'ai enterré non loin de la jaça. Faudra creuser un peu… À cause des bêtes, j'ai fait un trou profond.

— Et pour Annie ?

— Pour elle, je n'ai pas pu.

— Pourquoi ?

— Je la connaissais de vue et puis j'ai pensé à ma sœur, à Camille… Un type, surtout un salaud comme ce Gunther Sirach, ce n'est pas pareil ! D'ailleurs, ce fumier, si on l'avait chopé à la Libération, on lui aurait collé douze balles dans la peau sans lui accorder de procès. C'était un nuisible, vous comprenez ? Alors, après tout, avec un peu de retard, je n'ai jamais fait que le boulot de la justice !

— Et votre oncle, Charles Bonnefont, quel rôle il a joué dans tout ça ?

— Lui ? Il n'est au courant de rien...

— Comment ça, au courant de rien ? Il travaille bien avec vous que je sache !

— Il ne vient à la scierie qu'un jour par semaine. Vous ne risquez pas de le rencontrer au détour d'une tire boueuse... Il a déjà trop peur de salir ses belles chaussures en mettant les pieds au bureau !

Pour Cayrol, l'affaire était entendue. Il invita Hervé à signer sa déposition. Michel Gabarrou, relevant la tête de son clavier, extirpa le PV du chariot de sa machine à écrire. Il le tendit à son chef et regarda le fils Bonnefont. Il paraissait soulagé par ses aveux. Le jeune gendarme observa qu'il n'avait pas l'air d'avoir mauvaise conscience. D'une certaine manière, son attitude était logique. En 1943, on l'aurait décoré pour avoir buté ce salopard qui traquait impitoyablement les maquisards. Avec un bon avocat et un jury de patriotes, il prendra le minimum, songea-t-il. Quant à Edmond, les crimes qu'il avait commis pendant la guerre étaient prescrits depuis plusieurs années. On ne pouvait dès lors l'inculper que de complicité d'assassinat et d'enlèvement. Et encore, cela restait à prouver ! Le fils ne chargeait-il pas le père pour se disculper ? S'appuyant sur son statut social, le patron de la scierie aurait beau jeu de nier avoir commandité ce sale boulot !

Le jour n'était pas encore levé quand le lendemain matin, ce 1er mai 1969, à six heures précises, deux voitures de gendarmes se présentèrent à la

Pomarède pour s'assurer de la personne d'Edmond Bonnefont. La maison, une belle demeure en pierre de taille, était silencieuse. Nulle lumière ne filtrait à travers les persiennes. Tirant sur la chaînette qui dépassait du pilier de l'entrée, ils sonnèrent. Accueillis aussitôt par les aboiements inamicaux d'un dogue allemand qui avait jailli de sa niche comme un diable de sa boîte, ils demeurèrent prudemment de l'autre côté du portillon d'entrée. Voyant que rien ne bougeait à l'intérieur, ils recommencèrent à plusieurs reprises, mais personne ne vint leur ouvrir. Cayrol et Gabarrou, se détachant du groupe des pandores, firent alors le tour du logis. En contournant la maison, ils virent que le portail du garage n'avait été que repoussé. S'enhardissant, ils constatèrent que le local était vide de toute voiture. Le Toyota Land Cruiser six cylindres essence de couleur sable dont Edmond se servait tous les jours pour parcourir les petites routes du pays avait disparu. L'oiseau s'était envolé… Malgré les avis de recherche lancés, Edmond Bonnefont resta introuvable les jours suivants. Certains assuraient pourtant avoir croisé son quatre-quatre ici ou là. Mais sa présence n'était attestée formellement nulle part. Les supputations allaient bon train dans ce pays de montagne où les faits divers n'étaient pas légion. Elles animaient autant les conversations que la préparation de la campagne présidentielle qui avait suivi la démission du général de Gaulle. Que le patron de l'importante scierie de la Pomarède se retrouve au centre d'une aussi ténébreuse affaire faisait jaser les bonnes âmes autour du zinc des bistrots comme chez les commerçants. N'était-il pas déjà passé en Espagne, comme jadis ces évadés de France sur les chemins de la liberté ? Si chacun y allait de son commentaire, aux yeux de tous, sa fuite était un aveu de culpabilité.

Après ces ultimes développements, un soir de mai, Champot décida de rendre visite à Pierre Roche. Par la vitre entrouverte de son Ami 6, l'air délicatement parfumé des Pyrénées avait accompagné son voyage vers la métairie de Sarrat. Champot avait trouvé Roche au coin du feu. Il faisait patiemment griller deux truites fario sur un lit de braise. Loin d'exhaler l'odeur grasse de friture des restaurants de poisson, les deux dames mouchetées, à qui il manquait un bon centimètre pour faire la taille réglementaire, répandaient un parfum suave auquel le bouquet d'herbes aromatiques dont il leur avait garni le ventre n'était pas étranger. Médiocrement éclairés par la lueur d'une ampoule de quarante watts recouverte de chiures de mouche, Pierre Roche et Antoine Champot, assis au cantou, avaient partagé la complicité des cabossés de la vie en savourant un verre de rancio.

— Vous avez une qualité rare, docteur, vous aimez les hommes…

— Comme vous, mon capitaine !

— Moi ?

— N'avez-vous pas refusé, en 1962, d'abandonner votre harka lorsque le pouvoir gaulliste vous l'a ordonné ?

— Qui vous a raconté ça ?

— Annie, votre presque demi-sœur…

— Hum…

— Ce n'est pas vrai ?

— Je ne pouvais livrer aux égorgeurs du FLN ceux qui m'avaient fait confiance ! La trahison de de Gaulle a précipité des types comme moi dans l'action clandestine.

— J'ai perdu ma femme et mes enfants en Algérie à cause de l'OAS. Depuis, j'essaie tant bien que mal de me reconstruire.

— Il y a des images difficiles à oublier, n'est-ce pas ? murmura Roche avec une grande compassion dans la voix.

— Oui, certains soirs, elles tournent en boucle dans ma tête, telle la sarabande d'une noce barbare…

— Il est des blessures infligées que rien, ni l'honneur ni la foi, ne peut justifier.

— Je ne vous garde pas rancune de vos engagements. Je vous plains simplement d'avoir ce passé en héritage.

— C'est un peu pour l'expier que je suis ici, fit Roche.

— Les chemins de la rédemption sont douloureux ?

— Ce sont les chemins de la vie… Mais ils sont parfois porteurs d'espérance et de renouveau. Puissent les vôtres vous faire retrouver le bonheur, lui répondit Roche dans la demi-pénombre de la pièce, en se gardant bien de faire allusion à l'intérêt qu'il sentait poindre chez le docteur pour celle qu'il considérait comme sa seule famille.

Trois jours plus tard, ce samedi 10 mai, alors que le général de Gaulle s'envolait pour l'Irlande, laissant le champ libre aux candidats à sa succession,

Antoine Champot reçut un appel téléphonique de son confrère, le docteur Gardel. À ses yeux, le cas d'Annie Bergès ne relevait plus d'une hospitalisation en milieu psychiatrique. Son retour à une vie normale pouvait être envisagé. Il restait à en définir les modalités et à organiser sa sortie. Antoine Champot s'y employa. Il paraissait aussi difficile pour elle de reprendre immédiatement son travail au café Laborde que d'habiter seule, à deux pas des lieux de son enlèvement. Une crise de panique pouvait ruiner sa reconstruction, expliqua Gardel. Au vu de leurs quasi-liens de parenté, Roche était tout désigné pour l'héberger chez lui. Loin de l'agitation du village, des cancans perfides, elle pourrait se reconstruire. D'ailleurs, ne s'occupait-elle pas déjà de son ménage ?

Pierre Roche accepta bien volontiers d'accueillir la jeune femme à Sarrat. Le vendredi 16 mai, alors que le Parlement votait la loi généralisant la quatrième semaine de congés payés, Antoine Champot prit la route de Saint-Lizier pour aller chercher Annie. L'air était diaphane, simplement troublé d'un zéphyr léger qui avait tout du vent de la liberté. Sur la banquette arrière de l'Ami 6, était posée une petite valise contenant quelques affaires qu'il avait prises chez elle. Champot la trouva dans la cour, sagement assise sur un banc. Les cheveux bien coiffés mais sans aucun maquillage, simplement vêtue d'une petite robe en cotonnade rouge prêtée par l'HPD, elle avait tout fait pour se rendre présentable, laissant sa féminité naturelle reprendre le dessus. En le voyant paraître dans l'escalier, Annie se leva et un sourire éclaira son visage, comme au printemps le soleil frais du matin les crêtes des Pyrénées toutes proches.

— Je n'osais espérer que vous viendriez, murmura-t-elle en se rapprochant assez de lui pour sentir son odeur d'homme.

— Ne vous avais-je pas promis de vous faire sortir d'ici ?

— On m'a trop souvent répété que les promesses n'engagent que ceux qui les croient, mais aujourd'hui, susurra-t-elle en baissant les yeux, je veux bien croire les vôtres…

Puis, d'un seul coup, dans une pulsion presque animale, Annie plaqua son corps contre le sien. Ses seins s'écrasèrent sur sa poitrine. Il perçut les battements rapides de son cœur. Elle l'embrassa à pleine bouche avant qu'il n'ait eu le temps de réagir. Antoine Champot ne résista pas à la chaleur humide de ses lèvres. Ses bras se nouèrent autour de sa nuque en un geste qu'il avait oublié depuis de longues années. Il la sentit s'abandonner dans ses bras en un long frisson. Et le temps, quelques instants, suspendit son vol. Mûrie par les épreuves, ce n'était plus tout à fait la même jeune femme que celle qu'il avait déposée, un soir de presque hiver, au bord de la route, à l'ombre des grands sapins noirs, pour faire quelques pas dans la neige…

FIN

Table des matières

Dans la même collection

Dans la même collection

www.deboree.com
livres@centrefrance.com

Imprimé en France par CPI
en août 2022
N° d'impression : 2066604
Dépôt légal : octobre 2022
ISBN : 978-2-8129-2853-6
ISSN : 1627-6779